pol

Adam Thirlwell

Tradução de José Antonio Arantes

COMPANHIA DAS LETRAS

A June Goldman 1921-1998

I

14 1. O prólogo
28 2. Os protagonistas

II

52 3. Eles se apaixonam
76 4. Romance
106 5. Intriga
117 6. Eles se apaixonam
153 7. Eles se desapaixonam
184 8. Romance
198 9. Intriga
231 10. Eles se desapaixonam

III

260 11. O epílogo

I

1. O prólogo

1.

Ao tentar apertar, delicadamente, as algemas de pelúcia rosa nos pulsos da namorada, Moshe percebeu que ela fechou um pouco a cara.

Acho que você vai gostar de Moshe. O nome da namorada dele é Nana. Acho que vai gostar dela também.

— Gatinha — disse. — Qual é o problema?

Estava de joelhos junto ao pescoço de Nana. Ela estava de bruços. Os braços estendidos, que nem mergulhador, acima da cabeça.

O problema era este: as mãos de Nana eram muito magras para as algemas. Por isso ela fechou a cara. Havia uma questão de logística. E Nana era antenada em logística. Levava sexo a sério. Mas seria difícil levar sexo a sério se, ao se contorcer, as mãos quase escapassem das algemas. Não era, explicou ela, o ideal. A contorção era a beleza da coisa.

Ao erguer o olhar por um instante, Nana viu a cara de desânimo de Moshe.

— Gatinho — disse. — Qual é o problema?

Sem dramas, ela explicou que só tinha que representar. Ficar imobilizada e fingir relutância. Ela era um amor com ele. Verdade, disse pensativamente ao edredom, que o plano tinha sido outro. Sabia que seria feita cativa, ficaria sem defesa, enquanto o tirano Moshe fingiria, todo alegre, que tinha perdido os dois jogos de chaves das algemas, as originais e as cópias. Mas o divertido era improvisar.

Gosto desse casal. Um casal do tipo faça-você-mesmo. Gosto disso.

Nana imaginara tudo. Rascunhara uma sinopse. Seria amarrada e depois sodomizada, com crueldade. Queria que seu homem poderoso provasse que era potente. E, como formavam um casal que buscava a reciprocidade, Moshe reagira com a sugestão de uma visitinha à Sh!, uma butique de sexo no bairro de Hoxton que tinha uma política de entrada.

Política de entrada? Ah, sim. Barravam homens sem mulheres.

Nervosamente, na Sh!, Moshe e Nana deram uma olhada em volta por uns quatro minutos. Sh! cheirava a incenso. Moshe resolveu que deveriam ir embora. Depois mudou de idéia. Se fossem embora, pensou, dariam a impressão de que não se sentiam à vontade com os brinquedos sexuais. Dariam a impressão de ter medo de sexo.

Não sei bem por que Moshe se preocupava tanto com isso. Era verdade. Teve medo dos brinquedos. Teve medo, principalmente, de um pênis artificial de trinta centímetros, com um apêndice para o ânus. Mas não quis parecer assustado. Quis parecer indiferente.

Compraram, para ele e para ela, um pênis pequeno e macio com estampa de pele de leopardo, que agora despontava da caixa de papelão embaixo da cama. Compraram corda. Num aceno à submissão sadomasoquista, compraram um sutiã de couro preto para Nana. Três números menor do que o dela. Era igual a um sutiã de couro para exercícios. Achatava os peitos. Dando o melhor de si no papel de submissa, Nana tinha peitos de uma adolescente de treze anos. Quanto a Moshe, o campo de ação dele era o controle. Daí que era o comprador e o senhor das algemas de pelúcia rosa — ou ao menos seria, se as garras, os dentes, os fechos, sabe-se lá, se as algemas não fossem frouxas demais para a delicada compleição de Nana.

Frouxas demais. Tinha que representar.

Desistindo das algemas, Moshe pegou o pedaço da corda rosa de submissão. Enrolou-a oito vezes nas mãos quase algemadas e a amarrou na armação da cama. Fez dos pulsos de Nana uma cruz fluorescente flexível.

De um jeito penoso, Nana estava confortável. O que era perfeito, pensou ela. Era a sensação certa. Queria fazer da dor prazer.

Então Moshe separou as nádegas dela.

A primeira reação de Nana foi de acanhamento. Logo em seguida, porém, de júbilo. Moshe farejava o rego dela. Fascinante. Com tenacidade, Moshe lambia, sugava o cu de Nana. Introduzia a língua de leve na mais escura marca pregueada.

Quanto a isso, talvez eu deva ser mais específico. Nana era loira. Todinha loira. Com "mais escura" não quero sugerir "morena". Não, Nana tinha um cu bem claro. Um cu albino.

Moshe estava começando a se divertir, alongando o cu rosa enquanto esticava as nádegas com as mãos. Era — pensou ela, inibida, sendo usada — uma sensação nova. Então era isso, pensou, lamber cu. Nada muito excitante, mas interessante. Dava um arrepio diferente.

E Nana disse:

— Ah, fa-la comigo. — Mais exatamente, numa homenagem à pornografia, falou arrastado: "A-ca-ba comigo".

2.

Durante o sexo, a gente fala de várias posições. Durante o sexo, a gente fala de várias maneiras. Uns adoram gritar ordens. Dizem: "Chupa o meu pau". As ordens podem ser bem paradoxais. Por exemplo, às vezes um rapaz diz: "Pergunta se pode me chupar", que é a ordem de um pedido. Ou uma garota, ou um rapaz, diz: "Fala pra eu chupar o teu pau", que é a ordem de uma ordem. Isso quase transforma a ordem num pedido. Outros querem que o parceiro, ou a parceira, fale. Querem ouvir obscenidades guturais e profusas. O que é particularmente excitante quando a pessoa desconfia que o parceiro, ou a parceira, é reprimido, ou reprimida. Por outro lado, existem pessoas para quem falar é simplesmente tranqüilizador. Na verdade, às vezes nem sequer precisam falar para alcançar a tranqüilidade que procuram. Barulho basta. Para essas pessoas, barulho durante o sexo é uma versão da fala. O outro extremo, acho, implica um certo grau de mudança de realidade ou de representação de um papel. Muita gente gosta de ser outra pessoa durante o sexo. Muita gente gosta de imaginar que outra pessoa é uma outra pessoa durante o sexo.

E Nana, nesse dia, era uma fantasista. Queria narrativa. Queria a representação de um papel.

Normalmente, no entanto, Nana abominava falatório durante o sexo. Até um sussurro a irritava. Mas neste momento, num apartamento na área mais escrota do bairro de Finsbury, um pouco distraída pela roupa de couro da mulher na embalagem do pênis artificial e pelo fio preto do abajur da loja Habitat no criado-mudo, era a favor do falatório. Uma fantasia, pensou, seria um presentinho para Moshe. Faria a noite fluir.

Estava sendo solícita. Estava pensando em ser calma. Mas o pedido de Nana não deixou Moshe mais calmo. Deixou-o ainda mais nervoso. Moshe era *um feixe de nervos*.

Por que não basta só ser indecente? Era nisso que Moshe pensava. Mas não ficou deprimido, ainda não. Refletiu. Planejou uma trama. Achou, e acertou, que Nana queria uma representação. Queria uma fantasia minuciosa. Queria imaginação.

Moshe imaginou uma fantasia anti-semítica. Sei que pode causar surpresa, mas essa foi a fantasia que Moshe apresentou.

Entre lambidas e sorvos, Moshe insultou a garota suburbana, a filha única de um gói rico, com histórias referentes às fortunas da estirpe judia de Moshe. Era a vitória do pobre-diabo. Ou melhor, Nana talvez achasse que era o pobre-diabo, mas Moshe tinha poder e civilidade. O pai de Moshe estivera a bordo do *SS Shalom* na viagem inaugural, em 1964. O *Shalom* era o orgulho de Israel — um modelo muito festejado, devido ao modernismo estofado de cada cadeira de couro Eames das cabines. Tinha até uma sinagoga particular.

A estirpe de Moshe era poderosa. O avô dele, por exemplo, fora um herói na empobrecida zona leste de Londres. Boxeador. Conhecido como Yussel, o Músculo. Nana, por sua vez, não passava de uma princesinha do papai. Ao contrário de Moshe, era mimada, não metropolitana. Morava nos subúrbios. Morava, disse Moshe com desagrado, em Edgware.

E era verdade. Não era uma fantasia. Nana era suburbana. Morava em Edgware com o papai. Edgware fica nos subúrbios da zona norte de Londres.

Nesse momento de sua narrativa, Moshe decidiu que era necessário um gesto disciplinar. Ficara sem elementos. Então a espancou, de leve. Nana gemeu, ergueu o olhar, torcendo o pescoço, e depois o abaixou. Ele a espancou de novo, com mais força, só que, porque era nervoso, a mão meio que escorregou e caiu, e Moshe a espancou, resvalando no ponto carnoso onde as nádegas se unem à parte superior da coxa.

Sua inépcia o irritava. De repente ele se sentiu vulnerável, ajoelhado entre as pernas de Nana, o braço direito no ar. Não se sentia tirânico. Não se sentia sultânico. Só se sentia Moshe.

No apartamento de cima, uma criancinha caiu. Ao se esborrachar, chorou.

Isso deixou Moshe ainda mais inibido.

Pobre Moshe. Era um sádico nervoso, um sodomita tímido. Não tinha experiência. Isso o preocupava. O que o preocupava também era não ter idéia da experiência de Nana. As duas preocupações eram inextricáveis.

Saindo fora do papel que desempenhava, Moshe bateu em Nana. Bateu com bastante força. Nana emitiu um ruído ininterpretável.

3.

Então, de joelhos, Moshe se preparou. Enfiou dois dedos na boceta enquanto introduzia o polegar no cu. Os dedos formavam a configuração mais comumente usada para segurar uma bola de boliche. Em seguida, molhou o pênis e o impeliu onde, esperava, estava o cu, inclinando o pênis para baixo com a mão direita.

Nana lhe pediu que parasse. Falou que doía muito.

Foi a dica para Moshe persistir.

Toda *shiksa* adora ser comida por um judeu, retrucou Moshe, com o exagero de um canastrão.

Que persistência generosa. Um pouco inseguro, Moshe ainda continuou com a fantasia. Acho essa persistência admirável, acho mesmo. Talvez haja quem caçoe. Talvez haja quem comente que, em matéria de sexo, o que importa é a habilidade, mas acho isso um equívoco. Persistir também é generoso. Moshe estava sendo generoso.

Mantendo o equilíbrio com a mão esquerda e com a direita guiando delicadamente a cabeça do pênis enquanto o indicador delgado localizava o cu, tentou introduzi-lo. Mas a estratégia apresentou um dilema. O braço esquerdo, incapaz, trêmulo, não era bastante forte. E, afinal, pensou Moshe, era muito difícil comer o cu de uma garota inerte. Brincou com a idéia de dizer: "Boneca inflável! Não quer se erguer um pouquinho?". Mas Nana não tinha como ajudar. Ele sabia disso. Sabia que ela não tinha como erguer o cu dócil e expectante. Não havia como fremir o frêmito.

Isso o obrigou a uma pausa. Nana, o rosto espremido, percebeu a pausa. Se estreitasse os olhos, conseguiria ler as letras de Dunlopillo na etiqueta do colchão, esmaecida sob o lençol.

Mas existem momentos de inspiração, e este foi um deles.

Moshe esticou o braço, estendeu a mão e pegou um tubo de creme para as mãos — leite para as mãos e para o corpo Ren Tahitian Vanilla — ao lado da cama. Abriu-o às pressas com o polegar e o indicador, e exausto o passou na cabeça do pau, na glande, no freio, na ereção completa. Em seguida pôs o tubo acima do cabelo loiro e emplumado de Nana. Onde ficou até o fim.

O creme deixou o pau faminto fulgente. Moshe o impeliu de novo contra ela e sentiu uma estranha constrição cálida, por isso parou. *Ondas de alívio banharam Moshe.* Ele se permitiu um momento de presunção. E quem não se permitiria? Não sejamos hipócritas. Ele estava enrabando a garota dele. Aguardou dentro dela, sentindo que deslizava à deriva, devagar, mais para dentro.

Este foi *o ponto alto* da noite de Moshe.

Recuou o pênis um pouquinho, mais um pouquinho, antes de se aventurar mais fundo, e escorregou para fora, para baixo, e escapou. Em pânico, aflito, envergonhado, tentou enfiá-lo depressa, de volta à posição inatural, mas terminou na vagina surpresa de Nana.

Otimistamente, por um momento comeu Nana de qualquer forma. Convenceu-se de que sexo por trás era quase o mesmo que sodomia. Contorceu-se. Enfiou. Inclinou.

Mas não.

Não era sexo anal. Moshe sabia disso. Era o oposto do sexo anal. Era pura relação vaginal heterossexual.

Relaxou em cima de Nana e pensou em Israel.

Agora, isso deveria ter sido *o ponto baixo* da noite de

Moshe. Mas não foi. Piorou. Deitado, quieto, ele começou a pensar. Enquanto pensava, ficou um tanto histérico. Sim, livre para pensar o que quisesse, Moshe ficou histérico.

Esta, pensou Moshe, deve ser a cena de sexo mais nervosa que já houve. Deve ser a cena de sexo mais nervosa da história do sexo. Teve vontade de saber, de modo geral, sobre outros casais, os casais saciados no mundo inteiro. Em cada quarto, garotas e rapazes, aos pares, trios e — quem sabe? — quartetos, gritavam de êxtase. Saltitavam, pensou um Moshe rijo e inerte. Estavam extáticos. Ele tinha certeza disso.

4.

Vou detalhar um pouco o problema de Moshe. É um problema universal. É a insegurança universal de não ser universal.

No livro intitulado *Amor*, o famoso romancista francês Stendhal explica sua teoria de por que gostamos de ler. É a seguinte: "Assim como um homem quase não possui um conhecimento fisiológico de si mesmo, exceto com o estudo da anatomia comparada, a vaidade e várias outras causas da ilusão nos impedem de ter uma visão clara de nossas próprias paixões, exceto com o estudo da fraqueza alheia. Se acaso este meu ensaio servir a qualquer propósito útil, será no treino da mente para fazer esse tipo de comparação".

Deixe-me explicar. Assim como você não sabe qual é a aparência do próprio estômago, não sabe também qual é a aparência dos próprios sentimentos. Não sabe qual é a aparência do estômago por causa da pele. Não sabe qual é a aparência dos sentimentos por causa da vaidade e de outras ilusões. Para superar o problema da pele, temos os livros didáticos de anatomia. Para superar o problema da vaidade e de outras ilusões, temos os romances.

Compare isso com a preocupação ampliada de Moshe enquanto está deitado nas costas de Nana. A preocupação era que todos faziam sexo melhor do que ele. Ele tinha despeito. Agora, para curar o despeito, uma pessoa deve comparar honesta e calmamente a si mesma com outras pessoas. Ao fazer a comparação, constata que todos, em algum momento, são igualmente inábeis. Apenas uns poucos escolhidos são bem-sucedidos no sexo anal todas as vezes. Assim se recupera uma noção de proporção.

Moshe precisava de um romance. (Precisava deste romance.) Moshe sofria da falta de romance. Este romance é um grande ato de miniaturização. Tudo está no tamanho certo. Se tivesse lido este romance, acho que então Moshe teria sido feliz.

É um problema universal. Compare-o com você. Por exemplo, talvez sua primeira reação à pequena preocupação de Moshe agora mesmo tenha sido menosprezá-la. Pensou que ele parecia fraco de uma forma não realista. Simplesmente não conseguiu imaginar um rapaz neurótico em questão de sexo igual a Moshe. Talvez tenha até pensado que a narração foi também obscena. Bem, é o que pode ter pensado no início. A vaidade e outras ilusões talvez tenham levado você a pensar assim. Na verdade, porém, não acho que você esteja num estado real de perturbação. Minha idéia é que você também tem a ver com isso. Talvez, apenas talvez, não tenha. Mas creio que, em determinado momento na vida, algo quase idêntico a isso lhe aconteceu.

Claro que aconteceu! Este livro pretende ser tranqüilizador. Este livro é universal. É um estudo comparativo. A última coisa que desejo é que seja só eu.

Por ser universal, não devem existir dificuldades regionais neste livro. Por exemplo, talvez o nome de Moshe seja difícil. É um nome bastante judeu. Isso porque foi a concessão excepcional que o pai de Moshe fez a sua família judia, depois de casar com uma não-judia. Talvez você não saiba como é a pronúncia desse nome. Possivelmente, não tem uma educação judaica. Bom, vou dizer. Moshe se pronuncia "Moishe". É assim que se pronuncia. Viu? Não quero de modo algum que isso seja particular.

5.

Quanto a Nana, ela se sentia um pouco desconfortável. Os pulsos tinham se esfolado nas algemas de metal enquanto ela simulava estar cativa. Além disso, uma unha áspera de Moshe a arranhara.

— Me solte — disse.

Moshe se inclinou para a frente, desenrolou a corda rosa frouxa, rolou o corpo de lado, deitando-se de costas, e observou o pênis se entristecer, encolher, parar. Nana alisou os pulsos. Ao alisá-los, percebeu um silêncio pacífico. Então virou o corpo para olhar para Moshe. Preocupava-a que ele estivesse triste. Preocupava-a que talvez estivesse melancólico. Mas o jeito de não ficar melancólico é falar, raciocinou, razoavelmente.

Ah, Nana, se ao menos as coisas fossem simples assim. Se ao menos, por agora, Moshe possuísse a calma necessária. Mas não possuía. Em lugar disso, Moshe estava teatral. Estava teatral no íntimo.

O namorado de Nana sentia duas emoções. Nenhuma delas útil. Como foi descrito em linhas gerais acima, os dois tinham a histeria como elemento em comum. Moshe estava amedrontado e envergonhado. Sentia vergonha porque a decepcionara. Não fora uma fantasia verossímil. Não fora realista. E, porque achava que a decepcionara, também acreditava que ela estava com raiva. Tinha de estar. E isso o amedrontava, porque achava que, devido à raiva, ela seria sarcástica, ou estaria frustrada. Isso o deixou particularmente amedrontado, porque, se Nana estivesse de fato frustrada, então ele se sentiria ainda mais envergonhado.

No fim, portanto, estava mais envergonhado do que amedrontado.

Mas Nana, sem sarcasmo, sem frustração, era toda cuidados. Amável e intrépida.

— Tudo bem? — perguntou Nana.

Ela está toda solícita! A garota está preocupada!, preocupou-se Moshe.

A reação dele, porém, foi simples. Improvisou um personagem de sucesso tranqüilo. Tudo, concluiu, correra bem. Moshe era um sedutor convicto. Primeiro, um procedimento sexual extraordinário tivera lugar e agora, enquanto estavam deitados, satisfeitos, ele resolvia cortejá-la mais uma vez, contando-lhe os segredos de seu inconsciente avariado. É para isto que as pessoas fazem sexo: o depois, a intimidade serena, o bate-papo.

Era uma noite inesquecível. Era mesmo.

Moshe não respondeu à pergunta de Nana. Não descreveu seu estado mental e físico. Bem, não diretamente. Fez-lhe uma breve palestra.

Com os olhos desviados, porque esse era um gesto de — não, não de constrangimento — sinceridade, Moshe disse:

— Uma vez eu estava com os meus pais num pequeno restaurante não sei onde na Normandia. E pela janela vi uma espécie de representação da Libertação, com a reconstituição de um exército que marchava nas ruas.

Mas, e aí é que está, também poderia ter sido a ocupação, Moshe disse. Porque, de certa forma, também via um castelo no alto da vila e homens loiros de uniformes lavados a seco que caminhavam devagar, e um Moshe minúsculo de um modo ou de outro confundiu toda a situação.

E foi isso. Essa era a contribuição à catástrofe — uma história do Moshe em miniatura, um temor secreto, uma novidade.

O que Moshe queria dizer? Eu lhe conto. Queria dizer que estava desolado. Pedia a Nana que não sentisse raiva. Tentava fazê-la sentir pena dele. Dizia que Moshe tinha medo dos nazistas.

Mas Nana não sentia raiva. Não era nazista. Só estava confusa. Queria saber se Moshe estava constrangido. Queria saber que outras explicações haveria para esta armação: Moshe, o conversador na cama, falando dos medos da infância, cercado de instrumentos de sexo.

6.

O cu de Nana doía onde a unha de Moshe o arranhara. Isso a fez se remexer. Procurar uma posição confortável. Queria saber se Moshe fora muito fundo dentro dela antes de gozar. Queria saber se isso significava que agora estava infectada.

Ele a viu olhando para ele — nu, deitado de costas. Estava exposto. Moshe ficou preocupado com o fato de que Nana olhava para a barriga dele, e olhou para baixo e lá estava o pênis. O pênis parecia bobo e lustroso. Deprimido. Então ele se levantou para se vestir. Eram apenas nove da noite, mas só queria o pijama.

Moshe retomou a caricatura do judeu. Disse:

— Não gostou dessa coisa judaica? Foi o melhor que consegui imaginar.

Deprimido, Moshe forçou um sorriso largo.

Ela estava olhando para ele em silêncio. Ele era uma diversão visual cômica.

— Que foi? — perguntou ele.
Ela deu um sorriso largo. Disse:
— Meu anjo, você é só meio judeu.

Moshe estava parado diante dela, o corpo ligeiramente inclinado para a frente. Estava apoiando o peso do corpo sobre a perna direita, agora dentro do pijama axadrezado. O pé da perna esquerda estava um pouco à frente. O joelho ligeiramente dobrado. Estava vestindo o pijama.

Deitada, enquanto as luzes dos postes de iluminação da rua se acendiam desigualmente, Nana se perguntava por que se sentia feliz.

— E nem circuncidado você é — ela disse.

— Nada de discussão — ele a repreendeu, enquanto pulava pelo quarto num pé só, à procura da perna esquerda do pijama.

2. Os protagonistas

1.
Isso foi longe demais. Percebo.

Antes de experimentarem sexo anal e submissão sadomasoquista, Moshe e Nana se conheceram e se apaixonaram. Depois que *isso* aconteceu, mas antes do sexo anal, tentaram também papai-e-mamãe, ejaculação no rosto de Nana, felação, uso de papéis alternativos, lesbianismo, ondinismo, trepada a três e *fist-fucking*. Nem todos foram bem-sucedidos. Na verdade, poucos foram bem-sucedidos.

Caso essa lista lhe cause preocupação, talvez eu deva explicar. Este livro não é sobre sexo. Não. É sobre generosidade. Esta história é sobre ser bom. Neste livro, meus personagens fazem sexo, meus personagens fazem de tudo, por motivos morais.

Depois de se apaixonarem, mas antes de experimentarem lesbianismo e trepada a três, um deles se enamorou de outra garota.

No fim desta história, um personagem morrerá de tumor cerebral.

Se ao menos as coisas fossem simples como parecem. Se ao menos os acontecimentos tivessem se dado sem uma história retroativa.

2.
Então este foi o começo e o restante da história.

Era uma peça teatral.

O papai de Nana a levara a uma reestréia com uma única apresentação no Donmar Warehouse. A peça era *Vera, ou os niilistas*, de Oscar Wilde. Era a montagem inaugural, explicou papai, numa semana de homenagens às obras completas de Oscar Wilde. A semana fora programada pelo famoso dramaturgo político David Hare. O objetivo era mostrar que Oscar Wilde é nosso contemporâneo. É do século XXI. Homossexual, Oscar entendeu que a política permeia tudo.

Papai fazia parte do conselho do Donmar Warehouse, por isso tinha de ver a peça. Era trabalho, disse. Não tinha escolha. Mas não queria ir sozinho. Queria ir com Nana. Disse que era um presente. Tratava-se, alegou, de uma reestréia contemporânea. David Hare considerava a peça *um clássico*.

Mas não foi David Hare quem persuadiu Nana. Não. Foi papai. Ela concordou porque o adorava.

Devo explicar uma coisa neste ponto. Papai era viúvo. A mãe de Nana morreu quando Nana tinha quatro anos. E a mãe de Nana está ausente desta história. Isso porque ela também esteve ausente da relação com papai e Nana. Esteve serenamente ausente. Nana apenas a via como a melhor amiga de papai. Toda vez que Nana imaginava a mãe, imaginava-a batendo papo com papai. E Nana não queria interromper as conversas entre papai e a mãe. Preferia as conversas a continuar sem ela.

Por esse motivo Nana e papai formavam uma dupla. Por esse motivo foram, como um casal, ver *Vera, ou os niilistas*.

E esse foi o começo, Nana costumava pensar mais tarde. A peça foi o começo.

Quando as luzes se acenderam, o papai privilegiado levou Nana aos bastidores. E lá estava Moshe, escarranchado numa cadeira de plástico, reconhecendo que ele era, sim, o astro do espetáculo. Mas estava cansado de tudo. Estava cansado de todo o *schmooze*.

Moshe era ator.

Nana o viu pela primeira vez no palco, iluminado por trás, melodramático. Acontece que — caçoou dele mais tarde, quando estavam apaixonados — não o vira realmente. Nana quase cochilara. Oscar Wilde a entediara. Em vez de acompanhar a peça, olhava em volta — para o equipamento de iluminação, para o casal exibido que se bolinava à esquerda. Estava incomodada com a madeira preta polida da poltrona, com as tosses reprimidas atrás dela.

Então foi por isso que quando Moshe — o ator que representava o príncipe Paul Maraloffski — se levantou depois, nos bastidores, e abriu o largo sorriso principesco, ela não percebeu a alusão. Tudo o que percebeu foi uma mancha de tártaro nos dentes superiores da frente de Moshe. Um olho era estranhamente menor do que o outro.

Isso pode parecer maldoso da parte dela, mas não foi. Algumas pessoas são bonitas o tempo todo e todas as pessoas podem ser bonitas às vezes, mas Moshe era especial. Era um ator com participação especial. O que se devia, em parte, ao corpo mais ou menos pequeno de um metro e setenta de altura e à leve curvatura da barriga. Devia-se, sobretudo, ao rosto gorducho comicamente expressivo e aos olhos castanhos grandes e desiguais. Ele era o superficial, o sarcástico, o bicho raro e sereno. Consciente dos dentes negligenciados, Moshe mordiscava o lado direito do beiço inferior. O que lhe dava um certo encanto. O que lhe dava um atrativo tímido.

Moshe não era bonito, mas era encantador. Tinha uma graça travessa.

3.

O primeiro encontro entre futuros amantes é geralmente comum, até banal. Alguns acham isso difícil. Com freqüência é bem banal. É particularmente difícil para pessoas que acreditam em coisas grandiosas, como predestinação, destino e almas gêmeas.

Foi difícil, por exemplo, para Nadezhda Mandelstam. Nadezhda foi mulher do poeta soviético Osip Mandelstam, que morreu no gulag. Nadezhda acreditava em coisas grandiosas. Acreditava em predestinação. Assim ela descreveu Osip: "Ele nunca duvidou da predestinação e a aceitou com a mesma simplicidade com que aceitou o destino subseqüente".

Vou digressionar desta digressão só um instantinho.

Mas que mentira! "Ele nunca duvidou da predestinação e a aceitou com a mesma simplicidade com que aceitou o destino subseqüente." Acho isso imoral. Nadezhda sugere que Osip aceitou que a morte no gulag era seu destino. Estava, diz ela, poeticamente feliz por morrer no gulag. Não, não entendo esse tipo de atitude. Seria difícil, acho, ser marido de Nadezhda. Seria difícil comer macarronada em paz. Seria sempre uma macarronada predestinada.

Pois bem. No primeiro volume da autobiografia e das memórias do marido, *Esperança abandonada*, Nadezhda relata como conheceu o grande poeta romântico Osip Mandelstam:

> À noite nos reuníamos na Bricabraque, uma boate para artistas, escritores, atores e músicos. Ficava no subsolo do hotel principal da cidade, que estava sendo utilizado para hospedar alguns oficiais do segundo ou do terceiro escalão de Kharkov. M. conseguira um lugar no trem que os transportava, de modo que, por engano, também foi colocado num quarto muito bom no mesmo hotel. Na primeira noite ele apareceu na Bricabraque e imediatamente nos pusemos de amores um com o outro, como se fosse a coisa mais natural do mundo. Sempre datamos a nossa vida juntos a partir de 1º de maio de 1919, embora tivéssemos sido obrigados a viver separados por um ano e meio depois disso.

Refazendo o relato neste trecho, você obtém a história real. Que é mais ou menos assim: Osip apareceu por acaso. Entrou no hotel e bateu papo com umas garotas. Gostou muito de uma delas. Não viu essa garota por um ou dois anos e se esqueceu dela. Quando topou com ela outra vez, ela não se lembrou dele. Ele teve de lembrá-la. Entregaram-se um ao outro e disseram que o reencontro só poderia ter sido coisa do destino.

Agora, nenhum personagem meu era assim romântico. Mas todos eram, como todo mundo, um pouco românticos. Então era um tanto triste, pensavam, o primeiro encontro ter sido tão comum. Era um tanto triste não terem se apaixonado.

4.

Papai sorriu um sorriso cativante. Inquiriu Moshe sobre a história do príncipe Kropotkin. Isso dá a impressão de muita erudição. Dá a impressão de que papai conhecia o contexto histórico de *Vera, ou os niilistas*, de Oscar Wilde, uma peça sobre o anarquismo russo. Mas não era erudição. Só mostrava que papai tinha lido as notas do programa.

Papai se maravilhou com os prodígios que notara na interpretação de Moshe no papel do príncipe Paul Maraloffski.

Moshe, modesto, olhou para os sapatos bicolores de papai, para as curvas com texturas de tecido e couro.

— Ah, sim — disse Moshe. — Levou muito tempo para acertar aquela cena.

Mas estava Moshe sendo modesto mesmo? Não, não estava. Havia um eczema avermelhado na ponta e no dorso dos dedos de Moshe, que ele disfarçava ao juntá-los e combiná-los. Tornava as mãos invisíveis atrás das costas. E isso lhe limitava os possíveis gestos orgulhosos. Por isso Moshe estava em pé desse jeito, a cabeça curvada um pouco para a frente, as mãos firmadas atrás das costas — apreciando a *finesse* de seu angariador de fundos.

Papai admirava a gravidade, admirava o óbvio *savoir-faire* de uma pose nobre.

5.

Moshe era um profissional cansado. Cansado dos bastidores. O desleixo o deprimia. E isso eu entendo. Fingir elegância é deprimente. Mas havia outro motivo para Moshe se sentir um tanto deprimido. Nenhum membro da família real esteve presente.

Família real?

Recentemente, numa manhã de sábado, Moshe tinha narrado *O guia dos jovens para a orquestra*, de Benjamin Britten, no Barbican Hall. O espetáculo contara com a presença da rainha-mãe. E Moshe gostou de conhecer Sua Majestade. Gostou muitíssimo de conhecê-la.

Primeiro, nos bastidores, os músicos se alinharam numa fila em forma de ferradura. Moshe, o noviço, simplesmente se juntou a uma extremidade. Do corredor, ouviu a voz da rainha-mãe, batendo papo. Bom, imaginou que fosse a voz da rainha-mãe. Era nasal. Bem elegante. Então, finalmente, ela chegou.

Moshe era o mais próximo da porta. O que era uma catástrofe. Significava que seria o primeiro a ser apresentado à rainha-mãe. Não treinado em etiqueta real, Moshe tinha planejado copiar os outros. Tinha planejado observar principalmente o primeiro-violino. O primeiro-violino usava camisa de traje a rigor com plissados e folhos no peito. Os demais vestiam uma camisa branca, comum, da M&S. O primeiro-violino, pensou Moshe, saberia como se dirigir à rainha-mãe.

Mas agora o primeiro-violino não poderia ajudar Moshe. Elizabeth, irrefreável, entrava titubeante, uma linha abaixo dos

mamilos de Moshe. Ela devia ter um metro e meio, concluiu. O que o amedrontou ainda mais. Moshe ficou rijo. Não se curvou. Apertou a mão dela e disse:
— Oi.
A rainha-mãe esboçou um sorriso. Sua dama de companhia, lady Anne Screeche, empertigou-se.
Em matéria de catástrofe, essa foi pequena.
O problema da realeza, pensou Moshe, aturdido, é ser régia. Acertou na mosca. A rainha-mãe era a rainha-mãe. Ela era a rainha-mãe, exatamente.
Em seguida, a conversa começou. Numa extremidade da sala, a rainha-mãe se sentou numa poltrona grandiosa, colocada ao lado de duas cadeiras inferiores. O diretor do Barbican escolheu duas pessoas para as duas cadeiras inferiores. As demais observavam. Fingiam não observar, enquanto comiam canapés de caviar, mas observavam. A intervalos escolhidos cuidadosamente, orquestrados pelo diretor, uma das cadeiras era desocupada e reocupada.
O parceiro de conversa de Moshe foi a terceira-clarineta. Chamava-se Sanjiv e morava em Harrow Weald. Moshe se entediou. Sanjiv perguntou se muita coisa tinha mudado nos cem anos da vida da rainha-mãe. Ela respondeu que aaah, sim, claro. Achara que nunca se habituaria nem mesmo aos bondes. Depois se virou para Moshe, olhou dentro dos olhos castanhos grandes dele com os olhinhos cinza e disse:
— Mas nós nos habituamos a qualquer coisa. Não é mesmo?
Será flerte?, pensou Moshe, de repente encantado, fascinado com a melancólica mulher do mundo. Ele a fitou e se perguntou se seria capaz de achá-la atraente.
Seria.
E que namorada, pensou Moshe. Enquanto a rainha-mãe

descrevia a recente iniciação ao e-mail, Moshe divagou. Teve um devaneio.

Seria o jovem amante dela. Seria o refrigério dos últimos anos dela. Imaginou a página dupla na *Hello!* — um registro fotográfico da rainha-mãe e do acompanhante. Haveria páginas duplas não só na *Hello!* mas também na *Hola!* Talvez até saíssem notas na *Paris Match*. Elizabeth e Moshe viajariam juntos pelo mundo, num excepcional iate como ninho de amor. Não seria, ele admitia, exatamente sexual. Bem, poderia ser. Não se incomodaria. Mas imaginou que, de modo realista, seria só uma *fascinação mútua*. E, quando se revelasse que o testamento dela fora modificado para favorecê-lo, e palavras indelicadas fossem publicadas na imprensa marrom, os íntimos dela entenderiam. A dama de companhia, lady Anne Screeche, entenderia.

Moshe olhou para Elizabeth Windsor com ternura. Com complacência, observou o bico roto dos sapatos azuis-celestes desgastados. *O tempo está se esgotando*, pensou. Conjecturou os atrativos debaixo do *chiffon* que caía artificiosamente em dobras. As pernas, reconhecia, eram esquisitas. As canelas inchadas de úlceras. Pareciam de plástico. Pernas de uma insólita boneca Barbie. Os braços eram rachados e estavam machucados.

Moshe de repente imaginou a rainha-mãe esquentando heroína numa colher de prata pesada, enquanto com os dentes puxava um torniquete de seda enrolado no braço. Ou talvez lady Anne Screeche apertasse o torniquete — talvez lady Anne fizesse tudo para ela.

Nada disso parecia muito provável.

E acho que ele tinha razão. Não acho crível que a rainha-mãe fosse uma ninfomaníaca viciada em drogas. Mas Moshe tinha razão em conceber isso. É sempre importante reimaginar a vida dos ricos e famosos. É uma prática muito boa de generosidade. Torna a gente mais solidária com as pessoas.

Ah, pensou Moshe. Ah, meu amorzinho.

Em seguida, como se ainda não satisfeito, a carta de agradecimento manuscrita. Endereçada ao diretor do Barbican, em seis folhas in-oitavo de papel de carta Clarence House, gofradas com um ER ondulado e enlaçado abaixo de uma coroa, ela escreveu:

> Sempre me causa muita satisfação e agitação receber meu convite para o Barbican. Cada concerto é de uma grande perfeição. Mas há também a agitação, porque é sempre de uma grande perfeição! Todos os anos preocupo-me demais com os novos músicos. Preocupo-me que seja impossível apreciar o concerto tanto quanto no ano anterior.
>
> Mas eu o apreciei!
>
> Talvez o senhor não leia sir Max Beerbohm, mas ele é um de meus escritores prediletos, e, no livro *Zuleika Dobson*, conta que todo mundo se apaixona por uma moça chamada Zuleika porque é muito bonita. Bem, obviamente não é correto chamá-los todos de Zuleika, porque vocês são muitos, e todos talentosos. Mas devo dizer que toda vez que os ouço tocar sinto-me atemorizada como um dos admiradores de Zuleika.
>
> Talvez julgue esta carta demasiado alegre para uma música tão perfeita, mas ao me despedir do senhor no sábado eu me sentia cheia de júbilo e certamente ainda me sinto jubilosa.
>
> Com os sinceros agradecimentos, sempre atenciosamente,
> Elizabeth R.

Que encantadora, pensou Moshe, examinando a fotocópia pessoal. Que boneca. E, afinal, pensou, o que há de errado na cortesia? Concordo com ele. Nada há de errado, afinal, na virtude.

6.

Então por isso o pobre, exausto e impaciente Moshe, ao conversar com papai, ansiava por uma polidez régia.

Sabia tudo sobre esses encontros nos bastidores. Aborrecia-se com eles. A não ser quando havia uma viúva sensual, essas reuniões deixavam Moshe ligeiramente aflito. Não o champanhe e os canapés de caviar, mas as pessoas o deixavam aflito. O conselho de diretores o irritava. Aí é que está, resmungou Moshe consigo mesmo, e queriam que lhes agradecesse. Queriam que se intrigasse com a compreensão que tinham da representação.

Moshe tem os problemas dele, como todos nós temos. Por isso pode ser bastante rude. Principalmente quando cansado ou amedrontado. Que seja. Ignoremos seus resmungos. Perdoemos o fato de não enxergar a polidez pessoal de papai.

Podia não ser régio, mas papai tinha uma etiqueta que lhe era peculiar. Havia nele algo de elevado. E, embora "elevado" seja uma palavra de que não gosto, é uma palavra de que papai gostava. Por isso vou chamá-lo de elevado. Na verdade, vou mais longe. Em homenagem a papai e a seus instintos espirituais, vou dar uma imagem a ele. Papai é o anjo bom desta história.

Há dois motivos para a loquacidade de papai quanto ao príncipe Kropotkin. Tratava-se da primeira atuação de papai na qualidade de membro do conselho. Ele estava demonstrando entusiasmo. Estava impressionando o conselho com sua dedicação. E estava, também, sendo gentil. A conversa com Moshe sobre o príncipe Kropotkin visava elogiar Moshe. Não era uma palestra. Tinha o propósito de mostrar que papai se encantara com a atuação de Moshe. Era uma lisonja.

7.

Enquanto Moshe se deprimia com papai, Nana saíra de fininho. O difícil Moshe a deixara acanhada. Ela se sentia acanhada com o homem que impressionava papai. Mesmo porque ali estava uma garota bonita e falante chamada Anjali que adorou a trama de contas verdes e brilhantes do bracelete de Nana. Anjali tinha um diamante de plástico na orelha direita. Nana disse que ah, o bracelete era bastante desconfortável. Parecia bonito, mas lhe apertava o pulso. Olhou para Anjali, e Anjali lhe sorriu. Nana tirou os óculos escuros pequenos, girando-os pela haste direita com dois dedos.

Anjali é a outra heroína desta história.

Nana admirava, em especial, a maquiagem de Anjali. Por isso vou descrevê-la. Bem no alto das maçãs do rosto, Anjali aplicara ruge rosa. Passara-o com uniformidade até a parte inferior dos olhos. Em volta dos olhos propriamente ditos, aplicara um delineador preto esfumado. No osso das órbitas batera uma sombra acastanhada suave, que se fundia com a cor da pele.

Nana gostou disso. Anjali tinha estilo.

Nana pegou uma taça de champanhe. Depois pegou um mini-*blini* com caviar vermelho e nata. Depois outro mini-*blini* com um mini-*croissant* de camarão minúsculo em cima. Segurou o duvidoso champanhe entre o terceiro e o quarto dedo. Disse:

— Que nome bonito, Anjali é bonito. Me chamo Nana.

Acho que devo dar uma explicação sobre o nome de Nana. Percebo que soa um pouco esquisito. O nome original era Nina. Mas, quando criancinha, Nina só conseguia dizer Nana. Daí que o nome de Nana era Nana.

Ficaram em silêncio. Anjali remexeu nos bolsos, procurando os cigarros. Encontrou um e o pôs na boca, obliquamente. Nana disse:

— E que outras peças você fez?

Era só uma conversa. Mas conversas nem sempre são iguais. A gente nunca sabe onde vão dar. Às vezes a gente faz uma pergunta descomunal e o interlocutor simplesmente concorda com a gente. Ou a gente faz uma perguntinha banal e recebe uma resposta descomunal.

Em resposta à pergunta de Nana, "E que outras peças você fez?", Anjali ofereceu a Nana a história da carreira de Anjali.

De modo que Anjali era atriz. Mas o que são os começos, não é? Quem pode dizer onde uma coisa começa? Bom, Anjali começou como atriz. Depois conheceu, conheceu recentemente, uma professora de impostação, uma moça polonesa. Bem, moça não, mulher. O clichê da mulher mais velha. E essa mulher era passional, amava ópera, amava o *bel canto* do século XIX. Amava mais cantores do que atores. E Anjali não queria ser cantora. Na escola, diziam que ela deveria tentar o canto. Mas só tentou ao se apaixonar. Agora, esta é a parte triste — sim, Anjali tinha uma história triste, disse Anjali, rindo —, porque Anjali era uma cantora extraordinária, verdadeiramente mágica. Verdadeiramente, não. Era *mezzo* perfeita. Seu timbre era o halo em redor da Lua. Quem teria pensado nisso? Tinha um halo em redor da voz lunar. Mas Zosia — o nome da moça polonesa era Zosia — só amava Bellini, o compositor italiano Bellini. Mas Bellini não se interessa por *mezzos*. Não, Bellini prefere sopranos. A protagonista é sempre uma soprano. E Zosia queria uma protagonista romântica. Queria uma Anjali soprano — almiscarada, peituda. E, bem, Anjali estava, Anjali estava apaixonada por Zosia. Por isso exercitou. Mas conseguiu alcançar só o intermediário — um *intermezzo*, riu Anjali, solitariamente. E a moça polonesa a trocou por outra moça. Bem, então foi isso, disse ela. Pelo menos tinha a voz para falar. E isto era o que ela era mesmo: uma atriz. Então, tudo bem. Então estava *querendo* dizer, riu Anjali, que não fizera peças, não re-

centemente. Agora estava fazendo, principalmente, cinema. Fazendo cinema. Bem, na verdade, principalmente propaganda. Propaganda, disse, pagava um pouco mais. Só estava fazendo essa peça com Moshe como. Você o conheceu? Era um grande amigo. Amigos fazia, ah, um tempão. Estava fazendo essa peça como um favor.
Nossa. Puxa.
É mesmo muito exaustivo não ser tagarela.

8.

E Nana não era tagarela.

Talvez surpreenda que Nana não tenha interrompido Anjali. Não lhe fez qualquer pergunta investigadora. Se uma moça bonita chamada Anjali começa a lhe contar tudo sobre a vida amorosa lésbica pessoal, você acha que deveria dizer alguma coisa. Até imagino quem ache que o pequeno discurso de Anjali era um convite para ser interrogada.

Mas Nana não era perguntadeira. Era discreta. Era bonita e tímida.

Nana não era tagarela.

Muitas pessoas que não são bonitas, e muitas pessoas não são bonitas, acham que garotas bonitas são poderosas e arrogantes. Acho isso errado. Quase sempre garotas bonitas são acanhadas. Podem ser tolas, nervosas, malvestidas. Muitas vezes se surpreendem ao ser chamadas de bonitas.

Acho que garotas bonitas são tidas como arrogantes porque as pessoas acreditam que garotas bonitas sejam constantemente bonitas. Isso as torna o oposto das não-bonitas, que são bonitas só ocasionalmente. Mas a beleza também varia. Nenhuma garota bonita é constantemente bonita. A beleza varia até com a idade. Algumas pessoas são bonitas aos catorze e algumas pessoas são esplêndidas aos sessenta e sete. Algumas só são bonitas aos quatro, o que é uma tragédia.

E Nana era bonita. Nana era bela.

Mas até que ponto Nana era bela de fato?

Nana não conseguia *não* ser bela. Tentava não ser bela e ainda assim era bela. Era bela assim. Nana experimentou o cabelo comprido, o cabelo curto, a franja delicada, o cabelo aparado, o cabelo aparado com topete, o corte à escovinha, o rabo-de-cavalo desfiado, os reflexos, e agora a franja curta assimétrica. Passou até, num momento de euforia retrô, por uma fase de onda Marcel que durou um mês.

Não conseguia não ser bela.

No Director's Cut, na Edgware High Street, os cabeleireiros se afastavam das insatisfeitas freguesas molhadas para oferecer conselhos a Nana. Chamemos esses cabeleireiros de Angelo e Paulo. Nana fascinava a ambos. Angelo tinha um bigode fino e cachos pretos. Era a palidez dela, argumentava ele. Paulo achava que era a palidez e a cor do cabelo. Perguntaram-lhe se alguma vez tinha tingido o cabelo. Nana respondeu que não. Disseram-lhe que jamais o tingisse. A cor era extraordinária. Era a mais estranha mistura de loiro e branco.

O cabelo era belo. Nana era alta, magra, pálida, loira, peituda. Os óculos eram minúsculos retângulos pretos, e ainda assim ela era bela.

Mas, e aí é que está, quando nova Nana era feia. Quando estava na escola, era a mais alta, a quatro-olhos mais desengonçada. Era masculinizada e austera. E isso teve repercussões. Durante a infância toda, Nana se achou feia. Todos falavam que ela era feia. Como resultado, não gostava de pessoas bonitas. Ou, melhor, não achava a beleza valiosa. Em lugar disso, tornou-se a inteligente, a cautelosa, a quieta.

Aos catorze anos, a gente é desengonçada e masculinizada.

Aos vinte e cinco, pernilonga e elegante. Isso é irônico. É um problema psicológico.

Agora que era bela, era elogiada por ser bela. E todo esse elogio confundia Nana. Angelo e Paulo a chateavam. Ela se sentia inutilmente favorecida. Era uma garota que detestava a própria beleza. Desconfiava dela. A beleza a tornava poderosa e isso a perturbava. Mas o que fazer? A gente não pode calar as pessoas, quando elas falam que a gente é bonita. A gente não pode dizer às pessoas que acha que a aparência não tem importância. Se fizer isso, vai soar pretensioso. Vai soar hipócrita.

Por isso Nana virou uma não-tagarela. Talvez parecesse algo assim como arrogância ou excentricidade, agora que era bonita. Mas não era.

Uma beleza apreensiva, assim eu descreveria Nana.

9.

Enquanto isso, Moshe e papai batiam papo. Moshe disse:

— Então trabalha com negócios bancários. É isso? Quer dizer, trabalha? É isso?

— Bem, depende do que quer dizer com negócios bancários — respondeu papai.

— Bem, não sei — retrucou Moshe.

— É mais risco do que negócio — disse papai.

— Sei — disse Moshe.

— Há elementos de gerenciamento de risco num contexto global — disse papai. — Depois a limpeza dos dados de risco. Modelação do risco de crédito. As inovações do PRGA.

Moshe engasgou.

— PRGA?

— Princípios de Risco Geralmente Aceitos — explicou papai. — Que não se deve confundir com PCGA. Princípios

Contábeis Geralmente Aceitos. As pessoas os confundem com freqüência.

— Sei — disse Moshe. — PRGA, PCGA. Sempre me irritam.

Não provocou riso.

Tentou de novo.

— Sei uma piada bancária. — Papai pegou outra taça de champanhe. Moshe disse: — Qual é a diferença entre um contador inglês e um contador siciliano? — Aguardou. — Não sabe? Posso falar? — perguntou. — Posso falar?

— Fale — disse papai.

— O inglês — disse Moshe — pode lhe dizer quantas pessoas vão morrer por ano. O siciliano pode lhe dar nomes e endereços.

Provocou riso. Provocou um riso cortês.

Papai, no entanto, disse que não era engraçado. Com tristeza, contou a Moshe que negócios bancários eram uma *receita para quebra e queima*.

— Sabe Nova York? — disse papai. — Nova York é uma loucura. Eu vivia pensando que deveria levar o travesseiro para o trabalho e morrer lá mesmo na sala de reuniões. Quando eu trabalhava no Banker's Trust, um amigo meu, Charlie Borokowski, um sujeito muito amável, estranhas relações com projetos egípcios. Com projetos egípcios. O que eu estava dizendo mesmo? Uma loucura. Nova York é uma loucura. Ah, sim, Charlie Borokowski. Charlie trabalhou dois dias e duas noites, preparando contas para auditorias, um negócio qualquer com captação de fundos. Foi trabalhar na manhã da segunda-feira e eu literalmente o carreguei embora na quarta-feira. Ele nem sequer se lembrava de ter participado da reunião. Tinha dentes muito brancos — disse papai. — Dizia que era por causa das maçãs. — Papai acrescentou: — A gente sabe que querem fazer negócio quando dizem, quando pegam o telefone e dizem: "Olá,

olá, amigo". Assim é que a gente sabe que querem fazer negócio. Dizem: "Olá, olá, amigo".

— Acho isso legal — disse Moshe.
— É, eu também — retrucou papai.
Papai gostou do ator. Gostou muito de Moshe.

10.

— Conhece o meu pai? — perguntou Nana. — Gostaria que conhecesse o meu pai.

— Hum, hum, sim, eu... — disse Anjali.

— Ah, precisa conhecer — disse Nana. Levou Anjali até papai. Apresentou papai a Anjali. Papai apresentou Nana a Moshe.

Papai e Anjali começaram a conversar sobre a gravata magnífica de papai.

— Está indo muito bem, você deve estar satisfeito — disse Nana.

Ao que Moshe retrucou:
— Ah, é só uma casa de mentirinha.

Esse comentário visava ser encantador, uma reprovação de si mesmo. Visava ser uma piada. Lamentavelmente, Moshe era ininteligível. Nana não tinha idéia do que era uma casa de mentirinha. Olhou para ele, acanhada. Perguntou:

— O que é uma casa de mentirinha? — Bebeu da taça de champanhe e então se deu conta de que estava vazia. Moshe fingiu não perceber. Disfarçando, explicou as manobras dos teatros, as ofertas de duas entradas por uma, os subornos. Ela disse:
— Ah! — Depois, teve uma preocupação prática. Disse: — Deve ser e-xaus-ti-vo decorar as falas todas. Detesto aprender coisas de cor. — Tornou a pôr os óculos.

Duas coisas encantavam Moshe. O encanto principal era

este: ela era uma das garotas mais belas que ele já vira. O encanto secundário era este: ela era adorável também. Preocupava-se com a saúde de Moshe.

Deve ter namorado, pensou Moshe.

Então Moshe tentou impressioná-la. Sempre o intelectual, disse:

— Mas é uma coisa, é muito interessante atuar. — Ela concordou com a cabeça. Moshe disse: — É, realmente, mesmo. Muito. Um papel maravilhoso. As falas não são problema.

Nana refletiu. Disse:

— Mas todas aquelas piadas repetitivas. Algumas falas são terríveis. "Parece-me que o espírito de Charlotte Corday agora entrou na minha alma." É horrível. Muito romântico.

Moshe desejou não ter dito que era um grande papel. Desejou ter apenas concordado com ela.

Retrocedeu.

— Verdade — disse. — Quer dizer, a peça de fato transforma classe em moda. Romantiza a classe. — Os dois ficaram quietos. A conversa morreu. Nenhum deles entendia. Moshe decerto não entendia. Ele se inclinou para um lado. Ele se aprumou novamente. Nana olhou dentro da taça de champanhe vazia.

Pausas são muito difíceis. Requerem agilidade. Lamentavelmente, nem Moshe nem Nana estavam sendo ágeis.

Moshe acrescentou, nervoso:

— Quer dizer, não é mesmo só propaganda?

Ao que Nana respondeu, em câmera lenta, repetindo:

— Romantiza a classe.

Moshe baixou as sobrancelhas e fez um beicinho para mostrar a ela que estava intelectualmente intrigado. Depois olhou de esguelha para papai.

Papai conversava com Anjali sobre a política racial da representação teatral. Prometia reformas.

11.

E esse foi o começo. Essa conversa foi o começo do namoro de Nana com Moshe. Mas Nana não notou.

É uma pena, Nadezhda Mandelstam teria achado uma pena, mas, ao voltar para Edgware com papai, Nana não pensava em Moshe. Já tinha quase se esquecido dele. Pensava no teatro.

O teatro a confundia.

O saguão de entrada, por exemplo. Despreocupado, papai batia papo no saguão, o pescoço erguido à altura dos homens mais altos e gordos. E Nana o ouvia, enquanto, com pena, olhava o rapaz com o tabuleiro de plástico de programas e sorvetes Loseley Dairy pendurado no pescoço. Com pena, Nana notou que a franja precisa e emplastada de gel escondia uma acne.

Depois a platéia, a platéia pretensiosa. Ela observou as luzes diminuírem. Em cochichos roucos, as pessoas quase concluíam conversas. Enquanto ela contava as setas brancas das saídas de incêndio e depois os homens de branco que corriam em fundos iluminados de verde por detrás.

Papai deu um tapinha na mão direita de Nana. Disse-lhe para pôr os óculos, pousados no colo. Deu-lhe um sorrisinho.

Em seguida o astro entrou em cena, disfarçado de príncipe Paul Maraloffski. O nome dele era sei-lá-o-quê. Moshe sei-lá-o-quê. Papai murmurou algo consigo mesmo, inclinando o programa aberto na direção da luz de segurança. Moshe, a figura socialista da alta sociedade, engroloú as anedotas prontas. "Numa boa democracia, todo homem deveria ser aristocrata." Ninguém riu. O príncipe Paul Maraloffski entoou os epigramas. "A cultura depende da culinária. Quanto a mim, a única imortalidade a que aspiro é criar um novo molho."

Nana refletiu sobre o final de *Vera, ou os niilistas*. Estava pasma com o sentimentalismo. Vera, torturada pelo amor, salva a Rússia, mas se mata. E Nana se virou para o querido papai. Esperava que também estivesse sorrindo.

Papai não estava sorrindo. Papai era um anjo. Estava comovido com o final. Estava, pensou Nana, quase chorando. Mas porque ela era uma moça que se preocupava com papai, preocupava-se com ele mais do que com qualquer outra coisa. Isso não a perturbou. Não, ela só tentou cuidar dele.

— Está tudo bem, papai. Está tudo bem — sussurrou. — Não se preocupe. Ela ainda está respirando.

Nana simplesmente não *entendia* o teatro.

12.

Quando Anjali foi para casa, era por volta da meia-noite. Morava com o irmão num apartamento em Kentish Town. O irmão se chamava Vikram. Você não vai ver Vikram nesta história. Mas o menciono agora, caso venha a se preocupar. Ele está no apartamento para garantir a você que Anjali não era uma solitária.

Anjali foi à cozinha e espiou dentro da geladeira. Depois fechou a geladeira. Tirou a jaqueta de brim e sentou no sofá da sala. Levantou-se e foi mijar. Voltou à cozinha e abriu o congelador. Pegou a caixinha de sorvete Ben & Jerry's Phish Food. Abriu-a e a pôs em cima do congelador. Depois sentou no sofá e pegou um maço de papéis presos por um grampo, que eram a cópia de Anjali de um novo roteiro de Gurinder Chadha. Quase leu as catorze falas que lhe cabiam. Um indício revelador de que não as leu era que não desprendeu o grampo. Deu uma olhada na carta que pedia à srta. Sinha que aceitasse a cópia do trabalho. Ficou sentada. Ficou olhando fixamente para a tevê desligada.

Lembrou-se do sorvete.

Levantou-se e tirou uma colher de uma gaveta. O sorvete ainda estava sólido. Mesmo assim, ela voltou ao sofá com o sorvete e a colher. Anjali socou o sorvete, enfastiada. Lambeu a colher. Ajoelhou-se, estendeu o braço e pegou um vídeo, que lhe fora enviado pela mãe, de *Sholay*. Pensou em ver um filme de quatro horas. Refletiu sobre o quanto detestava os filmes sérios de Bollywood. Gostava só dos frívolos. Riu bem alto do gosto da mãe. Rir alto a fez se sentir esquisita. Introduziu o vídeo no aparelho e pressionou o botão de reprodução. Ligou a tevê e localizou o canal o.

Sentiu saudades da ex. Sentiu saudades de Zosia.

Lembrou-se de que ia ao cine Belle Vue, em Edgware, assistir aos filmes indianos nas últimas sessões da noite. O cine Belle Vue ficava perto de Nana e do papai, mas Anjali ainda não sabia disso. Os familiares de Anjali moravam em Canons Park e iam juntos ao cinema. Lembrou-se de que gostava mais de Madhuri Dixit do que de Amitabh Bachchan. Lembrou-se deles todos comendo samosas no cine Belle Vue, da mãe enfiando um guardanapo de papel coceguento na camiseta de Anjali. Lembrou-se da predileção pelo pequeno cômico Johnny Walker. Lembrou-se de Johnny em *Mr & Mrs '55*, de Guru Dutt, principalmente da canção "Dil Par Hua Aisa Jadu", que entrou nas paradas e na qual Johnny escuta o apaixonado Guru Dutt, de um bar até um ponto de ônibus até um ônibus até a estrada. Ou então de Madhuri Dixit em *Devdas*, um lingote de ouro em forma de diamante pressionado entre os olhos dela. Anjali meditou, perguntando a si mesma se aos filmes *masala* de Bollywood não faltava um bocado de técnica. O atrativo deles não era exatamente formal.

Anjali era uma atriz de relativo sucesso com uma vida amorosa de relativo fracasso.

O que, acho, não é uma condição muito estranha.

Afinal de contas, sexo não é tudo.

3. Eles se apaixonam

1.

Nana se apaixonou por Moshe no dia 28 de abril.
 Essa a teoria de Moshe. Essa a data de que ele se lembrava. Nesse dia, pensou Moshe, seu desempenho na sala fez Nana desmaiar.
 Talvez isso não pareça muito plausível. E não foi muito plausível. Quando você souber como foi o desempenho dele, parecerá ainda mais implausível.
 Estavam no apartamento de Moshe, no bairro de Finsbury. O apartamento ficava no primeiro andar de uma casa vitoriana. E Moshe anunciou o *shtick* da almofada.
 — O o quê? — perguntou Nana.
 — Ah, o truque da almofada — respondeu Moshe.
 O truque da almofada foi assim: Moshe abriu uma janela e pegou uma almofada. A avó bordara nela um enorme coração de veludo vermelho. Moshe abraçou a almofada. Embalou a almofada de um lado a outro no quarto. Falou carinhosamente com a almofada e a beijou, jogou a nenê no ar e a pegou. As borlas douradas da almofada adejaram. Nana não tirava os olhos de Moshe. Ele estava numa alegria paternal. Mas de repente, tragicamente, a *bubba* escorregou das mãos de Moshe e caiu pela janela, estatelando-se na calçada. E lá ficou, jazendo ao lado de uma caixa vazia de Heineken. Enquanto isso, Moshe berrava de sofrimento, lamentando a morte da filha.
 Claro que não foi nesse momento que Nana se apaixonou por ele. Não existe um momento climático. E, se existisse, acho que não teria sido esse. Esta, porém, foi a conclusão de Moshe. Ele concluiu que seu talento a seduziu.
 O que não significa que Moshe não tinha talento. Era um bom ator. Só que não foi o talento dele que a seduziu.
 Veja, quando Moshe mostrou a brincadeira, ou o *shtick*, da

almofada, Nana nem estava olhando. Bem, estava olhando, mas não se concentrando. Em vez disso, perguntava-se o que fazia ali, numa tarde de domingo, com a dissertação de mestrado pendente. Sentia-se principalmente desnorteada, porque Moshe se comportava de uma forma muito estranha.

Não, Moshe estava errado. Não foi seu talento que a seduziu.

2.

Na verdade, as pessoas quase sempre chegam à conclusão errada. E tenho uma teoria a respeito. As conclusões são quase sempre erradas porque as pessoas têm uma péssima memória.

Por exemplo, a primeira vez que Moshe ligou para o celular de Nana, ela viu que era ele. Escrevera errado o nome dele. "Cel Moysha", dizia o Nokia 6210e. Mas Nana não atendeu. Deixou tocar. Porque estava no banheiro do Pizza Express do bairro de Bloomsbury, sentada na posição de constrição — os pés afunilados, a cabeça baixa, curvada para a frente. E não se lembrou mais do telefonema. Mas essa foi a primeira vez que ele lhe telefonou. Foi uma etapa essencial na história de amor deles, e Nana, porque foi constrangedor, porque foi *sem romantismo*, nunca mais se lembrou.

Mas acontece que todo mundo é um pouco romântico. Todo mundo tem más lembranças. Moshe também era romântico.

Por ter memória curta, Moshe concluiu duas coisas sobre o começo dessa relação. Ambas erradas.

A primeira conclusão foi que tinha sido *sedução*. Ela foi seduzida pelo talento. Ele pensou isso logo depois de beijá-la. A segunda conclusão foi que tinha sido puro *amor*. Pensou isso logo depois de se separarem. As duas conclusões só faziam sentido porque ele se esquecera dos detalhes. Para chegar à primeira conclusão, esqueceu-se da falta de concentração e do nervosismo de

Nana na sala. Para chegar à segunda conclusão, esqueceu-se da nervosa conversa fiada nos bastidores do Donmar.

A primeira conclusão, a conclusão da *sedução*, romantizava Moshe. A segunda conclusão, a conclusão do *amor*, romantizava os dois.

3.

Na outra vez que telefonou, Moshe foi esperto. Telefonou do teatro. "Número de telefone negado", dizia o Nokia 6210e. Ela imaginou que fosse papai. Não era papai. Moshe a convidou para um drinque. E a tímida e feliz Nana disse:

— Não, não, não, tô, hã, não. Esta noite, não. — Disse: — Por que não me manda um e-mail!?

Ele não mandou um e-mail. Também se intimidou.

A princípio, reconheceu, parecia que as técnicas dramáticas só a deprimiam. Mas ele era sempre espirituoso. Tinha várias saídas conscientes. Falava das dicas da representação. Mas o motivo por que ela lhe dava atenção, pensou Moshe, era um mistério. Ele não estava tranqüilo.

Na verdade, acho que Moshe estava sendo injusto consigo mesmo. Tudo bem, não era incrivelmente tranqüilo. De fato, nenhum personagem meu é realmente tranqüilo. Gosto que eles sejam assim. Mas, apesar disso, ele era bem tranqüilo.

Havia, porém, um aspecto intranqüilo característico de Moshe. A representação. Basta pôr Moshe para representar que ele tem idéias. Tem teorias. Tem conhecimento. Foi, por exemplo, estudioso de David Garrick, o grande ator do século XVIII. O truque da almofada, com efeito, foi meio que furtado de David Garrick.

E eis outro furto: Moshe disse a Nana que, na última cena de *Romeu e Julieta*, Julieta acordava muito cedo, muito tarde, a tempo de ver Romeu morrer. Isso era absolutamente essencial.

Enquanto acorda com dificuldade do sono drogado, Julieta vê sonolentamente Romeu levar a poção de veneno aos lábios com batom. Isso tornava a cena realmente trágica. Porque faria a platéia pensar que Romeu e Julieta poderiam ter vivido felizes dali para a frente, que poderia ter havido um final feliz. Isso produziria uma tragédia de partir o coração. Ah, sim, a arte de representar era saber tudo sobre o coração humano, e ele era perito em coração.

Depois telefonou enquanto Nana estava indo para o metrô da Goodge Street e ela disse que ligaria de volta. Não ligou.

Mas Moshe tinha mais habilidades ainda. Era capaz de enfiar a cabeça numa porta entreaberta e em quatro ou cinco segundos mudar a expressão de alegria para relativa alegria, de alegria para contentamento, de contentamento para sobressalto, de sobressalto para espanto, de espanto para tristeza, de tristeza para exaustão, de exaustão para medo, de medo para horror, de horror para desespero. Era capaz de fazer o rosto passar para qualquer coisa. No Alphabet Bar, na Beak Street, Moshe mostrou a ela. Aparentemente, ela gostou. Ele se ofereceu para lhe mostrar de novo.

Nana deu uma olhada nos livros de Moshe e, quando ela encontrou um exemplar dos poemas de Nick Cave, ele disse:

— Ah, não, não, não, este não — e tentou tomar o livro dela, sorrindo, mas não antes de a astuta Nana ter visto a dedicatória de "C", que amaria o "Filhote" para sempre.

Ele era, pensou Nana, cabeçudo. E o cabeçudo tinha lá seus atrativos. Mostrava, afinal, que gostava dela. Havia coisas boas na pertinácia.

E depois, como se lembraram mais tarde, ele telefonou enquanto ela estava com uma amiga.

— Você sabe — disse Moshe —, com a Cleo ou a Naomi. Ou a Biff ou a Scooter.

— Era a Cleo — explicou Nana —, não, a Tamsin, sim, a Tamsin, e a gente estava experimentando sutiãs na M&S.
— Não foi o que você me falou — retrucou Moshe. Disse: — Falou que eram sapatos, que estavam experimentando sapatos. Na L.K. Bennett.
— Bem, não ia falar sutiã — disse Nana. Estava experimentando um sutiã, com pressa e confusa. Então falou que sim. E se deixaram levar.
E uma vez ela disse:
— Então gosta das coisas do Dario Fo?
E Moshe retrucou:
— Dario?
— Dario Fo — ela repetiu. — Você tem um monte de peças dele.
— Ah, as peças — disse Moshe. — Não, não, não, na verdade, não.
— Ah — fez ela. — Pensei que gostasse. Acho ele bom.
— Acha mesmo?! — disse Moshe. — Bem, talvez.
A gente combina tão bem, pensou Nana, feliz.

4.

Quanto a sexo, a história de sexo entre Nana e Moshe começou com risinhos. Pela segunda noite consecutiva, estavam sentados no futon. Estavam sentados muito formais naquele sofá, conversando sobre a situação do teatro contemporâneo. Depois Moshe se levantou para mijar. Eram duas da manhã. Quando ele voltou, Nana não estava sentada muito formal. Não estava mais. Estava deitada, na horizontal.

Acho que esta é a minha oportunidade, pensou Moshe. Mas agiu muito devagar. Moshe sempre agia muito devagar. Não queria errar nessa situação. Não queria interpretar mal.

Não queria interpretar mal?! Ela estava na horizontal!
Ele a beijou. Ela o beijou. Ela o beijou. Ele a beijou.

— Você é uma graça — ela disse.

— Você também é uma graça — ele disse.

Os dois começaram a rir.

Como você já deve ter calculado, a Moshe não faltava um certo nervosismo. Por isso perguntou:

— Teria dito não?

— Quando? — Nana perguntou de volta.

— Se eu tivesse pedido pra te beijar — respondeu Moshe.

— Se eu tivesse dito não, você teria sido atrevido — retrucou Nana. — Teria pensado que eu tinha, sei lá, medo de você. Então te beijei.

Embora soasse verdadeiro, pensou Moshe, um deslumbrante Moshe todo vitorioso e entusiasmado, ele achou que era mentira. Então a beijou de novo.

5.

Vou retroceder um pouco. Vou retroceder à Nana sem ninguém.

Nana estava no café da Sociedade dos Arquitetos, na Bedford Square. A essa altura, já tinha conhecido Moshe, mas ainda não o tinha beijado. Estava, portanto, por se apaixonar. Contudo, embora estivesse por se apaixonar por Moshe, não pensava nele. Não estava ruminando, como uma heroína, a natureza do amor.

Estava pensando no arquiteto Mies van der Rohe.

Imagino que isso talvez surpreenda você. Mas não se surpreenda. Havia um motivo plausível para Nana pensar num arquiteto, não em Moshe. Nana fazia o mestrado de um ano no programa de Histórias e Teorias, na Escola de Arquitetura da Sociedade dos Arquitetos. Fazia o mestrado como preparativo para um doutorado. Mies van der Rohe era o tema da dissertação de mestrado de Nana.

Como você sabe, ela era uma garota discreta. Queria ser acadêmica. Queria ser historiadora da arquitetura.

Mies van der Rohe é o arquiteto inovador que, em 1921, inventou o arranha-céu de vidro. Era um revolucionário. Pertencia ao movimento da Bauhaus. O movimento da Bauhaus se empenhava na renovação do design e do estilo, conforme as exigências de uma nova democracia socialista. Desprezava todo o ornamental. Em 1930, Mies van der Rohe se tornou o último líder do movimento da Bauhaus. Mies proibiu a atividade política de qualquer tipo. Em 1933, a Bauhaus foi dispersada pelo recém-eleito governo nazista. Em 1937, Mies foi para a América do Norte.

Isto não é um ensaio de arquitetura revolucionária. A arquitetura pode, muitas vezes, ser revolucionária, e gosto disso. Gosto da Bauhaus. Mas a Bauhaus não me interessa. Nana é quem me interessa.

Como historiadora, Nana acreditava na exatidão. Agora, sei que, se lhe pedissem para se lembrar de certos detalhes da história dela e de Moshe, não seria capaz. Mas é difícil ser exato o tempo todo. O fato é que ela tentava.

A dissertação de mestrado de Nana era sobre a recepção crucial de Mies van der Rohe na América do Norte. Nana detestava todos os que o idealizavam. Admirava o homem, sem dúvida, mas era também uma garota que se preocupava com a exatidão.

Em primeiro lugar, não via uma progressão natural, com base na teoria democrática, das moradias revolucionárias de Mies em Berlim aos arranha-céus americanos. A ligação era estética. Não política. E a segunda discordância era com o próprio Mies político. Por exemplo, ao seguir a teoria da Bauhaus, Mies estava determinado a usar telhados planos. Telhados pontiagudos, argumentava a Bauhaus, eram burgueses. Simbolizavam coroas do cáiser. Enquanto, na visão de Nana, telhados pontiagudos são simplesmente necessários. São práticos. Permitem que a água da chuva escorra. Chove muito na Alemanha.

Lembrava-se de sua visita à Nova Galeria Nacional de Berlim, a suprema realização de Mies van der Rohe, onde baldes pequenos e esfregões enormes, posicionados em intervalos estratégicos, abarrotavam as linhas límpidas de cada sala.

Sei que Nana dá a impressão de ser bobinha, mas gosto dela. Aprovo a preocupação com pormenores. Às vezes acho que não recebe o devido reconhecimento, essa preocupação com os fatos. Nada há de errado em ser uma historiadora exata.

Por exemplo, ao refletir sobre arquitetura, uma pessoa partidária pode comunicar idéias a alguém imediatamente. Ao topar com uma nova teoria referente à natureza do design público da Alemanha de Weimar, uma pessoa partidária tem uma platéia receptiva. Enquanto, no caso de uma pessoa que só lê e pensa, essa pessoa usa o encanto consigo mesma. E Nana era esse tipo de pessoa. Uma pessoa discreta.

Que puta perda de tempo, pensou ela, refletindo sobre as tentativas de Mies de politizar, em 1962, o design de uma galeria de arte. Que puta anacronismo. Manter uma teoria durante trinta anos era simplesmente preguiça, pensou Nana. Era simplesmente uma forma de nostalgia.

Está vendo? Ela era bobinha, mas uma gracinha.

6.
Mas o sexo, o sexo exigia tempo. Exigia prática.

Foi assim, por exemplo, que fizeram sexo pela primeira vez. Foi na semana seguinte à semana em que se beijaram. Foi na terceira semana depois do 28 de abril.

À meia-noite, num hotel de Covent Garden, Moshe e Nana estavam pelados. Plenamente pelados em frente de um frigobar ruidoso.

Estavam num hotel?

O hotel era um presente de Moshe. A idéia dele era que as pessoas reagem a presentes. Mas, infelizmente, não era uma idéia que pudesse testar. Porque estava muito bêbado. Muito bêbado, talvez, para comer. Muito bêbado, com certeza, para apreciar os prazeres do sexo.

Uma garrafa vazia de Stolichnaya em miniatura caiu, num baque em miniatura, da cama.

Não era uma cena de sexo, ainda não. Não quero que você fique com a impressão errada.

Moshe se curvou sobre o corpo comprido e esguio de Nana. Com o dorso da mão, acariciou carinhosamente o estômago dela. Agora, o dorso da mão pode parecer uma superfície sexual não ortodoxa. E era uma superfície não ortodoxa. Mas Moshe ponderou isso. O dorso da mão era inventivamente macio. Esse foi um motivo. Havia também um motivo mais triste. Acariciou com o dorso da mão para Nana não sentir a aspereza do eczema nos dedos grosseiros e róseos de Moshe.

Nana segurou o pênis dele com firmeza. Não era um pênis ereto. E eles se entreolharam de uma forma que imaginavam que deveriam se entreolhar — um olhar solene, um olhar decidido. Um olhar bastante sério. Moshe baixou o olhar. Queria ver o que o pênis faria. Mas, em lugar disso, só viu as sardas no dorso da mão direita de Nana. Examinou-as, apoiado nos braços, as costas curvadas, apoiado nos braços, examinou-as. Percebeu então a curva pendente de sua própria barriga. Enquanto ambos olhavam para o pênis deselegante, Moshe procurou contrair a barriga.

A primeira cena de sexo entre Nana e Moshe não era uma

cena de sexo. Lembrava um pouco uma cena de sexo, mas não era. Era uma palhaçada.

Moshe saiu da cama — para beber ou ficar de pé todo misterioso ao lado da janela, ou simplesmente não fazer outra coisa a não ser olhar para a barriga e o pênis, ambos caídos — e tragicamente pisou numa minilata de Schweppes *slimline*. Cambaleou. Os joelhos cederam. A boca aberta. Depois, por fim, titubeando e se firmando, falou, não no começo, mas no fim de uma respiração, a voz trêmula.

— Essafoidefoder.

Rindo, eles se agarraram. Enroscaram-se na cama de solteiro.

Sei que a cama de solteiro parece estranho. A cama surpreendeu Nana. Mas havia uma explicação. A explicação era financeira. Os quartos de casal, Moshe explicara com tristeza, eram *exorbitantes*.

7.

Às quatro da manhã, Nana acordou. Com ressaca. Bocejou, bocejou e se levantou. Pegou um copo de água, que escorregou e se entornou na cama.

Estava apaixonada. Sei que parece coisa de adolescente, mas era verdade. Ela achou maravilhoso estar ali, sentindo náusea, num quarto de solteiro pago por Moshe. Achou fantástico demais que Moshe dormisse e Nana estivesse acordada.

Vou descrever este momento. Vou descrever este idílio noturno.

Se olhasse do alto, você veria a cama e Nana em pé, enquanto Moshe dormia. Acima da cama, havia uma reprodução de um quadro de Raoul Dufy, numa moldura de vidro com presilhas, de uma paisagem ensolarada e um vaso de gerânios vermelhos que caíam em forma de cascata no peitoril de uma janela. Ao lado da reprodução, havia a chuva emoldurada numa janela. Mas Nana não via esse arranjo glamouroso, nem o aquário atrás dela no canto, onde um peixe roçava em outro. Por isso não via o peixinho dourado passar além ou através da cabeça dela. Decoração de interiores não era uma prioridade para ela.

Como tinha bebido duas garrafas de vinho, mais quatro miniaturas de Stolichnaya, três miniaturas de Jim Beams e uma miniatura de Gordon's Gin, Nana estava doida para mijar.

8.

O próximo acontecimento nesta história é uma chupada.

Penso que se poderia ver isso como uma coisa boa ou como uma coisa ruim. Na minha opinião, era uma coisa boa. Não porque acho que chupadas sejam intrinsecamente uma coisa boa. Não, não, penso mesmo que chupadas são uma coisa boa, raras vezes sou avesso a uma chupada, mas não é por isso que acho que uma chupada era a coisa certa aqui. Tenho uma outra explicação. Amor em grande parte depende de sexo. É difícil amor sobreviver sem sexo. Então, no fim, se tiverem que se amar verdadeiramente, Nana e Moshe precisam de sexo. Essa é a minha teoria.

Era também a teoria de Nana.

E havia um outro motivo, um motivo dissimulado, por trás do comportamento de Nana nessa manhã. Ela estava imaginando um desfile interminável das amantes anteriores e altamente treinadas de Moshe. Sem dúvida alguma, eram mais altamente treinadas do que Nana. Nana não era páreo para as garotas maneirosas do passado de Moshe. Ao contrário de Nana, essas garotas perfeitas sabiam andar com saltos altos de quinze centímetros. Os seios não tinham o suporte do sutiã e mesmo assim eram exuberantes. Para os membros do corpo treinados com ioga, nenhuma posição sexual era estranha.

Que sirvam de lição para todos nós. As garotas maneirosas do passado de Moshe. Não sei. Essa é a conclusão de uma garota que não acreditava nos próprios atrativos. Essa é a conclusão natural de uma garota que não se orgulhava do próprio *sex appeal*.

Se ao menos as pessoas nunca tirassem conclusões.

Nana tomou água com sofreguidão. Depois a cabeça sonolenta começou a seguir uma rota determinada, passando pela nuvem negra de cogumelo dos pêlos macios do peito de Moshe, ao longo da linha vertical mais tênue que ia do umbigo aos pêlos púbicos, até chegar ao pênis. Nesse ponto, ela abriu os inseguros lábios umedecidos com bálsamo e circundou Moshe com muita delicadeza. Moshe cresceu, e cresceu. Acordou sonolentamente. Sentiu uma saliva quente, depois fria, ao redor dos testículos. Isso o fez se sentir bastante satisfeito.

Há quem pense, e entendo, que realizar a felação antes da relação sexual propriamente dita contraria as normas da etiqueta sexual. A chupada é uma pequena surpresa, reconheço. Mas a etiqueta sexual é variável. Adapta-se à situação, que nesse caso se caracterizava pela preocupação. E, nas situações sexuais que se caracterizam pela preocupação, as pessoas muitas vezes recorrem a práticas mais extremas do que uma delicada chupada. Um ato de felação preliminar era bem inofensivo. E Nana não pretendia dar a Moshe uma chupada completa. Não a faria até o orgasmo. A chupada era só um aperitivo.

Nana tentava acelerar as coisas. Nessa situação nervosa, ambos queriam fazer sexo. Na verdade, secretamente, queriam *ter feito* sexo. O nervosismo chegava a esse ponto. Lá em cima,

Moshe estava nervoso. Lá embaixo, Nana estava nervosa porque o deixava nervoso.

Nana afastou a boca e a tirou do pênis de Moshe. Depois se agachou sobre Moshe, apoiada nas mãos e nos joelhos, e correu a ponta da língua pelos mamilos gordamente planos dele, rosa sobre rosa. E acho que estava sendo bastante audaciosa. É difícil improvisar em silêncio. E Moshe disse:

— Me pede pra eu te comer.

Nana, de olhar vivaz, apenas sorriu. Ele disse:

— Me pede.

Como todos sabem, sexo é um jogo de dominação.

Nana olhou para Moshe. Perguntou a si mesma se Moshe não estava se apressando demais. Estava contente de ir devagar. Mas, porque queria que o namorado gordinho também ficasse contente, disse:

— Me come. — Falou arrastado. Falou: — Me co-me. Mmmeee cooo-me.

E então, e então, Moshe foi sacana. Ele mesmo afrouxou o passo. Como um profissional, apenas insinuou um dedo, tocando a boceta na posição em que Nana estava.

Com isso Nana fechou os olhos, satisfeita.

9.

Nana fechou os olhos, satisfeita. Disse a si mesma para não pensar em outra coisa. Mas pensar assim a fez pensar em qualquer coisa. Pensou no frigobar. E aí abriu os olhos. Abriu os olhos e olhou para os lábios de Moshe. Olhou para os lábios entreabertos dele, posando para a ocasião, e os lábios a lembraram de que precisava de um novo batom, o que por sua vez a lembrou da sombra dos olhos que ia sumindo e de que a sombra precisava ser de um tom ocre, porque sem ela as sobrancelhas pareciam muito irreais, e não estava certa de ter visto recentemente esse tipo de sombra, não, nem na revista *Pure Beauty*.

Depois Moshe se virou, e a virou e pôs de costas. Penetrou Nana. Parou. Ela gemeu gemidos apropriados, gemeu gemidos de lábios fechados, contidos. Ele a penetrou um pouco mais. Ela gemeu um pouco mais.

Era sexo! Era uma cena de sexo!

Finalmente, acabou. Na verdade, acabou logo. Assim como ocorre com muitos homens, Moshe estava superexcitado. Isso era particularmente lamentável, porque, não querendo *arriscar*, Moshe não tomara a precaução de uma punheta pré-sexo.

Nana não gozou. O que, devo dizer, não foi uma surpresa. Decerto não uma surpresa para Nana.

Mas essa pequena desigualdade desencadeou uma série de pensamentos febris. Desencadeou, sobretudo, um monte de pensamentos febris em Moshe. Enquanto Nana o apertava num abraço, alegre, aliviada, Moshe se perguntava o que ela sentia. Seria demais esperar um elogio, entendia isso, mas não dizer lhufas era um bocado perturbador. O que ela fazia, pensou Moshe, desapontado, era só abraçá-lo.

Ah, Moshe. Moshe, Moshe, Moshe. Será que não pode haver momentos sem bate-papo? Será que não pode haver um silêncio mútuo? Vai ficar sempre apreensivo assim?

Lamentavelmente, devo dizer, vai ficar sempre apreensivo assim.

Sentiu o pênis sair todo encolhido. Então, para minimizar o momento, Moshe se achegou ao lado dela, rolando sobre o braço esquerdo estendido dela, o qual Nana libertou de debaixo dele com um puxão.

Quanto a Nana, a essa altura os sentimentos eram uma mistura de felicidade e desconforto. Sentia felicidade pelo sexo.

Sentia desconforto pelo esperma cosquento e grudento em redor do cu e na parte interna das coxas. Pensou em ir ao banheiro se limpar, mas em seguida resolveu que não, que ficaria ali. A limpeza daria a impressão de falta de arrebatamento. E de certo modo, pensou, gostava da sensação do grudento, gostava do caráter disso. Fazia-a sentir-se exausta, usada, devassa.

Gostou do devassa.

Então esfregou as coxas molhadas uma na outra e disse:

— Acha que a gente vai se encher logo um do outro? Acha que a gente vai ficar que nem quem só consegue fazer sexo em desastres de automóvel, que nem naquele livro do Ballard, como é mesmo o nome, *Crash*?

Moshe a agradou e acalmou. Esperou um pouco, ponderando. Depois olhou para ela. Tranqüilizou-a. Disse:

— Não sei dirigir.

10.

Sei que foi um dito espirituoso, e quem é espirituoso parece despreocupado, parece hábil. Mas a verdade era outra. Moshe não estava livre de inquietações. Moshe não estava despreocupado. Estava pensando pensamentos sombrios e coléricos.

É difícil ser homem durante o sexo. Há um aspecto que se refere ao desempenho no ato que é inegavelmente objetivo. Infelizmente, a duração é objetiva. É dezessete segundos, ou cinqüenta e cinco minutos. Não pode ser ambos ao mesmo tempo. E, porque pensava na natureza cruelmente objetiva da duração, Moshe pensava pensamentos sombrios e coléricos.

A persistente esperança de Moshe era que Nana tivesse de algum modo se enredado tanto no sexo que a noção de tempo pudesse ter se evaporado. A menos que a noção de tempo tivesse se dispersado, pensou, ela estaria pensando pensamentos espirituosos. Seria natural. E Moshe não queria que ela pensasse pensamentos espirituosos.

Claro, Nana não estava pensando pensamentos espirituosos. Nana estava apenas contente de que a penetração intravaginal chegara a um fim natural. Nana estava perfeitamente satisfeita.

Moshe é que não estava satisfeito. Num hotel de Covent Garden, Moshe compreendia a questão da homossexualidade. Achava que uma vantagem de ser gay era que ele saberia exatamente o que é uma média cavalheiresca. Não seria perseguido pela incerteza. O problema da heterossexualidade, pensou Moshe, era o sigilo dos casais. Não havia transparência. Para os rapazes, um "guia de rapaz" eram as garotas. E garotas não serviam muito bem ao propósito. Eram tão morais que não inspiravam confiança. Eram sempre generosas. Talvez não, reconheceu, quando conversavam com outras pessoas. Mas com Moshe, na cama, olhando a chuva poética, eram sempre gentis e reconfortantes. Diziam-lhe que sexo é maravilhoso. Elogiavam a ternura e o tamanho de Moshe.

Não, Moshe queria rapazes. Queria a conversa franca com outros rapazes. Isso o entristecia. Entristecia porque não tinha certeza absoluta de que isso algum dia aconteceria.

Pode parecer secundário, mas a conversa ideal de Moshe aconteceu de fato. Aconteceu há muito tempo, mas aconteceu.

No dia 3 de março de 1928, Antonin Artaud, André Breton, Marcel Duhamel, Benjamin Péret, Jacques Prévert, Raymond Queneau, Yves Tanguy e Pierre Unik, todos se sentaram e conversaram sobre sexo. Nem todos eles são famosos, sei disso. Não são muito famosos individualmente. Mas têm alguma importância. Não são insignificantes. Eram integrantes-chave do grupo surrealista. Achavam que falar francamente sobre sexo era um começo indispensável para a criação de uma sociedade justa e perfeita. Achavam que era o primeiro passo político.

Seria ótimo se Moshe tivesse estado presente. Acho que isso o teria acalmado. Acho que teria acalmado uma porção de rapazes.

11.

RAYMOND QUENEAU Você não faz sexo há um bom tempo. Quanto tempo leva para ejacular, a partir do momento em que está sozinho com uma mulher?

JACQUES PRÉVERT Talvez cinco minutos, talvez uma hora.

MARCEL DUHAMEL Comigo é a mesma coisa.

BENJAMIN PÉRET Há duas partes. Antes do ato sexual propriamente dito, um período que pode demorar bastante, talvez meia hora, dependendo do desejo na ocasião. A segunda parte, o ato sexual: uns cinco minutos.

ANDRÉ BRETON A primeira parte, bem mais demorada do que meia hora. Quase indefinida. A segunda, vinte segundos, no máximo.

MARCEL DUHAMEL Para ser mais preciso, durante a segunda parte, um mínimo de cinco minutos.

RAYMOND QUENEAU O ato preliminar: um máximo de vinte minutos. O segundo, menos de um minuto.

YVES TANGUY Primeira, duas horas. Segunda, dois minutos.

PIERRE UNIK Primeira, uma hora. Segunda, entre quinze e quarenta segundos.

ANDRÉ BRETON E a segunda vez? Supondo que se faz sexo no tempo mais breve possível. Eu? De três a cinco minutos para o ato sexual.

BENJAMIN PÉRET O ato sexual: por volta de quinze minutos.

YVES TANGUY Dez minutos.

MARCEL DUHAMEL Comigo é a mesma coisa.
PIERRE UNIK Varia: entre dois e cinco minutos.
RAYMOND QUENEAU Quinze minutos.
JACQUES PRÉVERT Três minutos ou até vinte minutos. O que acham de uma mulher com o sexo raspado?
ANDRÉ BRETON Muito bonito, infinitamente melhor. Nunca vi, mas deve ser muito bom.

12.

Realmente não acho que Moshe precisava ficar tão perturbado com seu desempenho. André Breton, o fundador do movimento surrealista, gozou no máximo em vinte segundos. Raymond Queneau, um *romancista*, o autor de *Zazie no metrô*, não foi além de um minuto.

Moshe, por sua vez, gozou depois de seis minutos e quarenta e sete segundos. Comparado a André Breton e Raymond Queneau, era um super-homem. Podia bem ser meio judeu, podia até bem ser a metade errada, mas ainda assim pertencia aos eleitos.

E não era só que sua capacidade sexual fosse extraordinária. Ele era também um conhecedor do "sexo raspado". Sim, Moshe vira uma vagina pelada. Aos dezessete anos, como um favor de aniversário a Moshe, a para sempre primeira namorada, chamada Jade, tirou todos os pêlos púbicos. Ela o fez usando uma camada sensatamente besuntada de Immac Sensitive. Levou Moshe ao banheiro feminino do Fridge, em Brixton, e enfiou a mão dele dentro das calças dela, para que sentisse a lisura infantil e a umidade incontinente.

Moshe era um virtuoso do sexo. Moshe era um talento.

13.

Mas me preocupa estarmos ignorando papai. E não vou ignorar papai. Agora que Moshe e Nana finalmente fizeram sexo, podemos ignorar os dois um pouquinho, em vez de ignorar papai.

Enquanto a filha estava sendo saciada por um judeu não ortodoxo, papai estava ajustando um terno no alfaiate. De fato, o terno estava sendo ajustado por um judeu ortodoxo.

A vida é cheia dessas ironias e coincidências.

O alfaiate de papai era o sr. Blumenthal. Um homem baixo e oblongo de setenta e cinco anos. Careca. De cardigã. Morava na esquina da Shakespeare Close com a Milton Road, do lado da sinagoga, em Hatch End. No mapa A-Z da Grande Londres, a sinagoga é representada por uma estrela-de-davi. Ele morava com a mulher, que se chamava sra. Blumenthal. A sra. Blumenthal era uma mulher baixa e quadrada. Cabeluda. Sem cardigã.

Na casa pseudo-Tudor, na esquina da Shakespeare Close com a Milton Road, era domingo de manhã e as barras da calça de papai estavam sendo encurtadas e os ombros do paletó estreitados.

O sr. Blumenthal estava de joelhos na sala do sr. e da sra. Blumenthal, debruçado sobre as meias mescladas de papai, com uma enfiada de alfinetes na boca. Elogiava papai por saber discernir um tecido de alta qualidade. Ao mesmo tempo, criticava os fabricantes do terno pela inepta costura das junções.

Papai olhou para o enorme livro de fotografias de paisagens israelenses numa mesinha de centro. Olhou para a moldura vermelha acolchoada, bordada com fios dourados em espirais, que circundava uma fotografia de um menino com um vistoso xale de *bar mitzvah*.

E no que pensava papai? Como sempre, papai procurava não pensar em Auschwitz.

Auschwitz?

Não porque fosse algo sinistro. Não, não. Mas porque papai era bondoso.

Papai estivera em Auschwitz. A negócios na Cracóvia, viajara para Auschwitz com um grupo turístico de meninos e meninas israelenses. Quando papai esteve lá, Auschwitz estava ensolarada e clara. O gramado estava aparado. Três turistas japoneses posavam para a câmera embaixo da inscrição gravada no portão: *Arbeit Macht Frei*. Um faxineiro lustrava o vidro das vitrines, que continham malas, roupas de crianças, cabelo. Havia toneladas de cabelo. Os nazistas tornaram os cabelos uma coisa desagradável. E isso, pensou papai, era uma proeza. Era uma proeza tornar tudo anormal.

Mas, na verdade, nem tudo era anormal. Essa era a maior tristeza de papai em Auschwitz. Teria sido melhor, pensou, se fosse. Em lugar disso, todos os objetos tinham o tamanho certo. Eram iguais a objetos comuns. Havia uma trança que roçaria o ombro de uma menina, se ela se virasse de lado. Tocaria a lateral do pescoço. Tudo era proporcional.

Na verdade papai não devia ter ido a Auschwitz. Só o deprimira. Só o destruíra. Porque acontece que as pessoas bondosas se espantam com a agressão. E isso as deixa tão transtornadas que desejam descobrir o porquê. Como, perguntam, como é possível que as pessoas sejam tão cruéis?

Papai só queria entender.

Uma vez pegou um folheto do Feriado do Holocausto, organizado pela agência de viagens Midas Battlefield, mas ficou horrorizado com o texto. "Dia 3. Esta manhã visitaremos os Campos de Morte de Treblinka, onde até dezessete mil vítimas foram assassinadas por dia. De volta a Varsóvia à tarde, passearemos pelo agradável e tranqüilo parque Lazienki, talvez ao som de Chopin, e visitaremos o palácio sobre o rio. De volta ao hotel para o jantar."

Papai não era grosseiro. Papai não era demoníaco. Era só inocente.

Na tentativa de entender a natureza do mal, certa vez papai adotara como leitura de cabeceira o livro *Comandante de Auschwitz*, de Rudolf Hoess, com um texto de Primo Levi na sobrecapa. Primo não era o supra-sumo das relações públicas. Escreveu este texto para Rudolf Hoess: "Este livro está impregnado do mal [...] não tem qualidade literária e lê-lo é uma agonia".

Rudolf Hoess deixou papai perplexo. Rudolf só queria ser fazendeiro. Queria ter uma carreira agradável, um silo e máquinas. E acabou administrando Auschwitz. Se fosse nosso contemporâneo, o maior desejo de Rudolf teria sido ficar sentado na cozinha de armários de aglomerado revestido, com uma chávena de Lipton's Earl Grey e um HobNob, conversando sobre as crueldades dos burocratas de Bruxelas. Teria desejado uma vida tranqüila. O mais perto que Rudolf teria chegado da violência seria a matança de um porco em frente do Budgens de Moreton-in-Marsh, em protesto contra a negligência e a malfeitoria dos franceses.

Mas não. Administrou Auschwitz.

— Como era Auschwitz? — perguntou uma vez o sr. Blumenthal, repetindo a pergunta de papai. O sr. Blumenthal lançou um olhar para a sra. Blumenthal. Papai e o sr. Blumenthal observaram os pés gorduchos da sra. Blumenthal envoltos na malha azul na espreguiçadeira elétrica de veludo escuro. — Como era? — repetiu o sr. Blumenthal. O que poderia dizer?

— A comida era ruim — respondeu. — A comida era *péssima*.

Papai não sabia se era para ser engraçado. Não conseguiu rir. Quis rir e só deu um risinho. Mas um risinho não é uma risada.

— Ah, vocês — disse a sra. Blumenthal. — Um dia desses vão se meter numa embrulhada com essa conversa.

— Que tipo de embrulhada? — retrucou o sr. Blumenthal.

— Embrulhada — disse a sra. Blumenthal.

Papai gostava da sra. e do sr. Blumenthal. Gostava muito dos dois. Só que quando o sr. Blumenthal se ajoelhava, de camiseta branca, para passar os alfinetes nas costuras, era triste para papai ver entre as sardas do pulso dele um número de cinco dígitos tatuado em azul.

Talvez você entenda a importância do número cinco, mas talvez não. Cinco dígitos significam que o sr. Blumenthal foi um dos primeiros a chegar a Auschwitz. Estava apenas entre as dezenas de milhares. Teve que agüentar por mais tempo do que a maioria.

Mas outra coisa também entristecia papai. Não só o número. Era isto:

— Agora tem um *schvartze* na casa ao lado — disse a sra. Blumenthal.

— É mesmo?! — retrucou papai.

— Sim, um *schvartze* — disse a sra. Blumenthal.

— Isso é bom — disse papai.

— Bom?! — exclamou o sr. Blumenthal. — Um *schvartze* na casa pegada a uma sinagoga! Uma família de *meshuggener* do lado de uma *shul*? Claro que não é bom!

Os Blumenthal eram dignos. Ambos tinham sobrevivido a Auschwitz. Mas também eram racistas. Detestavam negros. E isso, obviamente, punha papai numa situação difícil. Ele não sabia o que pensar. Os Blumenthal o confundiam. Eram dignos e indignos.

Sem dúvida, os Blumenthal eram complicados. Eram moralmente ambíguos.

— E a moça? — perguntou a sra. Blumenthal. — Como vai Nina?

— Nana — disse papai.

— Nana — disse o sr. Blumenthal.
— Tem um namorado novo — disse papai.
— Isso é bom, um namorado — disse o sr. Blumenthal. — E como é ele, o namorado? Provavelmente não serve pra ela.
— É ator — disse papai.
— Não serve — retrucou o sr. Blumenthal.
— E acho que é judeu — acrescentou papai.
— Então com certeza não serve! — bradou a sra. Blumenthal, quase perdendo o fôlego de tão boa que achou a piada.

Papai deu um risinho. Era desconcertante, esse humor leviano constante.

Quanto a mim, gosto muito desse humor. Mas acontece que não sou bondoso. Não sou afável. Não sou afável como papai.

4. Romance

1.

Em 1963, minha mãe foi a Praga num intercâmbio escolar. Em Praga, ficou na casa de uma garota chamada Petra. Na verdade, Petra era só meio judia. A mãe era judia. Quando os nazistas ocuparam Praga, informaram ao pai de Petra que ele deveria deixar a mãe de Petra. Ele não a deixou. Então o mandaram para o campo de concentração de Terezín. Mandaram também a mãe de Petra. E ambos sobreviveram. Isso, evidentemente, era incomum. Poucos sobreviveram em Terezín. Para comemorar, a mãe e o pai de Petra resolveram ter um segundo filho. O segundo filho foi Petra.

Não sobraram muitos judeus em Praga depois de Terezín. Por isso Petra tinha uma curiosidade especial por judeus. Assim, quando aceitou participar de um intercâmbio escolar, solicitou uma garota judia. Por isso minha mãe ficou com ela. Minha mãe também é judia.

Mais tarde, Petra e minha mãe se escreveram regularmente. Em 1968, depois que os russos invadiram Praga, Petra veio para Londres. Morou com a família de minha mãe. Um ano depois, os russos anunciaram que os tchecos residentes no exterior teriam três semanas para resolver se queriam voltar. Se quisessem ver os familiares mais uma vez, teriam de voltar imediatamente. Então ela voltou.

Eis dois fatos sobre Petra. Ela nunca se filiou ao Partido Comunista. Esse o primeiro fato. O segundo é este: ela preferia as peças de Václav Havel aos romances de Milan Kundera, porque Kundera deixou a Tchecoslováquia em 1975, o que foi uma traição à resistência.

Mas a decisão de Petra de voltar em 1969 não foi motivada pelo compromisso com a resistência. Nem pela crença na causa comunista. Em 1969, Petra voltou porque um rapaz rompeu com ela. Por isso voltou. Sempre acreditou, porém, que voltou porque não poderia abandonar a família.

Não poderia abandonar a herança judaica. Tinha de fazer a coisa boa, a coisa certa. Essa a exposição de motivos de Petra.

Mas havia também uma explicação menos romântica, mais financeira. Em Londres, Petra trabalhava como temporária. Em Praga, a mãe lhe arranjara um emprego na embaixada americana. Tinha um salário. Tinha um salário muito bom. Com o salário, Petra podia se dar ao luxo de morar no antigo bairro judeu. E sempre sonhara com uma casa no bairro judeu. O que também não era por motivos religiosos. Era porque ela adorava art noveau. Sabe, Petra — que usava jeans pré-lavados justos, meias de poliéster azuis-celeste e polainas pretas com estampas de pele de cobra — aspirava ao estilo. Adorava os arabescos das balaustradas do bairro judeu, as molduras florais dos tetos.

Petra voltou, então, por dois motivos. Nenhum deles judaico. Voltou à Praga judia por causa do amor à decoração dos interiores do início do século XX e, em segundo lugar, porque fora rejeitada.

2.

— Sim, sim, sim, sim — disse Anjali.

— Gosta? — perguntou Nana. — Mesmo?

— Sim, sim — respondeu Anjali. — Ao falar, Anjali varreu o ar com a mão num gesto retórico e bateu num copo vazio que antes contivera uma vodca com tônica. O copo oscilou e depois por sorte se firmou.

Já descrevi a aparência de Anjali? Acho que não. Bem, descrevi a maquiagem, mas não as roupas dela.

Anjali era meio esguia, meio baixa, meio morena. Seu estilo era uma mistura de urbano com esportivo. Uma roupa normal para Anjali era a velha jaqueta de brim, que usava desde os quinze anos, e um par de tênis Perry Ellis vermelho com alinhavado preto. Tinha um pequeno acúmulo de sardas no nariz. Usava quase sempre um bracelete de prata no pulso. Havia umas pálidas marcas lilases de acne nas bochechas. No meio das costas, na coluna, havia uma mancha de pele congênita.

No fim Nana se cansaria dessa mancha.

Mas estou me antecipando.

— Acho que às vezes Mies é um pouco, um pouco programático demais — disse Nana.

— Como os arranha-céus? — perguntou Anjali.

— Ah, não, eles são maravilhosos — retrucou Nana.

— Ah, bom — disse Anjali.

— São tão austeros — disse Nana.

— Adoro aquele arranha-céu, o arranha-céu da Friedrichstrasse, é tão bonito — disse Anjali.

— O prédio todo de vidro? — perguntou Nana.

— É, aquele — disse Anjali.

— Ah, sim, é lindo — retrucou Nana.

Como vê, estavam conversando sobre arquitetura. Estavam sendo intelectuais. E Moshe também estava presente. Só que não tinha sido incluído na conversa. Tinha se desincluído. Afundado no sofá de couro vermelho, ao lado de um tubo de ensaio de sessenta centímetros cheio de lírios brancos murchos, estava quieto. Em vez de falar, Moshe justificava o que tinha pagado, comendo seis libras e cinqüenta de uma mistura japonesa oferecida cortesmente numa tigela de louça branca pelos proprietários do "meubar", no "meuhotel". Apesar de que não é meu, pensou Moshe, a porra não é minha. Não fora idéia dele cobrar seis libras e cinqüenta por um "minhamaria". A faixa de preço não era uma escolha pessoal.

Continuou a comer, num silêncio triturante e rangente.

Enquanto Anjali e Nana se conheciam. Nana disse:

— Acho que o interessante é que a forma é internacional. Acho que tem tudo a ver chamarem de Estilo Internacional. Quer dizer, acho que as pessoas acham que com, com, com, com a Bauhaus é tudo muito, assim, específico de Berlim. Mas o Mies van der Rohe vai pra Nova York e lá cria os mesmos designs. Então, não tinha nada a ver com Berlim. Tinha tudo a ver com a forma.

Anjali assentia com a cabeça. Gostava muito que lhe ensinassem. Gostava muito da nova namorada bonita de Moshe e dos monólogos difíceis dela. Era legal que essa garota fosse inteligente.

— Mas e os telhados? — perguntou Anjali.

— Como assim? — retrucou Nana.

— É que eu achava que eles tinham um motivo alemão — explicou Anjali.

— Ah, a concepção dos prédios de telhado plano? Por que era contra telhados pontudos? — perguntou Nana.

— É — respondeu Anjali.

— Ah, acho isso horrível — comentou Nana. — Detesto. Tinha tudo a ver com o comunismo — disse.

— Com o comunismo? — retrucou Anjali.

— Eles achavam que telhados pontudos eram parecidos com coroas — explicou Nana. — Daí fizeram telhados planos.

— Por causa das coroas? — perguntou Anjali.

— Não — respondeu Nana.

— Mas — disse Anjali — e quando chove? Como é que faz?

— Ah, não exatamente — disse Nana.

Nana assentia com a cabeça. Gostava muito dessa garota. Gostava muito da amiga bonita de Moshe. Era legal que essa garota fosse inteligente. Nana disse:

— Mies também recusou venezianas desiguais. Re-cu-sou. Ou ficavam pra cima ou ficavam pra baixo, foi o que ele quis. No prédio Seagram, de Nova York. O arranha-céu. Todo mundo que estava lá do lado de dentro reclamou. Daí Mies fez uma concessão. Ele acrescentou uma outra posição. Quer dizer, então ficavam pra cima, ficavam no meio ou ficavam pra baixo.

— Só três posições? — perguntou Anjali.

— Ah, aí é que está, também acho — retrucou Nana. — Também acho.

3.

Tenho uma teoria bastante simples sobre o romance de Nana e Moshe. Que é a seguinte: o romance deles não era romântico. Bem, não costumeiramente romântico.

Por exemplo, um elemento decisivo da concepção convencional de romance é que o romance é uma *ligação*. O romance é o oposto de amigos.

Os amigos muitas vezes reclamam disso. "A Stacey", dizem, "me abandonou. Ela agora só quer ver o Henderson o tempo todo." De outro lado, Stacey, se nos ativermos a Stacey por enquanto, acha que as amigas dela *grudam demais*. Talvez esse exemplo seja um pouco abstrato. É um pouco abstrato, percebo. Vou acrescentar alguns detalhes. Stacey desenvolveu um ceceio. O que significa que ela fala um pouco mais devagar do que os outros. Ela usa três braceletes multicoloridos de amizades no pulso direito. Henderson, o namorado, é mais novo do que ela e isso a desconcerta. Ela tem dezenove, ele dezesseis. Bem, Stacey acha que as amigas não entendem que é muito importante dedicar tempo a um relacionamento. Em parte é por isso, claro, que não quer que as amigas encontrem Henderson com muita freqüência. Ele tem, como falei, só dezesseis.

Quanto a Henderson, os amigos dele também acham seu relacionamento muito exclusivista. Mas têm lá a teoria deles. Henderson nunca os deixa se encontrarem com Stacey por causa, supõem, do tamanho dela. Stacey não é a mais magra das garotas. Os amigos de Henderson o provocam, dizendo que ele só quer uma figura materna. Quer uma figura materna peituda. O pênis de Henderson, dizem eles, está umbilicalmente ligado a Stacey.

Agora, Nana e Moshe não eram, evidentemente, iguais a Stacey e Henderson. Nenhum romance é igual.

Nana e Moshe tinham um romance não romântico.

4.

Numa cadeira de couro ao lado de Anjali, Nana e Moshe, à janela do "meubar", estava sentada uma garota. A garota usava uma bandana verde-oliva e uma trança francesa. Na ponta da trança, um elástico revestido de flanela turquesa cintilante fora preso com firmeza.

Ela era francesa. Franco-argelina. Batia papo com outra amiga franco-argelina. Falavam francês.

— Uí — disse. — Uí. Eczacdemã. Dans la vie. Uí. — Em seguida tirou a jaqueta de tecido verde-oliva fino, revelando uma blusa preta sem mangas com um ponto de interrogação turquesa cujo ponto era o símbolo da mulher, um círculo unido acima de uma cruz.

Era propaganda. A garota enfiou as alças pretas do sutiã embaixo da blusa. Nana olhou. Anjali olhou. Anjali olhou Nana olhar.

5.

Mas Nana não era lésbica. Virou-se para o namorado. Perguntou como ele estava.

Moshe estava, como revelou, desconsolado. Estava um tanto nauseado com os tira-gostos sutilmente condimentados. Estava chupando um dedo engordurado. Anjali disse:

— É incrível o tempo que você dedica a comidinhas de cortesia. Se entrega a elas pra valer. Não desperdiça nada.

Nana deu uma risadinha e disse:

— Pois é. Deve ser o lado puritano dele. Ele detesta o desperdício.

Moshe abriu os braços num gesto de "Por que estão pegando no meu pé?".

— Como é que se chama aquele estilo... — disse ele — aquele que usaram na Índia, sabe, a coisa do sir Lutyens?

Mas Anjali já ia dizendo a Nana:

— Gosto muito desse bracelete. Já te falei isso da outra vez, né?, é maravilhoso, é realmente bárbaro. — Perguntou: — Onde você comprou?

— Sabe como se chama? — perguntou Moshe.

— Ah, mesmo? — disse Nana a Anjali. — É, falou, sim. — Disse: — Não sei onde, acho que na Hoxton Boutique, talvez, ah, não, não, não, foi naquela lojinha, sabe aquele pátio, quando a gente anda um pedacinho da Brick Lane, tem aquele pátio com umas lojinhas. Acho que foi numa delas — disse. — E comprei também uma tira elástica, superlegal mesmo, uma munhequeira vermelha, branca e azul, com "I Love Paris" escrito e com umas torrezinhas Eiffel de metal penduradas. A gente precisa ir lá — disse. — Não me refiro a Paris, mas à Brick Lane.

— Ah, legal — disse Anjali. — Ia ser legal.

— Quem sabe Paris também — disse Nana com um risinho.

— Já levei vocês àquele lugar da Brick Lane que vende *bagel*? — disse Moshe.

— *Baigl*? Você fala *baigl*? — disse Nana.

— É. Por quê? Como é que você fala? — retrucou Moshe.

Anjali acendeu um cigarro. Nana disse:

— Ora, bei-guel. Todo mundo fala beiguel.

Ele retrucou:

— Bem, pode ser que em Edgware falem *beiguel*, mas eu não. Não, eu falo *baigl*. Bom, então...?

Anjali soprou a fumaça na direção de Nana e a dispersou rapidamente com a mão esquerda, como se espantasse moscas.

— Você mora em Edgware? — perguntou para Nana.

— Moro — respondeu Nana.

— Mas que incrível — disse Anjali. — Eu moro em Canons Park.

— Mesmo?! — exclamou Nana, com voz aguda.

— Bom, e então...? — disse Moshe. — A gente podia ir lá, na confeitaria da Brick Lane. É tão barato que acho que um *bagel* custa cinqüenta pence ou coisa do gênero. Com ricota, salmão e tudo o mais.

— Ah, sim, eu conheço — disse Nana.

— Ah — fez Moshe.

— É bom ir lá bem tarde, depois da balada ou coisa assim — Nana disse a Anjali.

— É, também conheço — disse Anjali.

Moshe disse:

— É uma rua legal, a Brick Lane, um lugar legal, com *bagels* e aquele bar no 291, não sei se é o 291, não, sei lá, é o 192, não, caramba, o 93, da Feet East. E os *curries* — ele disse. — Já foram naquele restaurante lá, o Prim? Ah! é indo-sarraceno.

— É o quê? — perguntou Anjali.

— Indo-sarraceno — ele respondeu —, o estilo, o estilo de Lutyens. Na Índia. A coisa gótica exótica. Em Nova Delhi.

— Ah, sim — retrucou Anjali. — Sim, e o que é que tem?

— Ah, nada — disse ele. — Nada. É só que eu gosto — disse. — Só estava querendo conversar.

— Sabia que a maior coleção de prédios no estilo Bauhaus do mundo fica em Telaviv? — perguntou Nana. — Construíram apartamentos para os trabalhadores.

— Não sabia, não — retrucou Moshe. — Não sabia, amorzinho.

6.

Não, Moshe não era um rapaz judeu sério. Não se envolvia na história do povo judaico. Se pedissem que localizasse Telaviv num mapa de Israel, não tenho certeza de que conseguiria.

Tenho uma teoria simples sobre nacionalidade também. Assim como o romance, a nacionalidade não existe. Na verdade, nacionalidade é um romance.

De vez em quando Moshe gostava de ser francamente judeu. Às vezes se sentia leal. Mas não era propenso a se preocupar com sua nação. Não se preocupava com o fato de ser judeu. Isso, em parte, porque só o pai era judeu. E também porque o pai não era um judeu muito judeu. Em 1968, o pai de Moshe se mudou para Israel. Em 1973, o pai de Moshe já tinha mudado de volta. Cansara de Israel. Em 1975, casou com muito gosto com uma *shiksa* chamada Gloria.

Num almoço de fim de semana, Moshe teve o prazer de contar a Nana e ao adorável papai o quanto detestava a Páscoa, o *Pesach*. Participara da Páscoa apenas uma vez, disse. E uma vez bastava.

— Conhecem o *Pesach*? — disse. — Você tem que

procurar o pão ázimo, o caçula tem que procurar o pão ázimo, e meu avô o escondeu no banheiro do andar de cima, sabem, na caixa-d'água, com válvula de bóia. E depois a gente tinha que comer. Então tive que comer. Foi horrível. Não sei como foi parar lá — disse Moshe. — Meu avô tinha mal de Parkinson. Mas subiu até lá.

Papai achou engraçadíssimo. Nana achou engraçadíssimo. Ela ria de boca fechada e sacudia a cabeça para trás e para a frente. Isso porque tinha tomado um gole grande de água.

— E depois a gente tinha que cantar aquela canção — continuou Moshe.

— Canção? — perguntou papai.

Moshe cantou.

— "Só um filho, só um filho, meu pai comprou por dois *zuzim*, só um filho, só um filho." Pois é, impressionante — disse Moshe. — Tem o menino, o gato, o cachorro, a vara, o fogo, a água, o boi e o açougueiro, e depois o anjo da morte mata o açougueiro e mata o boi. Não, é o contrário. O açougueiro mata o boi e depois o anjo da morte mata o açougueiro. É emocionante.

Às vezes se sentia leal. Mas, no mais das vezes, não. Não entendia a devoção. Quando papai, em determinado momento, ficou triste com o julgamento do tenente-coronel da ss Adolf Eichmann, Moshe concordou que era triste. Era triste, disse Moshe, que tivesse havido um erro judicial assim flagrante. Mas não foi por isso que papai ficou triste. Papai não concordava que a verdadeira pessoa que deveria ter sido julgada fosse o caçador de nazistas maníaco, Simon Wiesenthal. Essa era a opinião de Moshe.

Não, Moshe não tinha uma relação fácil com o judaísmo.

Por exemplo, Moshe era dono de um *Haggadah* de 1996 da UEJ, União de Estudantes Judeus. Também tenho um livro desse. O *Haggadah* descreve o procedimento correto para a cerimônia da Páscoa. Imitando o hebraico, o *Haggadah* da UEJ começa no fim. A gente lê de trás para a frente. Acho isso artificial. Moshe também achava artificial. De qualquer forma, nesse livro há uma seção chamada "Por que ser judeu?". A idéia dessa seção partira do rabino líder da Grã-Bretanha, o dr. Jonathan Sacks.

Uma das personalidades judias ilustres entrevistadas para essa seção — e são personalidades ilustres, entre elas Kirk Douglas, Uri Geller, Roseanne, Steven Spielberg e Elie Wiesel — foi Vanessa Feltz, a apresentadora de programa de entrevistas.

Esta foi a resposta de Vanessa Feltz à pergunta do dr. Sacks "Por que ser judeu?". E, devo dizer, neste ponto da cética análise do judaísmo, acho que concordo com Moshe. Moshe e eu julgamos a resposta de Vanessa um tanto tendenciosa.

> O casamento misto nos priva de nosso futuro. Rejeita insensivelmente a preservação dos cinco mil anos de erudição, perseguição, humor e otimismo que tornaram os judeus um povo extraordinário. Cada casamento de um judeu com um não-judeu erode as fundações que nos fazem quem somos. Afinal, sem filhos judeus não há posteridade judaica. Da minha suíte de três aposentos em Finchley, isso me parece uma tragédia.

Vanessa Feltz! A fofa Vanessa Feltz! Dois anos depois, em 1998, o marido judeu a largou. E Vanessa se envolveu com outro homem. Esse outro homem não era judeu. Obviamente, aprovei a miscigenação. Mas, quando o não-judeu largou Vanessa Feltz, não aprovei. Fiquei preocupado que esse revés fizesse Vanessa desistir para sempre de ir atrás de um gói.

7.

E quanto a Anjali? Estava mais aflita por causa da etnia? Estava a asiático-britânica Anjali exasperada com a salada hereditária? Não. Não estava. Bem, não estava *aflita*. Interessava-se mais por filmes.

Mesmo filmes, porém, podem ser etnicamente problemáticos. Uma vez Anjali e Arjuna, um colega de escola, foram ver *Malcolm X*, o filme biográfico de Spike Lee, quando foi lançado, em 1992. Viram o filme no Warner Multiplex, em Staples Corner. Ninguém na platéia era branco. Ninguém na platéia era rigorosamente negro também. Pelo menos ninguém era afro-americano como Malcolm X. Todo mundo era igual a Arjuna e Anjali.

Isso desconcertou Anjali. Bem, não foi exatamente isso que desconcertou Anjali. Não foi a platéia. Foi a atitude da platéia. Inexplicavelmente, todos se identificavam com Malcolm X. O que era ridículo. Sem dúvida teria sido possível gostarem do filme sem achar que eram Malcolm X, pensou Anjali. Ao saírem do multiplex de Staples Corner, Anjali olhou para Arjuna. Gostava dele. Não era essa a questão. Era só que, com os óculos de aro azul-marinho, com um panda pequeno em cada haste para mostrar que a aquisição dos óculos de algum modo apoiava o World Wide Fund, Arjuna não tinha cara de defensor da liberdade *black power*. Pareceu ainda menos um defensor da liberdade *black power* quando o pai chegou — num Mercedes branco com polimento cor de nogueira — para levá-los para casa em Canons Park.

Anjali não entendia. *Malcolm X* era só um filme medíocre. A única coisa de que se lembrava era um movimento panorâmico de trezentos e sessenta graus da câmera no quarto de hotel de Malcolm X. Foi a única tomada sugestiva.

Mas é verdade que havia uma complicação. Bastava envolver Anjali em etnia para ela ficar melindrada. Talvez não admitisse, mas era melindrosa. Por exemplo, a única coisa de que Anjali gostava em relação à Índia eram os filmes de Bollywood. E havia uma explicação bem simples para a adoração de Anjali por Bollywood. Bollywood era não indiano.

Não indiano? Bollywood não indiano? Bem, sim, porque para Anjali a Índia era vacas. A Índia era tapumes e lama. A Índia era cheia de famílias. Enquanto um filme sentimental e musical era o oposto de uma família. Bollywood era Hollywood.

Classificada, segundo alguns, como uma Segunda Geração Indiana Não Residente e, segundo outros, incluindo Anjali, como uma cidadã residente no Reino Unido, Anjali adorava o cinema *masala*. Leu com grande interesse uma entrevista com Shyam Benegal, que declarou aos leais leitores de *Cine Blitz* que o "atual interesse em nós se deve somente à diáspora. Sem ela, ninguém estaria dando a menor atenção".

Acho o termo usado por Shyam, "diáspora", um pouco estranho. Uma diáspora é quando não existe um torrão natal. Shyam estava sendo um tanto melodramático. Com "diáspora" quis dizer "indianos que viviam no exterior".

Anjali também achou a palavra "diáspora" estranha. Ela não era fruto de uma diáspora. Formada com bolsas de estudo na Collegiate School, na zona norte de Londres, e depois no Brasenose College, em Oxford, Anjali era simplesmente uma história de sucesso. Nada tinha a ver com o exílio.

Os filmes de Bollywood eram o oposto da diáspora. Por isso atraíam tanto Anjali. Muito menos tinham a ver com o torrão natal. Eram só uma questão de estilo.

Você talvez ache que os filmes de Bollywood não têm estilo. Talvez ache que são *kitsch*. Bem, estilo é discutível. O essencial é isto: se Anjali alguma vez gostou de alguma coisa indiana, gostou por motivos não indianos.

8.

Na verdade, Anjali é sempre confusa. Esse é um dos motivos por que gosto dela. Ela é imprevisível. Por exemplo, não só a identidade étnica de Anjali é confusa. Ah, não. A identidade sexual também.

Na Old Bond Street, Nana era um reflexo borrado ao lado do borrão refletido de Anjali. Admiravam uma bolsa Tanner Krolle na vitrine. A bolsa era cor-de-rosa.

— Olha, Moshe, olha, como é bonita — disse Anjali a Moshe. E Moshe emitiu um resmungo, emitiu um resmungo de concordância. Não pensava em moda. Pensava em beijar Nana. Mas sentia um gosto ruim na boca depois de um recente Starbucks Skinny Latte. O que o fez desistir da vontade de beijá-la. Então, em lugar disso, achegou os quadris contra ela, abraçando-a por trás e acariciando seu ombro com o nariz.

— Bonita como você, não — disse a Anjali. Em seguida, abriu um sorriso dengoso.

A Anjali? Ele disse a Anjali? Sim, sim. Flertava de brincadeira.

E Anjali sorriu de volta. Flertava também.

9.

Ah, compras. Ah, moda.

Algumas pessoas adoram moda só por ser cara. Não se trata de uma posição atraente. Felizmente, não é uma posição que alguém aceite como verdadeira. Outras pessoas adoram a habilidade profissional, o ofício da moda. Gosto muito dessas pessoas. Essas pessoas semelhantes às que contemplam roupas como obras de arte. Para elas, roupas são estéticas. São oportunidades de exercer a técnica. Devo dizer que não tenho certeza se realmente acredito nessas pessoas. Preocupa-me que no íntimo só adorem a moda por ser cara. Nunca se pode estar muito certo. Mas, basicamente, gosto delas.

Depois existem as pessoas que se interessam por moda em termos abstratos, tipo por meio de revistas, porque desejam estar por dentro, e realmente eu não entendo essas pessoas.

E depois existem as pessoas que desdenham a moda. Desdenham porque é muito cara. Ou porque é materialista. Ou porque é mesmo só feia, ou não prática.

Quanto a mim, minha posição é de interesse e respeito técnicos combinados com sarcasmo perplexo. Essa é uma posição incontestável.

Entre esses três tipos de pessoa, há diferentes atitudes para com a moda. E você precisa saber disso porque, a esta altura da história, Nana, Moshe e Anjali olhavam as vitrines na Old Bond Street e na Saville Row. Não sabiam muito bem como foram parar lá, mas estavam lá. Estavam no coração do mundo da moda de Londres.

Nana gostava de moda por diversão. Era uma dessas pessoas interessadas em tecnicalidades. Gostava das complexidades da costura. Gostava também do esforço que os estilistas faziam para atender à garota magra e alta. Não surpreende que gostasse do ar abobalhado das modelos. E gostava dos novos materiais. Aplaudia a pesquisa em busca de inovação. Mas Nana não gostava dos preços. Não gostava do lado obsceno da moda. A moda, para ela, significava exclusão. E Nana abominava a exclusão. A seriedade e a ansiedade da moda a aborreciam — os silenciosos lacaios estrangeiros, examinando você para checar a sua adequação enquanto você abre portas de vidro leves e rangentes.

Anjali não gostava de moda de modo algum. Aborrecia-se ainda mais do que Nana. Ficava mais perplexa ainda com os preços. Os preços tornavam a moda simplesmente pouco realista. Para Anjali, moda era mero auê publicitário. Nunca refletira de fato sobre ela.

Isso aproximou Anjali e Moshe.

Moshe era o mais passional. Era passionalmente contra. Para Moshe, a moda era puro *schlock*. Era só a intenção de pessoas ansiosas por copiar. Incentivava o culto do vulgar. Moda era conformidade. Essa a teoria dele sobre moda.

Mas toda teoria pertence a uma pessoa em particular. Quanto a Moshe, a teoria de que moda era conformidade vazia poderia expressar uma seriedade moral interior. Poderia ser uma teoria com base na desaprovação do cuidado excessivo com o efêmero. Por outro lado, poderia ser insegurança. Poderia ser que, por não se sentir bonito ou rico o bastante para roupas delicadas e suntuosas, Moshe resolvera zombar delas.

Sei lá — assim como Anjali, Moshe não gostava de moda. A moda o irritava.

10.

Mas ele tentou. Honestamente, Moshe tentou. Na Prada, bocejando, pegou um tênis e tentou olhar. O tênis era um quebra-cabeça de chinelo preto de plástico, iluminado por uma tira invisível de halogênio. Nana se aproximou dele. Aproximou-se para cuidar de Moshe. Parou do lado dele e tocou em algo minúsculo e flutuante num cabide de metal que retinia. Moshe a imitou. Fez um barulho ostentoso. O barulho o enervou.

Deram risadinhas.

Nisso apareceu um homem atrás deles. Os músculos esticavam a camiseta preta elástica. Havia fendas diagonais nos braços. Eram provavelmente intencionais. O homem era, pensou Moshe, vendedor ou modelo. Moshe não sabia direito.

Enquanto Moshe se perguntava qual era a posição dele

no mundo do estilo, o homem disse a Nana que o pequenino calção branco com cordões e listras de marinheiro cairia muito bem nela. Disse que ela era realmente um deslumbre. Muito, muito *sexy*.

Era vendedor. Moshe o detestou.

Ficou lisonjeado com o fato de a amante ser elogiada?, refletiu Moshe. Não refletiu muito tempo sobre a pergunta. Em parte, porque estava deprimido e enciumado. Mas também porque precisava cagar. Seus intestinos estavam ressabiados com o café da Starbuck e o faziam peidar — sutil e furtivamente. Enquanto tocava improváveis calcinhas nos cabides escorregadios, Moshe se angustiava com os peidos. Cada vez que peidava, tinha de se movimentar. Tinha de se afastar do próprio fedor.

Moshe estava se arrependendo do café-da-manhã. Seu estômago não funcionava bem fazia algum tempo, mas pensou que tinha melhorado. Só que não parecia ter melhorado. Ficara bastante perturbado com o café.

Moshe não se sentia lisonjeado, sem dúvida. Detestava moda. Deslizou escada acima, procurando atenuar a respiração. Essas roupas são para homem ou para mulher?, perguntou-se de repente um Moshe hermafrodita andrógino. As lojas, a seu ver, tinham seções femininas e masculinas. Tinham andares separados para homens e mulheres.

Mas lá estava Nana examinando um terno de tecido listrado, com Anjali ao lado.

— É terno pra homem — disse ele a Anjali e Nana juntas. Nana franziu as sobrancelhas.

— Sempre quis um terno de homem — ela disse. Na verdade, disse dirigindo-se ao terno, alisando delicadamente o tecido sedoso com a ponta dos dedos unidos. Disse, dirigindo-se a si mesma: — Acho que ia me fazer parecer mais alta.

— Ah, mais alta — entoou Moshe. — Isso é muito importante, quer dizer, sem dúvida você poderia ser mais alta.

Nana sorriu para Moshe. Adorava quando Moshe a provocava.

Nana olhou para o traje de passeio masculino, confeccionado para um elegante dia na cidade. Anjali experimentou. Disse:

— É bacana, tem um corte interessante.

E tinha razão. Anjali bem que poderia trabalhar com moda. O bolso direito fora posicionado ligeiramente mais acima do que o esquerdo, num intencional acidente de simetria. Então era legal. Porque legal é saber o que fazer com a forma. Não se repetir. Então Nana afastou outros cabides para olhar uma camisa cor-de-rosa feita de partes costuradas, uma versão maluca do acolchoado.

— Vamos andando? — perguntou Moshe. Na verdade, era uma afirmação, não uma pergunta. Embora eu tenha imprimido a frase com ponto de interrogação, Moshe não a disse com ponto de interrogação. Disse: "Vamos andando".

Moshe se virou com rapidez e trombou com um rapaz de camiseta justa sem mangas e com decote em V. Havia duas estampas na camiseta — uma na frente e outra atrás. A de trás eram listras horizontais azuis e amarelas. A da frente eram linhas multicoloridas em forma de V. Mas havia uma coisa, pensou um Moshe carrancudo, que o rapaz esquisito deve ter adorado. Havia uma singularidade maluca que teria sido o fator decisivo. A estampa de trás começava na frente. Começava na frente do lado esquerdo.

Não sei. Pessoalmente, gosto da idéia da camiseta. Estou um pouco chateado porque Moshe não gostou.

11.

— Tomei a pílula hoje de manhã? — perguntou Nana. — Não me lembro de jeito nenhum se tomei a pílula.

— Sim, sim, sim, tomou — respondeu Moshe.

— Ah — disse Anjali. — Que tipo você toma?

— Microgyno — disse Nana.

— E está gostando? — perguntou Anjali.

— Sim, estou… — respondeu Nana.

— É que — retrucou Anjali —, é que a Pill me dá uma depressão!

— Você toma a Pill? — perguntou Moshe.

— Bem, tomei — respondeu Anjali. — Agora estou usando esse negócio, é que eu tava saindo com um carinha, você se lembra dele, o Torquil, e ele, ele… É um DIU em forma de espiral, chamado Marina, libera a Pill. Libera hormônios — disse.

— E por que você ainda toma a Pill? — perguntou Moshe.

— Não é a Pill — retrucou Anjali.

— Ah, sei lá — disse Moshe. — Você não faz mais sexo com homem, faz? Que tipo de sexo você faz?

— Eu? — retrucou Anjali. — Que tipo de sexo? Não faço sexo. Você sabe disso. Esse é o tipo de sexo que eu faço.

— Só estava me perguntando — disse Moshe.

— Mas por que quer saber? — perguntou Anjali.

— Bem, só estava me perguntando. Quer dizer, se é que está saindo com homem de novo — disse Moshe.

— E não incomoda? — perguntou Nana.

— Não, não — respondeu Anjali —, não atrapalha nadinha, acho que dura uns cinco anos. Você devia usar — disse Anjali a Nana, enquanto Moshe empurrava a porta da Issey Miyake, e então Anjali teve de puxá-la.

Moshe desajeitado.

12.

Dentro da Issey Miyake, Nana se sentiu especialmente feliz. Como se estivesse de férias, contou a Nana conversadeira a Moshe e Anjali. Essa dupla, porém, estava se divertindo e se espantando com um terno confeccionado inteiramente de discos de metal pequenos. Ela contou que ia viajar com papai? Contou que tinham marcado férias para a primeira semana de setembro? Moshe fez um biquinho e assentiu com a cabeça. Ela se dirigia às roupas e, não ouvindo nem uma palavra, nem um murmúrio, olhou em volta. Moshe e Anjali soltavam risinhos. Moshe fez um biquinho e concordou com a cabeça. Nana concordou com a cabeça e continuou falando.

Vou interromper só um instantinho. Não quero que Nana seja mal interpretada.

Você talvez esteja achando que Nana é insensível. Ela parece não ligar para o fato de Moshe não gostar de moda. Como você sabe, Moshe não gostava de moda. Só via objetos pretensiosos, a preços excessivos e nada práticos. E Nana sabia que isso o irritava. Concordava com ele. Mas Nana também entendia Moshe. Entendia a infelicidade íntima que dava origem ao mau humor de Moshe. Aquelas roupas faziam Moshe se sentir feio. E Nana queria que ele percebesse, embora talvez fosse sentimental dizê-lo, que ele era bonito. Não havia por que ficar deprimido.

Ser uma Nana feliz e jocosa na Issey Miyake era um gesto de amor por Moshe. Talvez fosse canhestro, mas também era sincero e generoso. Visava convencer Moshe de que eles podiam brincar juntos. Ele era absolutamente bonito. Não era feio de modo algum. Ela sabia que, naquele momento, não parecia um gesto de amor. Mas achava que Moshe iria vê-lo dessa maneira. No fim, iria vê-lo como amor.

Na Issey Miyake havia um vestido gelo pregueado com

aplicações de prata e ouro em folhas. Um vestido para se usar só uma vez.

— Gostaria muito de te ver nele! — disse a Nana polissexual a Moshe. E estava sendo sincera. Não era provocação. Adorava a idéia de Moshe usar um vestido. Seria, de acordo com Nana, muitíssimo sensual.

Infelizmente, Moshe não pensou que seria muitíssimo sensual. Pensava bem mais num banheiro do que num travesti. Precisava demais de um banheiro. E isso o perturbava.

Teológico de repente, Moshe refletiu sobre o pecado capital do orgulho. Refletiu sobre a diferença entre o orgulho e a vaidade. E entendeu a validade dos monastérios. Imaginou um Moshe de tonsura e batina, arrancando ervas daninhas numa horta. Cultivaria repolho. Cultivaria cenoura. Não achava que Issey Miyake tinha se expandido plantando tubérculos.

Zanzaram em ziguezagues, Moshe conduzindo as para fora.

13.

Deixe-me voltar brevemente a Henderson e Stacey.

Para Henderson, o momento mais arrebatador do romance foi uma visita surpresa ao zoológico de Londres, quando Stacey viu uma girafa pela primeira vez. Essa era, para ele, a prazerosa recordação romântica. Por outro lado, porém, Stacey não se lembrava bem da visita ao zoológico de Londres. Porque estava menstruada naquele dia e não se sentia à vontade para contar a Henderson, uma vez que mal tinham começado a transar. Uma vez que o namoradinho anterior sentia nojo de menstruação, ela não sabia como Henderson reagiria. Em vez do zoológico, Stacey se lembra bem mais clara e carinhosamente da primeira noite em que encontrou um bilhete que Henderson escrevera a lápis, numa letra tremida, escondido debaixo do edredom dela.

A letra era tremida porque Henderson escrevera o bilhete a lápis e tendo o travesseiro como suporte. O bilhete explicava o quanto ele a amava.

Romance é uma complicação. Envolve mais de uma pessoa. O que significa que cada detalhe pode ser ambíguo. E gosto muito dessa noção.

Por exemplo, o momento predileto de Moshe não era, obviamente, a ida a Savile Row. A recordação predileta de Moshe não era compras. Era uma chupada. Uma chupada dada quando o pênis dele estava dentro de uma camisinha com cor e sabor de morango.

14.

Numa manhã, um Moshe remelento se aventurou debaixo do edredom. Lá, fedia. Fedia a peidos quentes sonolentos e corpos coitais. Nana fungava. Sonhava com animais em tecnicolor. Eram borrachudos ao tato, mas peludos, quando a acariciavam com o focinho e a amavam.

Sonhar não era coisa para Moshe. O prazer dele era despertar Nana aos poucos, de modo que ela meio que sonhava, mas feliz, enquanto ele, aos poucos, abria as pernas dela. Abriu-as o suficiente para alcançar com a língua curta e aventureira. E, em seguida, só bafejou, de modo que ela não ficou inquieta nem despertou. Bafejou e bafejou dentro dela e a observou se esticar, ainda sonolenta. Em seguida, insinuou a língua. Ele a introduziu e deslizou delicadamente. Ela tinha gosto de suor. Ele sentia o odor de seu próprio bafo. Evitava sentir o odor desse bafo. A luz diminuía rósea no interior, vinda do sol que nascia.

Com dois dedos, Moshe abriu os lábios. Descobriu nas pregas salpicos de um branco viscoso e estranho, um branco de quê?, ricota?

Não era romance. Não era um romance romântico. Bem que eu falei.

Moshe não ficou desgostoso. Mas preferiu não continuar. Perdeu o gosto. Lamentavelmente, foi aí que Nana acordou. Disse:

— O quê?, o quê?, benzinho?

— A tua boceta tá estranha — disse Moshe. — Tem alguma coisa esquisita na tua boceta.

Nem sempre Moshe tinha tato. Nana passou um dedo em volta dos grandes lábios. Ergueu o dedo e o examinou. Cheirou.

— É cândida — disse. — Só cândida. — Depois ficou desconcertada. Não sabia por quê, mas aconteceu. Ficou desconcertada.

Não havia por que Nana ficar desconcertada. Não acho que afta seja desconcertante. Sem dúvida não é desconcertante para uma garota. Quase todas as garotas têm de vez em quando uma infecção vaginal ácida. Os germes ácidos se proliferam com freqüência na vagina sem causar infecções. A infecção ocorre quando eles crescem em excesso. Isso só ocorre quando há uma ruptura da saúde normal da vagina. E todos nós sabemos de que modo se dá a ruptura da saúde da vagina. Os homens a rompem.

Não, era bem mais desconcertante para Moshe. Como a saúde da vagina de Nana seria rompida a não ser pelo pênis de Moshe? E ele sabia disso. "Em mulheres com candidíase recorrente", dizem os manuais, "quase sempre vale a pena que os parceiros façam algum tratamento ao mesmo tempo que elas, uma vez que a infecção pode afetar o parceiro de maneira assintomática e causar uma reinfecção." Está aí uma forma educada de assinalar que o responsável é normalmente o rapaz.

Mas nessa tarde Moshe não sentia remorso. Desculpe, mas ele não se sentia arrependido. Estava feliz. Nessa tarde, Moshe teve o prazer de um erotismo nostálgico. Teve a oportunidade de ver a magnificência do diagrama de uma mulher. Dentro da embalagem da pomada com aplicador Canesten ONCE de Nana — "introduzido à noite, de modo que o creme atue no intervalo de tempo correspondente ('no intervalo de tempo correspondente'!, Moshe sorriu caçoando, curtindo a expressão rebuscada) ao seu sono" —, havia um folheto de instruções. E Nana deixou Moshe acompanhar o procedimento, com o equipamento de plástico em cima da cama.

Era um diagrama perfeito. Contra um fundo celeste, igual ao diorama de um estúdio de televisão, reclinava-se uma representação em corte transversal de uma mulher, os membros delineados em verde fosco. O diagrama incluía a massa da barriga. E todas as curvas e linhas macias, com setas que apontavam modestamente, porém exatamente, para Bexiga, Útero, Vagina, Reto. Não era um corpo que tivesse sofrido alguma mudança. Era toda a informação de que Moshe precisava. E Moshe leu estas frases: "Introduza cuidadosamente o aplicador o mais profunda e confortavelmente possível no interior da vagina". Adorou o parêntese sóbrio, ocultando tanto prazer: "(Isso ficará mais fácil deitando-se de costas com os joelhos dobrados.)". Então Nana dobrou os joelhos, para o ginecologista interessado. "Mantendo o aplicador na posição, pressione lentamente o êmbolo até que este pare, de maneira que a dose de creme medida antecipadamente seja depositada no interior da vagina. Remova o aplicador. Desfaça-se do aplicador em local seguro, fora do alcance de crianças."

Ela empurrou o aplicador para dentro, como uma atriz pornô. O tamanho do aplicador diminuiu, depois o creme foi expelido para dentro. "Talvez você note um resíduo branco semelhante a giz", acrescentou Moshe com seriedade. "Isso não significa que o tratamento não teve efeito."

Por que era esse o momento predileto de Moshe no romance? Era seu momento predileto porque, embora com candidíase e inviolável, Nana queria se divertir. Ciente do próprio corpo e de como ele funcionava, tinha se decidido. Queria ser a garota fantasia. A fantasia dela era ser uma fantasia. Durante todo o palavreado médico sem sentido, ficou olhando para o multipacote de camisinhas com sabor que comprara na hora do almoço na Boots junto com o Canesten. Camisinhas eram sua nova idéia para manter a boceta de vez em quando mais limpa. E estava usando o tecido de algodão da Topshop, com quadriculados ondulados e cor-de-rosa. Ajoelhou-se sobre Moshe, abrindo as pernas. Em seguida, vestiu o pau dele. Nana o fez sabor morango.

Essa era a Nana menina. E Moshe era o pirulito.

Era um romance. Está bem: romance até certo ponto. O romance, afinal, está sendo editado.

15.

Não quero que você imagine que reprovo Moshe. De modo algum. Não o estou julgando. Há pouquíssimos rapazes, tenho certeza, que não passaram cândida para as namoradas. Há pouquíssimos rapazes que não transmitiram sexualmente pelo menos uma doença. Acontece com todos nós. Aconteceu, por exemplo, com o presidente Mao.

Você talvez esteja surpreso com isso. Talvez esteja pensando: "O presidente Mao? O grande líder e pensador comunista? O autor das obras líricas *Uma única centelha pode iniciar um incêndio no campo* e *Preocupe-se com o bem-estar das massas, preste atenção aos métodos de trabalho*? Não, o presidente Mao não". Mas, francamente, sim. Não estou inventando. Você pode encontrar provas disso nas memórias do médico particular de Mao, o dr. Zhisui Li.

Nesse livro, o dr. Li explica a preferência sexual de Mao. Era sexo freqüente com o maior número possível de mulheres, sem jamais ele mesmo gozar. Evidentemente, isso não se devia a uma neurose excêntrica. Não, não. A preferência sexual de Mao derivava dos nobres ensinamentos do daoísmo.

"A prescrição daoísta para a longevidade", escreve o dr. Li, "requer que o homem suplemente o *yang* em declínio — a essência masculina que é a fonte da energia, da força e da longevidade — com o *yin shui* — a água de *yin*, ou as secreções vaginais — de mulheres jovens. Uma vez que o *yang* é considerado essencial para a saúde e a força, não pode ser dissipado. Por conseguinte, quando envolvido no coito, o macho raramente ejacula, extraindo energia, em lugar disso, das secreções das parceiras. Quanto mais *yin shui* é absorvido, mais a essência masculina se fortalece. O coito freqüente, portanto, é necessário."

Não era uma vida sexual comum. Era uma vida sexual calculada. Mas — assim é o destino — a doença pode surgir mesmo nesse caso, mesmo onde a vida é mais pura. Uma jovem contraiu tricomonas vaginais. Logo ela os transmitiu a Mao, que por sua vez os transmitiu às outras parceiras.

Como a candidíase, os tricomonas vaginais são bastante doloridos para as mulheres, mas os homens nada sentem. O que dificulta ainda mais convencer os homens a fazer tratamento. Os homens são, lamentavelmente, muito orgulhosos. Não admitem ter uma doença que não sentem. Uma vez que Mao era o portador, a epidemia presidencial só poderia ser detida se o próprio Mao fosse tratado. Mas é difícil convencer alguém sem sintomas de que ele é portador de uma doença sexualmente transmissível.

"O presidente", escreve o dr. Li, "zombou da minha sugestão. 'Não está doendo', ele disse, 'por isso não importa. Por que está tão nervoso?' Sugeri que ao menos deixasse que o lavassem e limpassem. Mao só passava por limpezas noturnas com toalhas quentes. Na verdade, nunca tomava banho. Os genitais nunca eram limpos, mas Mao se recusava a tomar banho. 'Eu me lavo dentro dos corpos das minhas mulheres', retorquia ele."

As declarações de Mao talvez soem arrogantes e defensivas. Parecem até um tanto malucas. Mas o presidente Mao talvez tenha um lado mais humano. Talvez só estivesse desconcertado. Tudo que disse poderia ser explicado por um desconcerto perfeitamente natural. Não é fácil admitir para um médico que se é portador de uma doença sexualmente transmissível. Até Moshe achava difícil, e Moshe é uma pessoa bem menos pública do que Mao. Talvez esse caso apenas demonstre a necessidade de tato ao discutir a saúde sexual de alguém. "Fiquei nauseado", escreve o dr. Li. "As extravagâncias sexuais de Mao, suas ilusões daoístas, a conspurcação de tantas jovens ingênuas e inocentes iam quase além do que eu podia suportar."

Bem, concordo com tudo o que diz o dr. Li. Só acho que é mais complicado. Cito o dr. Li pela última vez. "As jovens se orgulhavam de ser infectadas", afirma. "A doença, transmitida por Mao, era uma insígnia de honra, testemunho das estreitas relações com o presidente."

Está vendo? Não esperava por essa, esperava? Creio que não foi devidamente compreendida, a doença sexualmente transmissível. Ela pode ser romântica às vezes.

16.

E Nana e Moshe eram românticos. Eram românticos do jeito deles. Amavam-se. Disseram que se amavam. Era verdade.

E este foi o primeiro "te amo" deles.

— Quer dizer alguma coisa especial? — Nana provocou.
— Não — Moshe respondeu.
Calaram-se. Ele disse:
— Gosto mesmo de você, sabe...?
— Gosta mesmo de mim? — ela perguntou.
— Sim, gosto de você — ele respondeu.
— Gosta de quê? — perguntou Nana.
— De tudo — respondeu Moshe. — Amo os teus pentelhos — disse Moshe. — Amo a cor dos teus pentelhos. Amo a tua, amo a tua... Simplesmente te amo — disse Moshe. — Não foi o que eu quis dizer — disse Moshe.

Até o primeiro "te amo" não foi romântico. Foi um equívoco. Sou mesquinho assim.

— Claro — disse Nana.
— Quer dizer, não posso — disse Moshe.
— Hã-hã — fez Nana.
— Quer dizer, a gente se conhece faz só, o quê? Um mês, dois meses?
— Hã-hã — fez Nana.

Na verdade, não, foi bem romântico. Retiro minha mesquinhez. É bem possível, acho, ter conhecido alguém por não mais do que dois dias e ainda assim acreditar que se ama a pessoa. Sentir que já se ama a pessoa. Só que não é algo dizível. A gente simplesmente não pode dizer que ama. Assim, ao dizê-lo, contra todas as leis sociais, foi romântico. O "te amo" de Moshe e Nana foi romântico.

— Acha que pode? — perguntou Nana.
— O quê? — perguntou Moshe.
— Me amar — disse Nana.
— Já assim? — perguntou Moshe.
— Não sei — disse Nana.
— Bom, não sei — disse Moshe. — Talvez.

— Talvez — repetiu Nana.
— Bom, tudo bem — disse Moshe.
— Tudo bem o quê? — perguntou Nana.
— Bem, de certo modo acho que te amo — disse Moshe.
— De certo modo acho que te amo.
Nana refletiu sobre o "certo modo". Disse:
— Sabe que até acho você bem bonito?
Nana achava Moshe bonito! Mas que história de amor! Disse:
— É, ah. Sim. Também te amo.
— Você me ama — disse ele.
— É — disse ela.
— Você me ama — repetiu ele.
Ela o beijou. Ele a beijou.
— Então — disse Moshe. Arreganhou os dentes num sorriso. — Tá apaixonada por mim.
— Não, não te amo — retrucou Nana.
— Não me ama? — perguntou Moshe.
— Sim, te amo — respondeu Nana.
— Mas eu — disse Moshe.
— Ah, vá se foder — disse Nana.
Mas Nana não foi maldosa. Disse "Ah, vá se foder" e o beijou.

5. Intriga

1.
Uma noite, Moshe estava escarranchado no estômago de Nana. As pernas dobradas para trás de cada lado da caixa torácica dela. Ria consigo mesmo. Dizia a si mesmo que era essencial ficar calmo. Olhou para o pênis. O pênis estava vermelho.

Nana olhou para o pênis vermelho dele. Pensou que morrer era sempre melancólico.

Este é um capítulo curto, mas necessário. Lamento, mas precisamos dar outra espiada na vida sexual de Nana e Moshe. E sei o que você está pensando. Está pensando que já teve o bastante da vida sexual deles. Quer outra coisa, completamente diferente. Quer uma descrição de uma comunidade mineradora em Sakhalin, na Sibéria. Quer mais compras. Bem, desculpe. A vida sexual deles era importante.

2.
Nana e Moshe estavam sozinhos em casa, em Edgware. O plano inicial era comer. Mas de algum modo se desviaram de comer. Depois de descobrirem uma garrafa de absinto Hill no esconderijo de papai, atrás das panelas, comer se transformou em beber.

Absinto, porém, é uma forma técnica de beber.

O casal feliz abriu as gavetas de pinho da cozinha, à procura do isqueiro verde-limão de Nana. Encontraram-no entre os utensílios, preso dentro de um batedor de ovos. Depois Nana drapejou a chama em torno da borda de uma colher de aço inoxidável de salada, para cozinhar o absinto. A cor do absinto correspondia à do isqueiro verde-limão. O absinto chiou. Havia um pacote branco e azul de açúcar granulado Tate and Lyle ao lado deles, com a aba amassada e grudenta. Era o açúcar que chiava.

Não foram mais longe do que a sala.

Moshe se encostou, sonolento-sensual, numa perna do sofá.

Estava se aninhando e se acomodando com a nuca curvilínea na extremidade curvilínea da almofada. Parecia bem doméstico ali deitado, tendo ao fundo crisântemos brancos de William Morris. E Nana lhe dava golinhos de absinto.

Era uma situação voluptuosa — ser servido com pequenas porções de absinto morno em colheradas açucaradas e crocantes pela *garota dos sonhos de Moshe*.

— Você, você, olhando, o que tá olhando? — disse Nana.

E Moshe respondeu, não com uma palavra, mas com algo esquisito, só um som parecido com "Uuorrurir", e depois sorriu. Isso a deixou feliz. Ficou feliz porque Moshe estava feliz. E porque estava feliz, como um presente, Nana tirou o sutiã.

Era um presente, sem dúvida.

Os mamilos eram covinhas às avessas. Moshe se pôs de joelhos, os braços trêmulos, e envolveu um mamilo, o mamilo esquerdo, com a boca. O mamilo ganhou a forma de cone, encrespou-se, tornou-se mais vermelho, teso. Parecia um pote de geléia de morango. Enquanto a aréola era pálida como a pele. Descorava-se em volta dos mamilos.

Moshe olhou para ela.

Perguntou se gostava que ele a olhasse. E a resposta dela foi um sorriso que expôs a gengiva superior. Não era uma resposta satisfatória, ela se deu conta, ela se deu conta, lentamente. Por isso abraçou Moshe e o fez beijá-la. A boca, molhada de absinto, estimulou a boca de Moshe. E assim os dois compuseram uma cena de sexo. Atentamente, atenderam-se. Atentamente, acalmaram-se. Concentraram-se.

Tentavam ter uma vida sexual. Tentavam mesmo. Mas havia uma complicação.

3.

Ingenuamente, muita gente acha que sexo é simples. Acha que é paixão animal e urros selvagens. Mas há uma porção de motivos que podem complicar uma vida sexual.

Há uma coisa que não contei. Há uma coisa que Nana não contou a Moshe.

Nana não curtia sexo sempre. Bem, não, isso não é muito preciso. Ela sempre curtiu, de certa forma. É que nunca entendeu sexo direito. Isso poderia explicar, ou poderia ser explicado por, outro fato. Não era necessário contar esse fato a Moshe.

Nana jamais gozara.

Gozara sozinha, sim, gozara. Deitada sobre o lado direito, pressionando as coxas contra a mão direita comprimida e repetitiva, era fácil para Nana gozar. Mas, com outra pessoa, orgasmos eram um problema. Eram inexistentes.

Não havia um motivo óbvio para que fosse assim. Verdade que Nana começara tarde. Teve o primeiro namorado, um rapaz turco miúdo chamado Can, quando estava com dezoito. Masturbou-se pela primeira vez com quinze. Fez isso trinta e quatro minutos depois de encontrar um exemplar do romance *Emmanuelle 2* embaixo da cama de papai. Roubou-o. Papai, evidentemente, nunca mencionou o roubo. Um pai não pode pedir a uma filha que devolva a pornografia dele. E Nana, claro, nunca o mencionou. Queria *Emmanuelle 2* só para ela. *Emmanuelle 2* excitava Nana. Dera-lhe a dica da posição masturbatória. Nana se masturbava de lado porque assim era mais fácil ler o livro, aberto ao lado dela em cima do travesseiro.

Isso, claro, não explicava por que Nana não conseguia gozar com outras pessoas. E também não significava que, por ser uma tímida iniciada tardiamente, necessitada de romances para gozar, não seria capaz de gozar acompanhada. Mas era assim.

Acho que isso explicaria o nervosismo sexual entre Nana e Moshe. Acho que explicaria por que se concentravam. Em seus vinte e três encontros anteriores com Moshe, sem falar nos encontros sexuais anteriores com quatro homens diferentes, Nana jamais havia gozado.

Acho que isso explicaria, em especial, o nervosismo de Moshe. Ele costumava se achar um amante bastante talentoso.

Agora ele não achava, não agora, que era um amante talentoso.

4.

Em lugar disso, ébrio de absinto, Moshe estava entorpecido e ansioso. Estava entorpecidamente ansioso.

Deixe-me dar um exemplo dessa ansiedade entorpecida.

Enquanto Nana e Moshe se beijavam, ele se lembrou de que não tinha movimentado as mãos. O que pode não parecer tão mau. Mas amantes, pensou ele, deveriam movimentar as mãos. Então Moshe olhou para baixo para ver o que as mãos faziam. Estavam esmagadas sob as costelas de Nana. Arrastou-as de debaixo dela e a acariciou. Mas erguer as mãos fez Moshe pesar em cima de Nana, o quadril direito no estômago dela. Por isso Nana se mexeu, contorcendo-se um pouco.

Isso fez Moshe parar de acariciá-la.

No esforço de acreditar que ainda era um amante talentoso, não estava sendo totalmente bem-sucedido. Estava encontrando um problema adicional. O problema da simultaneidade. Ao acariciar Nana com ternura, Moshe estava simultaneamente ouvindo o comentário de Nana: "Sabe que até acho você bem bonito?". Uma frase à qual com freqüência retornava. O "até" o preocupava. O comentário inteiro o preocupava.

O motivo pelo qual o comentário de Nana o preocupava

era este: insinuava que a beleza de Moshe era duvidosa. Porque, para comentar algo assim, Nana deve ter pressuposto que ele era inseguro em relação à beleza dele. E, naturalmente, essa pressuposição tornou Moshe inseguro em relação à beleza dele.

Talvez essa reação não seja muito natural. Moshe estava sendo bastante preciosista. Entendo. A observação de Nana não teria me feito sentir inseguro. Eu não a ruminaria enquanto beijasse minha namorada com peitos de fora. Acontece que não sou Moshe. Essa psicologia não é minha.

Ele deixou a mão esquerda descer à deriva, passar pelos seios até a saia. Então prendeu o reforço de cetim acolchoado da nesga em volta do terceiro dedo e baixou o segundo dedo, na direção da boceta e para dentro dela. Esse rearranjo na calcinhas de Nana também não era inocentemente apaixonado. Havia um motivo triste para isso. Este é o capítulo dos motivos tristes. Moshe estava aferindo com astúcia se Nana estava molhada. Estava rearranjando a roupa de baixo de Nana para ver o quanto ele era desejável.

Lamentavelmente, não era desejável. Nana estava seca. Havia suor, mas Nana não estava excitada, não. E Moshe pensou consigo mesmo que este era sem dúvida o mais cruel dos jogos, decifrar a fruição. Era cruel porque também havia a fruição de Moshe em que pensar, argumentou Moshe consigo mesmo. Enquanto fazia e refazia suposições, Moshe estivera confortavelmente desconfortável, ereto. Perguntou a si mesmo se e quando Nana ficaria totalmente nua. Moshe era perito em pênis ébrio. Conhecia-o por dentro e por fora.

5.

Mas Nana estava curtindo! Sentia-se, é verdade, meio drogada e melancólica. O absinto a deixava melancólica. Mas a melancolia, por enquanto, parecia sensual. Ela imaginou que estava quase agonizando. E curtia isso. Curtia a visão de agonizante.

Todos ficariam tão pesarosos, tão, tão, tão, tão pesarosos no enterro.

Sabia que aquela visão não era perfeita. Se fosse perfeita, pensou Nana, a fantasista metódica, então estaria vestida com um *négligé* de seda branca com adornos rendados. Não deveria ser vista nua por causa da vergonha. Por isso a fantasia não era perfeita. Busto exposto não era perfeito.

Mas o detalhe essencial era que não deveria se esforçar. Por isso Nana estava alegremente passiva. Estava ali para ser tocada. O prazer era permanecer imóvel, sucumbindo à terrível fruição do homem. Era um novo entretenimento.

E desse modo Nana estava feliz por não gozar. Gozar deixara de ser um objetivo nesta noite. E isso era um alívio.

No entanto, nessa farsa de quarto, não ocorreu a Nana que Moshe não sabia da fantasia. Simplesmente supôs que ele sabia. Olhou para Moshe, que olhava para o rosto dela, e ele parecia preocupado. Sabia, evidentemente, que ela estava agonizando. Mas claro que não sabia que Nana estava morrendo, no século XIX, de tuberculose. Como poderia saber? Como poderia saber que Nana era uma amante devastada, alcançando a duras penas os últimos prazeres tuberculosos?

Por causa da doença, Nana podia ser tocada, mas jamais penetrada. Por isso ela concebeu um novo prazer. Em solidariedade à solidariedade de Moshe pelo sofrimento dela, nossa heroína inspirava piedade.

— Quero que goze na minha cara — disse ela.

Mais uma complicação.

Ela nem estava molhada ainda e já tentava pôr fim a tudo, pensou Moshe. Queria que ele a *schpritz* e acabasse com a conversa fiada. Moshe, portanto, estava certo desde o início. Isso o perturbava. Essa triste constatação o perturbava.

— Mesmo? — perguntou ele. E Nana fez que sim com a cabeça, muda, desesperada, implorando. Então Moshe avançou para cima, sobre ela, os testículos balançando entre os seios aplainados.

Moshe estava escarranchado no estômago de Nana. As pernas dobradas para trás de cada lado da caixa torácica dela. E ria consigo mesmo. Dizia a si mesmo que era essencial ficar calmo. Olhou para o pênis. O pênis estava vermelho.

Nana olhou para o pênis vermelho dele. Pensou que morrer era muito melancólico.

Então Moshe começou a bater uma punheta. E Nana olhava. Olhava para o pênis. Ele olhava para Nana e Nana olhava para o pênis colorido. O pênis amolecia entusiasticamente. Sim, o absinto estava acabando com ele. Mas ele continuou. Tentou continuar.

Porque, se gozasse, seria bem-sucedido. Se gozasse, o vigésimo quarto ato sexual de Nana e Moshe estaria finalmente acabado.

6.

Sinto mesmo pena de Nana e Moshe. Não é fácil ser feliz no sexo. Um monte de gente é infeliz no sexo. Até estrelas de cinema acham o sexo difícil. Greta Garbo achava o sexo difícil.

"Posso empregar apenas uma palavra para qualificar as minhas atitudes sexuais: confusão", disse Greta. "Não creio que pudesse algum dia viver muito tempo com um homem ou uma mulher. A meu ver, o masculino e o feminino são atraentes, mas, quanto ao ato sexual, tenho medo. Em cada situação preciso de muito estímulo antes de ser conquistada pelas forças da paixão e do desejo ardente. Mas a confusão, antes e depois, é o fator determinante."

Por isso o sexo confundia Greta. Ela não tinha certeza quanto ao sexo que queria. Não sabia se queria homem ou mulher.

"Sonhei muitas vezes com um homem maduro e experiente que teria o vigor de um rapaz, mas os métodos aperfeiçoados de um adulto. Estranhamente, também sonhei com mulheres da idade de minha mãe que eram amantes ideais. Esses sonhos se sobrepunham uns aos outros. Às vezes, o elemento masculino predominava, às vezes o feminino. Outras vezes, eu não tinha certeza. Via um corpo feminino com órgãos masculinos ou um corpo masculino com órgãos femininos. Essas imagens, mescladas na mente, de vez em quando traziam prazer, mas, muitas vezes, dor."

Não estou sugerindo que uma bissexualidade angustiada fosse a causa do problema sexual de Nana. Não. Não estou dizendo que Nana era Greta Garbo. Não me interessa o motivo de Greta em si. Interessa-me que Greta achava que havia um motivo. Entendo que seria um alívio imaginar que havia um motivo para não gostar de sexo. Entendo que a última coisa que se quer parecer é anormal. E motivos tornam a gente normal. Mas acho bem possível que não houvesse motivo algum. Acho isso também normal.

7.

Este capítulo tem duas metades. Não metades iguais. A primeira metade foi infeliz. Descreveu uma complicação incômoda. A segunda metade, porém, é bem mais curta e feliz. É uma cena pastoral. É uma contemplação do reino animal.

Nana e papai estavam no zoológico.

Algo balbuciou ou chiou. Balbuchiou. E poderia ter sido,

pensou papai, encantado, o leão fofo e sarnento ao lado da gamela de água e dos restos de alface, na frente dele, ou poderia ter sido, mais provavelmente, outro tipo de animal.

Papai não tinha um conhecimento minucioso do reino animal.

Algo, sim, algo acabara de passar mal, pensou ele. Estava olhando para uma pantera com ceticismo. E procurando concluir se era cor de lavanda ou talvez de heliotrópio, ou púrpura, ou castanha, ou ameixa, ou mesmo chocolate. Ou mesmo cor de tabaco, pensou.

Nana, por sua vez, era uma garota que adorava o mundo animal. Amava a calma dos animais. Amava a firmeza deles. Só podiam ser bons.

— Olha, um macaco! — exclamou Nana com um risinho.

— Um macaco! Ele está se acariciando, está se acariciando — disse papai.

— Sabe o que acho que amo em relação aos animais? — disse Nana. — É que são mudos.

— Hum — fez papai.

— Acha que, se comessem uma comida mais nutritiva, os animais seriam mais felizes? — perguntou Nana. — Teriam mais tempo para brincar e pensar? Desculpe — disse Nana. — Desculpe. Acho que falei bobagem.

Andaram pelo zoológico. Andaram e olharam os ursos polares e os pingüins, e Nana contraiu um gosto por sorvete de pistache. Compraram para papai um sorvete de pistache.

Nana contou a papai acerca de uma nova e divertida descoberta sua, chamada Elsa Schiaparelli.

Você não conhece Elsa Schiaparelli. Ninguém conhece Elsa Schiaparelli afora Nana. Nana era esse tipo de garota.

Elsa Schiaparelli, disse Nana, era uma estilista de moda surrealista que desprezava o gosto burguês pelo ornamento.

Desprezava tanto esse gosto que criou um blusão preto com um cachecol branco amarrado num laço. O cachecol era unido ao blusão. Era um cachecol falso. E isso era simbólico. Simbolizava a inautenticidade burguesa. Nana disse:

— Realmente eu não entendo esse tipo de coisa. É tão, é tão... — Nisso, seu celular tocou.

Era Moshe. Articulando os lábios, Nana disse a papai que era Moshe. Papai sorriu.

Era uma cena sorridente. O tema da cena era o sorriso. Porque isso, pensou Nana, era uma conspiração.

— Oi oi oi — disse ela.

Um elefante chiou ou balbuciou.

— Tô no zôo — disse Nana. — Tava. Te falei — disse. — Tava na faculdade — disse. — Ninguém — disse. — Até agora!? — disse. — Moshe! Moshe! — disse. — O que tá fazendo agora? — perguntou. — Hum. Hum — disse. — Não, tô no... — disse. Sorriu. Disse: — Sim, tô. Sim, me telefona.

Enquanto isso, Nana tinha enganchado a bolsa no pulso direito e remexido dentro dela e encontrado o brilho de lábios, que ela desenroscou lentamente, com a ponta dos dedos da mão esquerda, lentamente, e o tinha passado. Em seguida, repetiu a operação ao inverso.

— Tudo bem — disse Nana. — Depois olhou para papai. Pôs o celular na bolsa. — Era Moshe — disse.

— Eu sei — disse papai. Depois sorriram.

6. Eles se apaixonam

1.

Aí aconteceu isto: estavam no Clinic, na Gerrard Street, coração do bairro chinês. Moshe, Nana e Anjali. Mas Moshe tinha dado um pulo no bar no andar de baixo. Então Nana ficou com Anjali. Durante alguns minutos, não se olharam. Só se embalaram em devaneio, só requebraram. No térreo, uma garota empurrou Moshe de lado. Porque ele estava obstruindo a visão de uma tela. A tela mostrava um anúncio. Ela explicou que achava que aparecia no anúncio. Moshe se afastou, todo desculpas.

Enquanto isso, na pista de dança do andar de cima, Anjali se aproximou de Nana.

— Ele tá bem? Não tá triste? — perguntou. Teve de erguer o rosto e pôr a boca mais perto, soprando os cachos de Nana encaixados atrás da orelha esquerda, a ponta avermelhada mais clara.

— Quê? — perguntou Nana. — Então Anjali repetiu e repetiu o gesto gentil.

E Nana disse: — Ah, sim. Tá bem. Tá só com dor de barriga.

— Tá o quê? — perguntou Anjali.

— Com dor de barriga — disse Nana. — Deve ter ido ao banheiro.

Anjali, tranqüilizada, concordou com a cabeça.

Mas Moshe não estava no banheiro. Durante esse breve diálogo, tinha voltado para cima. Zanzava em meio à multidão escura e estridente, fingindo procurar alguém. Obviamente, fingia. Observava as duas melhores amigas. Mas era difícil parecer despreocupado. Encontrões acidentais ocorriam com estranhos, que se viravam contra ele, e Moshe se encolhia e pedia desculpas. Era um balé. Moshe parecia um bailarino solo. Arregalava os olhos grandes e gesticulava, desculpando-se muito, com os braços.

O balé não era natural em Moshe. Resolveu voltar ao bar.

Mas antes de chegar ao pé da escada estreita e molhada, as arestas de aço escorregadias em cada lado, duas garotas mais bonitas e bem mais jovens do que Moshe subiram correndo saltitantes sem ver nosso herói. Então ele teve de subir de ré, a ré era mais fácil, espremendo-se ao lado dos banheiros. Ansioso por solidão, ar, qualquer coisa que não fosse aquilo, desgarrou-se e foi dar na sacada. A sacada era uma coleção de florzinhas e arabescos de ferro batido preto. O chão era milhões de diamantes finos. Um trio partilhava um baseado — duas garotas e um rapaz, um cupido sarcástico e suas anfitriãs angelicais.

Moshe voltou ao andar de baixo, passou pelo bar, pelos leões-de-chácara, saiu, virou e entrou no restaurante chinês embaixo do Clinic.

2.

Neste momento da história, é importante ser claro quanto à sexualidade de Anjali. Talvez haja alguma confusão quanto à sexualidade de Anjali. Na clínica Marie Stopes, supriram-na com uma versão moderninha do DIU chamada Marina. Ela tivera pelo menos um ex-namorado. O que normalmente indica uma orientação heterossexual. Ela tivera também uma ex-namorada. O que normalmente indica uma orientação homossexual.

Bem, Anjali era variável. Era uma garota equânime. Anjali podia se interessar por qualquer um. Mas, basicamente, era mais homossexual do que heterossexual.

Bom, contei.

3.

Enquanto Moshe pedia comida chinesa, no andar de cima do Clinic Nana e Anjali dançavam. Sem ninguém mais com quem dançar, dançavam como casal. Era divertido ser um pseudocasal. Era particularmente engraçado, nesse momento, para Nana. Nana abraçava Anjali, de leve, a mão desfrutando a singularidade de Anjali. Anjali era *incrivelmente bela*, pensou Nana. Tinha estilo. Um estilo todo novo.

Enquanto Nana refletia sobre estilo, porém, Anjali tinha preocupações mais pragmáticas. Anjali precisava mijar. Berrou:

— Vamos ao banheiro comigo? Podemos procurar o Moshe.

Nana disse que sim. Mas Moshe não estava lá. E havia apenas um banheiro desocupado. Então a pragmática Anjali pegou Nana pela mão e a levou para dentro. Ao se curvar para sentar, Anjali abaixou a calcinha junto com a calça e a indiferente, entediada e lasciva Nana viu um tufo, uma mancha de pêlo púbico mais escuro. Anjali sentou, dando um risinho. Nana apoiou o ombro na parede. As vibrações do som grave lhe eriçaram a pele. Fingiu que não conseguia ouvir Anjali, sibilante, mijar. Que o mijo saiu em leque e depois pingou. Olhou para Anjali e Anjali estava rindo para um ponto de fuga além da pichação multicolorida. Depois Anjali se levantou, contraindo o estômago ao fechar o zíper da calça. Pegou Nana pela mão e a puxou para fora do banheiro. Uma garota com um vacilante nariz protuberante e a sobrancelha esquerda depilada, uma argola prateada enfiada no canto, ergueu a outra sobrancelha, toda alegre.

Simultaneamente, Moshe, que não se sentia amado e não se fazia de amável, levava os pauzinhos à boca e a boca aos pauzinhos, engolindo ruidosamente um *chow mein* de carne de vaca picante. Entornou mais gotas de molho de soja escuro que jorraram da tampa de plástico vermelho do frasco. Não era uma noite perfeita. Havia um quadro elétrico tecnicolorido de uma paisagem marinha chinesa na frente dele cujas ondas pareciam se movimentar eternamente. Ele tentou não pensar. Leu o pequeno texto publicitário no cardápio, debochado, sem achar graça: "Contamos que os aprecie tanto quanto nós apreciamos coletar, testar e selecionar o melhor para você". Não sabia o que fazia ali, num restaurante chinês à uma da manhã. Nem sequer estava com fome.

Resolveu voltar. Mas, à porta, os leões-de-chácara estavam surpresos. Quem saía não entrava de novo de graça. Tinha de pagar de novo. Tinha de pagar um adicional, porque passara das onze. Então Moshe se afastou, aflito, imaginando de repente cenas ridículas de intimidade inenarrável entre as amigas, a ternura de cada *tendresse*. Voltou, desajeitado. Entregou aos leões-de-chácara as quinze libras esterlinas exorbitantes. Em seguida subiu a passos largos.

Resultou que sua imaginação não era tão ridícula assim.

No bar, Nana e Anjali papeavam com uma garota. Agora, com garota quero dizer garota *mesmo*. Tinha, no máximo, dezessete, pensou Moshe. Só que passaria por uma mulher de trinta e cinco. Chamava-se Verity. Verity vestia um indecente conjunto de camiseta com gravata torta que era só, disse ela ao bestificado Moshe, um suéter. Era um suéter-gravata Bella Freud. Era essa coisa toda do *trompe-l'oeil*.

Verity trabalhava com moda.

Explicou a Moshe que o suéter era o máximo da temporada, entre Clements Ribeiro e Cacharel. Clements fazia umas camisetas cravadas com bijuterias e blusas com enfiadas de pérolas, calças com cintos de correntes, esse tipo de coisa. Um tipo de homenagem a Chanel, disse ela.

— Que nem, que nem Elsa Schiaparelli — disse Nana, e Verity sorriu toda alegre.

Gosto mesmo de Nana. Você sabe o que ela achava de Elsa Schiaparelli. Mas, veja, estava sendo educada. Estava sendo gentil com a garota solitária.

— Superlegal — disse Nana.

Moshe, porém, não achou legal. E sei o que você está pensando. Está pensando que ele estava enciumado. E tem razão. Mas Moshe não estava só enciumado. Estava triste também. Sentia uma coisa em relação a garotas iguais a Verity. Para entender, é preciso entender o passado de Moshe.

Moshe foi criado na Ribblesdale Avenue, em Friern Barnet. É provável que você nunca tenha ouvido falar de Friern Barnet. É uma hinterlândia, um subúrbio, uma área a norte do norte de Londres. É incomum porque é um lugar intermediário. Às vezes, Moshe descrevia Friern Barnet como Hampstead. O que era mentira. Outras vezes, descrevia-o como Highgate. Também não é Highgate. Friern Barnet é Whetstone, Southgate, Palmers Green. Essas são áreas menos celebradas de Londres, mas circundam Friern Barnet. O enigma que estou tentando elucidar é este: Friern Barnet não era exatamente rica, não exatamente deslumbrante, mas ficava na área da riqueza.

Moshe tinha visto garotas finas. Vira-as nos ônibus. Vira-as no 43, de Highgate e Muswell Hill à cidade. Ele as conhecia. E essas garotinhas finas lhe davam uma emoção inesperada. Moshe romantizava garotas iguais a Verity. Elas o entristeciam. Eram muito novas, porém muito adultas. Nelas ele via uma trágica inocência arruinada.

— Sabe de uma coisa inquietante? — refletiu Nana, dirigindo-se a Verity. — Todos os meus ícones da moda são masculinos. — Em seguida perguntou a Moshe aonde ele tinha ido. Ele respondeu que tinha ido comprar champanhe. Anjali começou a rir, porque Moshe era também, realmente, muito, muito encantador. Ele disse:

— Ah, só andei por aí. Comprando champanhe para nós.

No bar, com os garotos e as garotas, todos ansiosos, agarrando a nota de vinte libras enrolada como batom em miniatura, Moshe se sentiu solitário. O bar era pequeno demais para todos. Até Moshe se sentiu espremido, e Moshe não era grandalhão. Era um *caos*. Mas Moshe persistiu, porque se sentia solitário e melancólico, e um Moshe solitário e melancólico era, lamentavelmente, propenso a gestos teatrais. O champanhe mais barato custava sessenta e cinco libras. Ele pagou. Claro que pagou. Levou uma taça para Verity.

Num canto adequado, ao lado da janela de sacada, com cadeiras de couro vermelho grudento, ela contava a Anjali, e à belíssima amiga de Anjali, a triste história de sua vida.

— Minha mãe morreu — disse — faz dois anos, e isso foi simplesmente desestabilizador. Mas tem sido super, superbom, desde que comecei a fazer essa terapia, já tô fazendo faz uns dois anos, e, sabe, tô me sentindo supercalma.

Era tudo verdade. Verity era uma tragédia. Moshe tinha razão.

4.

Mas aí a noite de Moshe piorou.

— Ah, ó, tenho uma pastilha sobrando. A gente podia. Não tão a fim? — disse Verity. — Tenho umas duas sobrando. Se quiserem, vendo por cinco libras cada.

— Ah, não, não, não, não, não, a gente não, não — disse Moshe. — Péssimo pra depressão, dá depressão. — Verity olhou para ele. Ele disse: — Tem estudo sobre isso.

Moshe de repente se arrependeu de ser gentil com Verity.

— Quê? Sim — disse Nana. Disse a Anjali: — Por que a gente não racha? — Depois se virou para Verity — Certeza? — perguntou. — Tá a fim mesmo? — perguntou.

— Tô — respondeu Verity. — Ia adorar.

Nana desembrulhou o papel-filme e o pôs na mesa. Depois

cortou a pílula cuidadosamente, cirurgicamente, e colocou uma metade na língua de Anjali, de modo que Anjali deu um risinho enquanto Nana enfiava a outra metade dentro de sua própria boca sorridente.

Sexo, drogas e *rock-and-roll* nunca foram opção de vida para Moshe.

— Querem água? — ele perguntou. — Vou buscar água. Vocês precisam de água.

Contou às garotas tudo sobre as maquinações de donos de boates imorais, que desativavam o suprimento de água nas boates e vendiam minigarrafas de Evian a preços exorbitantes. Era uma *questão de vida e morte*. As garotas perigosas riram para ele.

— Escutem — disse —, não tomem álcool. Não toquem nele, vou buscar água.

Foi buscar água. Elas tomaram álcool.

Ficaram sentados ao lado da janela. Nana estava perto de Anjali, que estava perto de Verity. Moshe estava na ponta. Comprimindo uma bunda tensa contra a beirada do banco, tentando não encostar em Verity. Não queria parecer sórdido.

Na opinião de Moshe, o mundo tinha se tornado muito essa coisa de tocar e sentir. E, de novo, Moshe tinha razão.

Nana e Anjali se derretiam, se fundiam, num casal feminino. O rosto de Nana se inclinava sobre o de Anjali. E Nana se sentia pequena, quente e drogada. O mundo era o lugar mais seguro.

Anjali era a mais bela de todas, pensou uma Nana extática, porque ela a abraçava. Anjali lhe acariciou o estômago nu e rijo. Esse movimento fez Nana estremecer. Todos os sentimentos eram suaves. Anjali a suavizava. Por isso tudo foi natural quando a cheirou, mordiscou e beijou, e Moshe estava presente, observando, contente, falando de Friern Barnet. Então Nana e sua melhor amiga, Anjali, estavam se beijando, simplesmente se beijavam. Porque beijar era o mais suave.

5.
Nana tinha acabado de virar lésbica?

Claro que não.

Era só um beijo. Um beijo demorado de garotas não torna uma garota lésbica. Nana tinha motivos para beijar Anjali, mas não motivos lésbicos.

A explicação principal era esta: como falei antes, Nana não era uma garota para quem o sexo acontecia tranqüilamente.

Mas por que isso tornaria uma garota lésbica?

Cala-te. Cala-te. Ela não era lésbica. Mas porque Nana não tinha uma obsessão sexual específica, sempre se interessava pelas obsessões sexuais alheias. Sempre se interessava pelo jeito como os outros faziam sexo. Queria saber como era.

Nana não esperava, na verdade, ter um novo *frisson* quando beijou Anjali. Não. Estava curiosa. Era um interesse assexuado no sexo. Veja, estou ciente de que, a esta altura, Nana poderia parecer um tanto envolvida consigo mesma. O que seria realmente muito injusto. A conclusão de que Nana era egoísta seria a conclusão de um ser sexual. E muitos de meus leitores são sexuais, isso eu entendo. Mas Nana não era um ser sexual. Era inocente.

Esse o motivo principal.

Havia também dois motivos complementares que faziam Nana se sentir moralmente despreocupada. Estava feliz com o Ecstasy. Isso limitava a noção de malícia. A outra explicação é: Moshe estava presente, sentado ao lado delas, e tagarelava. De modo que Moshe também estava feliz. Se Moshe não estivesse feliz, nada disso teria acontecido. Porque então teria sido infidelidade. Mas não podia ser infidelidade se ele estava observando.

Então Nana beijou Anjali. Anjali era suave. Mais suave de beijar que Moshe.

Mas em que pensava Anjali? Pensava pensamentos malignos e vitoriosos?

Claro que não.

Então Anjali também era inocente? Bem, de certo modo. Anjali não era inocente do jeito que Nana era inocente. Anjali era comumente sexual. Mas Anjali também estava pensando. Também não estava sendo egoísta. Pensava em Nana e Moshe. Estava feliz com o Ecstasy. Pensava, se é que estava mesmo pensando, que o beijo revelava o quanto Nana e Moshe se amavam. Formavam o casal mais adorável. Não eram um casal destruído pelo ciúme.

Por exemplo, para convencer você, compare Anjali comigo. Uma de minhas piores características é esta: sou capaz de ser muito egoísta. Sei que pode parecer inacreditável, mas é verdade. Isso significa que, na maioria das vezes, quero as coisas só porque outros as querem. Com freqüência me preocupa um pouco que eu possa estar perdendo.

Mas Anjali não pensava desse jeito egoísta. É um jeito que eu entenderia, claro, mas não era assim que Anjali pensava. Não estava motivada pela inveja da aquisição. Só estava se sentindo feliz. Estava feliz porque os amigos estavam felizes. Contente porque estavam apaixonados. E era verdade. Tudo o que Nana e Moshe faziam era um gesto de amor.

Por exemplo, na hora em que Moshe começou a parecer um pouco abatido e agitado, Nana espremeu Anjali para se aproximar dele. Beijou Moshe. Beijou-o desculposamente, gentilmente. Era mais divertido beijar Moshe. Depois parou de beijá-lo e olhou dentro dos enormes olhos castanhos de labrador dele.

6.

Quero deixar bem claro.

Anjali e Nana se beijaram, mas não fizeram nada mais que fosse sexual. Mas vão fazer sexo no fim. Prometo que vão. E, quando fizerem, eu conto! Só que você vai ter de esperar. Nesse ínterim, pode supor que elas estão ficando cada vez mais íntimas. Os três estão ficando inseparáveis.

Provavelmente você quer saber dos planos de vida específicos de Nana, Moshe e Anjali. Planos de vida parecem começar a ser importantes. Por isso vou falar deles agora.

Os três não moram juntos. Quando morarem, eu conto.

7.

Para começar, olhemos do ponto de vista de Moshe. Vou investigar Moshe por um momento. A próxima parte desta história, e é uma parte importante, não foi um acontecimento. Foi uma seqüência de microacontecimentos. Muitas vezes, não foi nem um microacontecimento. Foi só um sentimento. A próxima parte desta história é só pequenez.

Moshe despertava do sono exausto, sua marca registrada, e continuava deitado. E, deitado, costumava conversar consigo mesmo sobre política, sexo, filosofia e arte. Sobretudo sexo. Entregava a mente a todo impulso libertino. Deixava-a farejar a primeira idéia brilhante ou estúpida que surgia, assim como adolescentes delinqüentes na Cally Road seguem uma garotinha de tênis Nike sem cordão e olhos de peixe morto, o nariz arrebitado.

Alguém tinha se comportado mal? Não, de modo algum. Não era infidelidade, ponderou Moshe. Então, se não era infidelidade, Moshe não estava enciumado. Afinal, estava presente quando elas se beijaram. Era no mínimo sensual. Tinha de admitir: bem que gostara. Era o sonho de todo namorado.

Moshe era um pensador ético.

Mas o que provocava tais pensamentos filosóficos? Por que um rapaz de Friern Barnet, cuja mãe adorável se chamava Gloria, meditava sobre a natureza da bondade?

Às vezes, Nana, Moshe e Anjali ficavam sentados juntos no futon, cobertos com o edredom, Anjali no meio, vendo vídeo e comendo a pizza entregue pela Go-Go Pizza Company. A Go-Go Pizza Company oferecia uma pizza Supreme gigante da escolha do freguês, com duas porções de pão de alho e um pote de sorvete Häagen-Dazs, tudo por nove libras e noventa e nove, se pedido antes das cinco e meia. Às vezes, cinco horas era, eles reconheciam, muito cedo para pizza.

Ou então Anjali voltava com eles para casa depois de uma ida ao já inexistente Dub Club, no bairro de Finsbury Park, e passava a noite lá, porque Moshe e Nana não queriam que ela fizesse o penoso percurso de volta a Kentish Town. E, de vez em quando, Anjali se levantava do cômodo lugarzinho no futon e ia para o quarto de Nana e Moshe, depois de terem dito boanoite, e lá continuavam a bater papo. Ela se enroscava na cama, enquanto Moshe se preocupava que, curvado assim debaixo do edredom, os peitos dele parecessem peitos.

Não eram acontecimentos de fato, como vê. Não eram de fato dignos de nota. Mas é que deixaram Moshe filosófico.

Cerca de um mês mais tarde, depois de passarem um dia inteiro no Embassy Bar, na Essex Road, estavam num ponto de ônibus. Nana esquentava as mãos nos bolsos da calça de Moshe. E quando Anjali, melindrada, opôs-se a essa bolinação manifesta, Nana reagiu enfiando a mão de Anjali no bolso de Moshe. Anjali localizou travessamente o pênis. Pegou-o, ligeiramente apertadamente, pensou o Moshe excitado e intumescido.

Depois o ônibus chegou.

Havia momentos menos importantes de beijos momentâneos. De vez em quando, Anjali e Nana se beijavam. Mas Moshe era sempre beijado também. Sempre virava uma beijação mútua.

Anjali e Nana não eram, repito, um casal.

Moshe, coitado, estava feliz.

8.

Porque estava feliz, Moshe passou a enumerar os vários hábitos de Nana e Moshe. Se acordava sozinho, lembrava-se dos jogos de acordar dela. Lembrava-se de que Nana se enroscava e não falava. Nana apenas imitava um oi, acenando com a mão, a boca fechada.

Os banhos de chuveiro dela seguiam uma rotina precisa: enxaguamento completo, lavagem do cabelo com xampu duas vezes, com condicionador uma vez, ensaboamento completo do corpo, um leve agachamento para esfregar as virilhas, aplicação oval da espuma em volta dos seios, esticando o corpo para cima e para baixo para limpar entre as nádegas, depois outro enxaguamento, depois uma esfoliação com luvas fibrosas azuis-celeste da Body Shop, em seguida enxaguamento completo do cabelo e do corpo. Ela pusera um cartão-postal de Toulouse-Lautrec à cabeceira da cama porque se assemelhava a ela e Moshe, duas crianças de dez anos aconchegadas debaixo de cobertas. Ela esfregava os olhos e ele se preocupava e insistia que usasse os óculos protetores e ela respondia que estava bem. Quando ficava triste, ela andava pela casa com o *shapka* russo que achara esquecido no banheiro do Freedom, na Wardour Street.

Às vezes, Moshe queria ser virgem, sentia que carregava um fardo de fatos acumulados. Mas não, tinha de reconhecer: virgens também tinham fatos. Queria ser um bebê. Queria ser um bebê que não conseguia se expressar com palavras.

Moshe enumerava suas fantasias favoritas. Deitado, perguntava-se se uma fantasia era um hábito. Depois se perguntava que importância tinha isso e concluía que não tinha nenhuma. Sempre imaginava Nana e Moshe só à luz do sol, em aposentos com camas amarfanhadas e a mais suave luz do sol ondulada com reflexos, em férias inconcebíveis, bebendo água Voss fresca de poço artesiano em garrafas desenhadas por Neil Kraft.

Tentava se imaginar sem ela e não queria.

Lembrava-se do sexo que fez com ela, Duke Ellington gingando no outro aposento. Era uma cena de sexo sincopada. Uma cena de sexo de grande orquestra.

Falavam sobre sexo. Preocupavam-se com sexo. Preocupavam-se toda noite com sexo. Moshe disse a ela que só pensasse no que achava sensual. Foi o conselho exasperado que deu. Disse: "Em que você pensa enquanto se masturba? Por que essa punhetação toda?". Nana fez uma cara de acanhada. Não podia contar. Disse: "Em você".

Lamentavelmente, era verdade.

As fantasias de Moshe, por sua vez, surgiam velozes. Ele tinha de refreá-las. Havia a Nana na pose de escolar, contando-lhe, de vestido de algodão listrado, tudo sobre as travessuras nas gincanas. Ela descrevia a sensação da sela. Mencionava a palavra "estribos". E Moshe se imaginava dizendo: "Me faça de cavalo". Ou pensava em engravidá-la. O que o fazia gozar mais depressa. Muitas vezes, tinha de tornar mais abstratos os devaneios com Nana. Evitava detalhes. Muitos detalhes o excitavam demais. No entanto, havia a visão recorrente de Nana na banheira, comprimindo o corpo, e, na água clara, peixinhos dourados pontilhavam ao redor, nadando sobre a pele dela. E Nana espalhava ração para peixe no pêlo púbico macio e os deixava engolir, enquanto Moshe a observava com atenção, o queixo apoiado na borda fria da banheira.

Quando Nana se levantava cedo para ir a uma palestra e Moshe ficava sozinho, ele pegava um romance de Louise Bagshawe distribuído grátis com a *Cosmopolitan* que Anjali deixara no apartamento. Localizava as cenas de sexo. O livro começava a se abrir sozinho nas cenas de sexo. Ele ia de mansinho ao banheiro buscar o rolo de papel higiênico. Em seguida, depois de arrumar os quatro travesseiros em posições adequadas de apoio, reclinava-se e se masturbava. O trecho predileto era a descrição de uma garota, que aspirava a ascender no mundo musical, sendo comida rapidinho contra uma áspera parede de tijolos. A descrição era breve, porém evocativa. Moshe gostava do estilo de Louise Bagshawe. Gozava e depois deixava o sêmen esfriar no estômago até começar a escorrer tênue e desagradavelmente dos dois lados. E Moshe se esquecia de pôr o rolo de papel higiênico de volta no lugar. Quando Nana chegava, caçoava dele.

Muitas vezes, as pessoas parecem ficar chocadas com a idéia de um homem se masturbar, se ele tem um relacionamento. Mas é verdade. A masturbação é muito comum. Moshe era um exemplo flagrante. Não que sempre fosse encontrado apoiado na cabeceira da cama. Mas, de vez em quando, essa era a posição.

Moshe se lembrava de que Nana se punha de pé diante da privada, como um garoto, e aparava os pêlos púbicos com uma tesoura curva de cutícula, que fazia parte de um jogo de manicure da Boots que papai lhe dera de presente num Natal. Ou de que ele usava a calcinha dela o dia inteiro, curtindo a renda leve e justa.

Moshe uma vez fantasiou Nana lambendo Anjali por trás, mas agora isso parecia estranho. Parecia um tanto pesado.

Enumerava os alimentos favoritos de Nana. Ela adorava brócolis roxos. Adorava *sashimi* de salmão rosa, que comia dando sacudidas, a cabeça balançando ao ritmo dos pauzinhos. Admirava a calma de Nana em restaurantes. Uma calma sensual. Charmosa. Ela telefonou do Ivy, despreocupada, sem ansiedade, porque papai tinha cancelado um encontro, e quem sabe Moshe? E Moshe, que não tinha tábua de passar roupa, poderia então ser flagrado de quatro no piso do banheiro, passando sua única camisa, xingando, esmurrando e xingando por causa das reentrâncias na junção dos ladrilhos.

Adorava Nana. Adorava tudo nela. Adorava até mesmo os fins de semana na casa de papai.

Ficava sentado no jardim-de-inverno com um velho exemplar de, ah, digamos, *Risk Professional*. Havia uma pilha de revistas no revisteiro. O revisteiro era todo curvas e volutas de mogno envernizado. Era como um *pretzel*. Moshe folheou *Risk Professional*. Abriu-a num anúncio de página dupla da Zurich Financial Services. "Criando relações, solução por solução." Era o lema da Zurich Financial Services. Depois havia uma citação em grifo extraída de William Hazlitt. "Conhece-se mais uma estrada por percorrê-la do que por todas as conjecturas e descrições do mundo." Embaixo da citação, havia uma pequena fotografia de malas de viagem usadas. A página ao lado era uma fotografia lustrosa de uma estrada empoeirada. Era crepúsculo. A luz se tornara indistinta com a melancolia da passagem do tempo. "Recorrendo a anos de experiência, para ajudar você a percorrer novas terras." Essa a legenda eficiente.

A última utopia na terra, pensou Moshe, feliz, olhando para as fotografias em volta, em cima do piano de armário — uma vista borrada de Lake Leman, Nana atenta a uma borboleta.

Moshe leu um folheto malva encartado na *Risk Professional* que anunciava uma reunião de instruções no café-da-manhã na British Bankers Association. *Extremistas — trabalhando para um ambiente mais seguro*.

"Com o advento da globalização, a voz do anticapitalismo se fortalece e se refina. Lidar com terroristas e com a mentalidade extremista exige planejamento estratégico, previsão e a completa implementação de uma cultura contra esse tipo de ataque. Sem um preparo desse tipo, é difícil realizar contramedidas com algum grau de êxito."

Moshe adorava tudo isso. Adorava Nana.

Gostaria de saber como era amá-lo. Era inimaginável.

Ficava deitado. Pensava num triângulo. Mas não havia um triângulo. Não conseguia pensar mesmo num triângulo famoso. Era estranhamente incomum. Pensou em *Jules et Jim*. O pensamento não durou muito, porque Moshe não vira *Jules et Jim*.

9.

Mas ponderemos sobre *Jules et Jim*. É um filme de François Truffaut. De todos os personagens deste romance, à parte eu, e eu não sou um personagem, só papai tinha visto o filme. A origem do filme *Jules et Jim*, de François Truffaut, foi o romance *Jules et Jim*, de Henri-Pierre Roché. Papai, um admirador do filme, ganhou uma tradução do romance, "A clássica história de amor francesa", com os "cumprimentos de *Options Magazine* e Pavanne", em setembro de 1983.

François Truffaut disse que ao ler o romance se deu conta de que topara com algo novo para o cinema. Encontrara um enredo radicalmente diferente de qualquer outro enredo num filme. Até então, um enredo de filme tinha personagens bons, que o público amava, e personagens maus, que o público odiava. Tudo sem ambigüidade. Enquanto nesse caso em especial, em *Jules et Jim*, o público não teria como escolher entre os personagens principais, porque o público seria forçado a amar todos eles igualmente. Todos os três personagens centrais são um pouco bons e um pouco maus. Foi esse elemento, que chamou de "anti-seletividade", disse Truffaut, que o impressionou convincentemente no enredo de *Jules et Jim*.

Agora, não tenho certeza se isso ocorre de fato no filme *Jules et Jim*. Pessoalmente, jamais gostei muito do personagem de Jeanne Moreau. Ela me parece totalmente egoísta e aguada. Mas gosto do que François disse. Gosto do ideal.

Moshe cochilou. Ouviu a agitação da cidade. Bendisse Finsbury. Bendisse todos os *schnorrers*.

A amizade de Jules e Jim não tinha equivalente no amor. Eles aceitavam as diferenças. Todos os chamavam de Dom Quixote e Sancho Panza.

Tudo era ambíguo.

10.

Mas em que pensava Nana? Estava feliz também? Era essa uma verdadeira felicidade doméstica?

Veja. Nada aconteceu ainda. As duas garotas se beijavam às vezes, nada mais.

Claro que era uma felicidade doméstica.

Uma noite, na cama com Moshe, sozinhos em Edgware, Nana observava os três cartões-postais de Miffy pendurados, sob a curadoria da antiga Nana de dez anos, acima da escrivaninha de pinho da Ikea.

Eram:

Miffy olhando uma imitação artística de um Mondrian.
Miffy olhando para dentro de uma janela coberta de neve.

Miffy pousada na meia-lua amarela com estrelas amarelas em redor dela no céu azul-escuro.

Acima dos cartões-postais, havia o pôster do elefante Babar de Nana, de terno verde e tromba elegante, em cuja extremidade um chapéu-coco se encaixava perfeitamente.

Essa era a decoração.

Ela achava isso felicidade doméstica. E era felicidade doméstica. Nana estava feliz. Estava particularmente feliz nessa noite porque o nome dela, só por enquanto, era Bruno. Sim, Bruno. E o que Moshe achava disso? Não, não, Moshe não. Moshe também tinha um outro nome na cama. Recém-batizado por Nana, o nome sexual de Moshe era Teddy.

Certo?

Nana: Bruno. Moshe: Teddy.

Nana estava feliz. A garota apavorada com sexo encarava seus temores. Ela mesma criara um roteiro. Estava se aventurando numa vida de perversão.

Era perversão?

Para falar a verdade, acho que sim. Há algo inegavelmente sórdido no fato de uma garota de vinte e cinco anos, em seu quarto de infância, ser um menino de dez anos. Mas poderia ser muito mais sórdido. Talvez seja necessário manter o sexo no reino do realismo. Se for ridículo, torna-se dessexuado. Torna-se desconcertante.

Moshe estava particularmente desconcertado. Quando Bruno disse a Teddy que gostava muito dos braços infantis de Teddy, de sua maciez talco-empoada, a imaginação prosaica de Teddy retrucou que eram lisos porque ele tomava banho de banheira com E45. Tinha eczema. Sabonete era prejudicial ao eczema.

Moshe não foi brilhante nessa fantasia. Não sabia o que dizer.

Moshe e Bruno e Teddy e Nana ouviam a chuva.

— Gosto de ouvir a chuva quando tô na cama com você — disse Bruno, insinuando-se, sendo o melhor e o mais íntimo amigo de Teddy. Bruno se enroscou, de pijama, algodão, listras finas de duas cores, cintilantes nas extremidades. — Você é uma pessoinha adorável — disse.

Era uma fantasia. Por isso devo explicar os detalhes da fantasia. Teddy e Bruno são meninos da escola primária. Mas não estão na mesma escola. Desenvolvem sua instrução em escolas separadas. Mas nas férias podem bater papo de novo. Batem papo e enquanto batem papo fingem que nunca viveram separados ou conheceram outros meninos. Não, o que quer que tenha acontecido na escola, eram as férias que sempre aguardavam com ansiedade. São crianças afetuosas. Crescidos na opulência, Teddy e Bruno são amigos íntimos. São *companheiros ideais*. Essa era a fantasia. Essa a história que estava por trás.

Teddy leu *O pequeno príncipe* para Bruno. E porque, insistiu Nana, eram muito travessos, leram no escuro com uma lanterna, debaixo do edredom. Isso poderia ser considerado *infantilismo?*, Moshe se perguntou. Se sim, ele estava tranqüilo. Simplesmente queria que Nana fosse feliz. Queria que Nana fosse sexual.

Bem, Moshe pelo menos pressupunha que isso terminaria sexual.

Então Teddy conversou com Bruno. Contou a Bruno que estava encontrando dificuldade para dormir. A governanta estava preocupada com ele. Ele ficava deitado e ouvia o coração na cabeça. Disse que também tinha asma. Não conseguia respirar, e era asma. Teddy confidenciou a Bruno que toda vez que tentava adormecer só conseguia imaginar que estava jogando críquete. Parecia tolice, mas era verdade.

Rebatia a bola com a pá. Era a mesma sensação de rebater a bola com a pá. Tinha a sensação de que estava de pé na linha da área, com a pá na marca, várias vezes, como fazem na tevê. E o coração batia alto. Depois Moshe se calou. E Bruno disse com a voz fina:

— É um sonho de ansiedade.

Era um menino precoce, o Bruno. Poderia até ter sete anos, mas lera Freud por alto.

Ficavam deitados no quarto em que havia um baú cheio de brinquedos. Dentro do baú, havia uma barretina mole, com cabelo de plástico, que Nana ganhara por ter sido um soldado corajoso quando lhe deram pontos na testa. Todos os certificados de música conferidos a Nana pelas juntas examinadoras — séries um a nove de piano e flauta — estavam emoldurados na parede. Nos cantos de algumas molduras havia arabescos de plástico pintado de dourado. Algumas molduras eram feitas de clipes.

— Lembra — perguntou Teddy — do jeito como você costumava cair do braço do sofá, de costas, em cima das almofadas, e meio que sentia o estômago sumir?

Nana examinou os ombros de Moshe com uns poucos pêlos finos. As mamas dele estavam curvas e comprimidas uma contra a outra, ovais. Ela disse:

— Você tá bem?

E Teddy, lamuriando uma ópera interior de amor, luxúria e sexo esmagador, sussurrou para Nana:

— Tô bem, sim.

Caiu de costas e depois deixou cair a cabeça na direção dela. As bochechas dele se comprimiram. Depois ele a beijou. Ela o beijou. Nana disse:

— Legal. Se você diz que tá legal, então tá legal.

Para quem estivesse embaixo na rua, ao lado de um policial sonolento, na difusa luz de sódio, nada seria óbvio. Não capturaria, digamos, um instantâneo de Nana com a parte superior do pijama aberta, só o simples declive do peito esquerdo visível. Não. Teria visto um quarto. Teria visto o abajur. Teria visto um refúgio.

Era felicidade doméstica.

Como, pensou Moshe, como passar da ternura à imoralidade?

Era complicado. Nenhum deles era menino. Nenhum deles era veado. Por isso, nas circunstâncias, a imoralidade era difícil. Não tinham experimentado o sexo homossexual adolescente.

— Posso te tocar? — perguntou ele. Porque Teddy e Bruno eram, afinal, homossexuais. Disse: — Quer que eu te toque?

— E Moshe pôs a mão onde ficava o pênis minúsculo de Bruno. Nana lhe segurou a mão. Manteve-a lá. Disse:

— Ah, não.

Quando um aluno de escola primária diz não, quer dizer sim.

11.

Imagino que, a esta altura, você está achando tudo meio confuso. Deve ter uma lista de perguntas. Por que eles não se queixam? Por que não desejam uma relação simples? Por que Moshe embarca nesse roteiro de Teddy e Bruno? E por que não se queixa de Nana estar flertando com uma garota? E por que Nana não se queixa de Moshe nunca sentir ciúme?

Não se queixam porque é difícil se queixar. Não se queixam porque ambos se contentam em contemporizar. A queixa os deixaria mais infelizes do que a contemporização.

Sei que isso não convence você. Acha inconvincente. Onde está o realismo?, pergunta. Onde está a exatidão do romance europeu? Onde está a fidelidade à natureza de Balzac ou Tolstoi?

Bem, tomemos um romancista europeu. Vou contar um episódio da vida de Mikhail Bulgakov. Bulgakov era um romancista e dramaturgo satírico da Rússia stalinista.

No dia 28 de março de 1930, Mikhail escreveu uma carta ao governo da URSS.

12.

Depois que todos os meus livros foram proibidos, muitos cidadãos que me conhecem como escritor se manifestaram oferecendo o mesmo conselho:

Escrever uma "peça comunista" e também enviar uma carta de arrependimento ao governo da URSS, retirando os pontos de vista expressos anteriormente em minhas obras literárias e apresentando garantias de que, doravante, eu trabalharia como escritor simpatizante dedicado à idéia do comunismo.

O propósito: livrar-me da perseguição, da pobreza e, finalmente, da morte inevitável.

Não dei atenção a esse conselho.

Meu propósito é bem mais sério.

Posso provar com indícios documentais em minha posse que toda a imprensa da URSS tem afirmado com VIRULÊNCIA EXCEPCIONAL, desde que comecei a escrever, que as obras de Mikhail Bulgakov não podem existir na URSS.

Desejo declarar que a imprensa soviética TEM TODA A RAZÃO.

QUALQUER SATÍRICO NA URSS DEVE QUESTIONAR O SISTEMA SOVIÉTICO.

Sou concebível no sistema soviético?

PEÇO AO GOVERNO DA URSS QUE ME ORDENE SAIR DO PAÍS O MAIS DEPRESSA POSSÍVEL, ACOMPANHADO DE MINHA MULHER.

Se, todavia, o que escrevi resulta inconvincente e estou condenado ao silêncio por toda a vida na URSS, então peço ao governo que me dê um emprego.

13.

Mas, diz você, isso é completamente diferente. Bulgakov vivia na Rússia stalinista. Qual é a ligação entre o *páthos* e a coragem da carta de Bulgakov e o relacionamento de Nana e Moshe? Sem dúvida, não estou dizendo que o relacionamento de Nana, Moshe e Anjali era equivalente a viver sob o stalinismo! Um triângulo dado ao flerte não é stalinista.

Bem, não. Não é stalinista. Se stalinista significa agressão totalitária, então não é stalinista. Mas, em 1930, *Stalin* não era stalinista. Stalin era bastante afável. De acordo com um informante da polícia secreta, Stalin telefonou para Mikhail Bulgakov.

"É o camarada Bulgakov?", perguntou um *apparatchik*. "Sim", respondeu Mikhail. "O camarada Stalin vai falar agora com você", disse o *apparatchik*.

Bulgakov estava convencido de que se tratava de um trote, mas mesmo assim esperou. Olhou para a manga do cardigã de belbutina castanha. Nela havia uma mancha de gordura com um pedaço de cebola grudado. Tentou dar um peteleco no pedaço de cebola. A cebola resistiu. Ele a tirou com a unha.

Dois ou três minutos depois, Mikhail ouviu uma voz ao telefone. Era a voz de Stalin. "Desculpe-me, camarada Bulgakov, por não ter podido responder prontamente à sua carta, mas estava muitíssimo ocupado. Fiquei muito interessado na sua carta. Gostaria de ter uma conversa com você. Não sei quando será possível, porque, como disse, estou extremamente ocupado. Mas eu o informarei quando puder vê-lo. De qualquer forma, vamos tentar fazer alguma coisa por você."

Era Stalin.

O informante da polícia secreta achou que esse fora um brilhante trabalho de relações públicas de Stalin. De acordo com esse policial secreto — vamos chamá-lo de Igor —, de acordo com Igor, todos diziam: "Stalin é mesmo um homem admirável, e, imagine, também é simples e acessível!". Igor relatou que a popularidade de Stalin cresceu de uma forma extraordinária. Falavam dele, disse Igor, *com simpatia e carinho*, e o lendário episódio da carta de Bulgakov passara a ser recontado de todas as formas. Estava sendo contado em todos os bares.

Depois desse telefonema, Bulgakov obteve um emprego no Teatro das Artes de Moscou. E nunca mais publicou. Mas se queixara. Resistira. Fora simplesmente obstruído pelo telefonema de Stalin.

Acho as duas situações, a de Bulgakov e Stalin, e a de Moshe, Nana e Anjali, muito parecidas. Isso, a princípio, parece improvável, mas é verdade. Caso não tenha notado, neste livro não me interessa algo tão pequeno como a história da URSS. Não estou escrevendo algo assim tão limitado. Não, o que me interessa é a amizade. Por isso entendo que, se stalinismo significa apenas agressão totalitária, então qualificar Nana, Anjali e Moshe de stalinistas seria beirar a histeria. Mas se stalinismo significa cordialidade, então a semelhança é óbvia. Chamemos esse tipo de stalinismo de stalinismo telefônico.

Stalinismo telefônico é o uso da amizade como técnica coerciva. Impõe a concessão.

Todo mundo é, às vezes, um stalinista telefônico.

Em termos de amizade, não vejo diferença entre o comportamento individual de Nana, Mikhail Bulgakov, Moshe, Anjali e Stalin.

14.

Anjali entrou na sala de Moshe. Nana estava embrulhada no edredom sobre o futon. Tinha tirado um dia de folga. Estava assistindo ao programa *Trisha*. Estava assistindo a *Trisha* olhando para o teto. Isso porque refletia sobre as questões levantadas pelo tema: "Meu namorado me mandou ser dançarina erótica e agora quer que eu pare". Nana não achava que a dança erótica era erótica. Quando Gabrielle, que tinha cabelo loiro comprido, pernas gordas e curtas, um corpete e um tapa-sexo de paetê roxos, rebolou no colo de um entusiasmado homem da platéia, Nana desviou o olhar. Era mais triste do que erótico. Olhou para o teto. A luz era uma versão mais suave de azul. Perguntou-se por que o branco-pálido não era mais pálido do que o azul-pálido. Perguntou-se por que era sempre o mesmo grau de palidez. Esse o interesse dela nos efeitos emocionais da dança erótica.

Anjali se aninhou no futon ao lado dela. Sentou e assistiu a *Trisha*. Anjali gostou da dançarina erótica. Achou-a peculiar. Não gostou do namorado. Não gostou do chinó dele.

— Ah, meu Deus! — exclamou Nana, *staccato*.

Era verdade. Era um chinó. O namorado era horrível. Nana concordava.

15.

A atitude de Anjali para com esse trio feliz — ainda não era um triângulo, ainda não — era ambivalente. Em grande parte, Anjali estava triste. Para ela, só um casal era amor. A terceira pessoa era sempre figurante. Por outro lado, gostava de ser figurante num casal. Havia um aspecto voluptuoso.

Anjali refletia sobre casais enquanto fazia um comercial para o talco de bebê da Johnson. Anjali era a garota careta que contracenava com a apresentadora de tevê Anne Robinson. O comercial estava sendo feito justamente no momento em que a carreira de Anne decolava. Assim, quando Anne fazia um comercial, o comercial adotava o formato do programa *The Weakest Link*. Para você ver como era bem-sucedido. O comercial para o talco de bebê da Johnson era uma produção paródica de *The Weakest Link* para bebês. Havia quatro bebês sentados em cadeiras altas de pástico azul. Anne Robinson os interrogava sobre o conforto e a conveniência do talco de bebê da Johnson. Anjali dublava um dos bebês. Dava voz aos pensamentos gorgolejados. O bebê de Anjali era o último bebê à esquerda. Ele era o elo mais forte. Isso porque o bebê de Anjali preferia o talco de bebê da Johnson a todos os outros talcos.

Ah, no fundo, pensou Anjali, ela queria compor um casal. Queria que as pessoas lhe mandassem cartões de aniversário. Anjali e Anouska. Anjali e Zebedee. O nome pouco interessava. Ofereceria churrascos, pensou. Churrascos, aparentemente, eram a ambição de Anjali.

Havia uma explicação para isso. Anjali se irritava com casais por causa da ex-namorada, Zosia. Anjali descobrira, uma semana antes, que Zosia tinha se casado recentemente com a namorada de três meses, numa cerimônia carinhosa e comovente numa praia da Costa Rica. Casaram-se numa cabana improvisada feita de casca de inhame.

Ah, Anjali. Veja só o que Zosia aprontou. Fez você adorar a idéia de churrascos. A ex se casa na Costa Rica e você quer ser uma esposa.

Em contraste, quando jovem, Anjali detestava a idéia de um casal. A mãe era quem gostava de casais. A mãe era bastante favorável a casais. Era bastante favorável ao casamento. Devido a essa tendência, a mãe de Anjali nem sempre apreciava as idas semanais da família ao cinema Belle Vue, em Edgware. As idas nem sempre eram prazerosas. Nem sempre terminavam com um final de casamento heterossexual. Às vezes, os filmes pareciam ver o amor como trágico. Tornavam o amor grandioso e destrutivo.

Essa ainda era a diferença entre Anjali e a mãe. Ainda não gostavam dos mesmos filmes. Por exemplo, o filme de Bollywood favorito de Anjali era um filme recente chamado *Devdas*. *Devdas* é o filme mais caro de Bollywood de todos os tempos. Depois de uma trama improvável, o herói morre em frente ao portão do primeiro e único amor não correspondido, interpretado pela ex-Miss Mundo Aishwarya Rai.

Devdas era o filme predileto de Anjali. Ela adorava os finais de Bollywood. Adorava a tragédia. Adorava o estilo extravagante.

Talvez eu deva ser mais exato aqui. Anjali não era, afinal, tão diferente da mãe. Achava que sim, mas não. Ambas adoravam a idéia do casal perfeito. A mãe reconhecia só casais casados como casais, enquanto Anjali não restringia assim o termo. Essa a verdadeira diferença entre as duas. Por ser romântica, Anjali adorava os finais de Bollywood. Por ser romântica, a mãe de Anjali detestava os finais de Bollywood.

16.

Nana estava ciente de que Anjali se sentia excluída do casal. Estava ciente de que Anjali se sentia um acessório do romance de Nana e Moshe. E Nana era uma garota que não gostava que as pessoas se sentissem excluídas. Queria que todos fossem felizes. Não era uma garota egoísta. Era uma heroína.

Nana encolheu os joelhos e ficou encarapitada. Inclinou-se na direção de Anjali e isso pôs o edredom entre as duas, de modo que Nana teve de se erguer um pouco para se aproximar de Anjali, ficar mais perto. Depois Anjali virou o rosto. E Nana olhou nos olhos castanhos de Anjali. Depois o rosto de Nana se inclinou, lentamente.

Nana a beijou, uma leve sucção ou mordidela nos lábios, depois se afastou. Houve uma silenciosa confusão.

Por que confusão? Não era assim tão incomum que Nana e Anjali trocassem beijinhos juvenis. Então por que era confuso?

Era confuso porque toda vez que Nana e Anjali se beijavam, Moshe estave presente. Mas não foi antes de beijar Anjali, essa leve sucção ou mordidela nos lábios, que Nana se deu conta de que todos os outros beijos tinham sido beijos supervisionados. Só foi se dar conta disso quando era tarde demais.

17.

Moshe não estava na sala do apartamento de Finsbury porque, em vez disso, estava na sala de ginástica oferecida pelo clube Cally Pool. Estava malhando. Estava tonificando seu corpo de ator.

A carreira decolava. Ofereceram-lhe um papel principal no Tricycle Theatre, de Kilburn. Encarnaria Slobodan Milosevic numa nova peça chamada *Força de paz*, de Richard Norton-Taylor, baseada em antigas transcrições do Tribunal Penal Internacional para a ex-Iugoslávia.

Moshe gostava do papel de Slobodan Milosevic. Slobodan era um chorão. Ele se identificava com Slobodan. Slobodan era um gênio cômico. Tinha talento para a repetição. Enquanto fazia quinze levantamentos de pesos de trinta quilos, no mínimo, para fortalecer os ombros, Moshe se lembrava das falas do monólogo predileto de *Força de paz*.

"Como acordo às sete, estou pronto às oito para o transporte, e o mais cedo que volto é às seis, de modo que das seis às oito e meia é a única hora em que posso usar o telefone, o que significa que não vou poder usar minhas duas horas de ar fresco por dia, o que é um direito de cada detento, e os guardas também reclamam de não ter ar fresco suficiente."

Pode não parecer óbvio por que, como protagonista num drama judiciário, a prioridade de Moshe era o levantamento de peso. Mas havia uma explicação. Tenho um pouco de vergonha de contar, mas vou contar. Moshe estava se entusiasmando. Estava imaginando perfis nas revistas dos jornais dominicais. Imaginando mais sessões de fotos na *Hello!* e na *Hola!*. Mas não sabia se tinha corpo para uma sessão de fotos. Ele não era uma visão forte e volumosa. Nervoso e vaidoso, Moshe se punha em forma na Caledonian Road.

18.

Enquanto isso, na parte mais escrota de Finsbury, Nana pensava no cheiro de Anjali. Anjali cheirava como Nana, mas diferente. Por outro lado, cheirava mais como Nana do que como Moshe.

Não dava para ela comparar os cheiros porque Anjali e Nana estavam muito próximas.

Anjali aninhava o rosto de Nana na palma das mãos. O primeiro beijo indeciso fizera contato com o lábio inferior e a parte superior da face de Nana. Depois Anjali tornou a beijá-la. Passou o braço em volta do pescoço de Nana, os dedos separados, firmes. Depois fechou a mão e tocou os lábios de Nana com a língua.

Fizeram uma pausa.

Nessa pausa, uma mulher na platéia de *Trisha* perguntou ao namorado da dançarina erótica por que ele fazia objeções, se tinha conseguido o que queria. Trisha concordou que esse era o problema. Esse era *o ponto crucial da questão*.

Mas Anjali e Nana tinham deixado de assistir a *Trisha*. Tinham coisas mais importantes em que pensar.

Quando um casal médio heterossexual ou homossexual faz sexo, é raro o sexo ocorrer logo depois dos beijos. Seria descortês fazer sexo tão depressa. Deve haver uma espera. Essa espera significa que não é só sexo que a dupla pretende obter.

Mas Nana e Anjali não formavam um casal médio. Formavam um casal secreto.

Quando um casal clandestino se beija, é mais provável que o sexo ocorra logo depois. Porque há muito mais incerteza num casal clandestino. Há muito mais risco. Depois de beijar em segredo, é muito difícil não fazer sexo. Seria descortês não fazer sexo. A gente precisa mostrar que está mesmo a fim um do outro.

Mas Nana e Anjali não formavam nem mesmo um casal médio. Elas eram um casal só inadvertidamente clandestino. Isso tornava o sexo ainda mais socialmente carregado. Tinham acabado de se beijar em segredo — por isso tinham de estar apaixonadas. Tinham acabado de se beijar em segredo por acaso — por isso ainda eram simplesmente boas amigas.

Fizeram outra pausa.

Depois Anjali se estirou, alongando Nana sobre ela. Debaixo de Anjali havia algo que dava a sensação de ser uma revista ou um livro de tamanho fora do comum no edredom fofo. Ignorou-o. Enquanto isso, Nana pensava consigo mesma que isso era *sexo lésbico*. Faria sexo lésbico. Algo de que tinha de se lembrar. O quarto era azul-pálido. Faria sexo lésbico.

Nana era principiante nessas coisas.

Os estilos de moda exibidos pelas participantes nessa variante de ato sexual eram: Nana veste uma camiseta de Moshe da temporada de 1998 do Southwark Playhouse, ousada por si só. Anjali veste uma calcinha fio-dental branca da M&S e um sutiã de seda branco com enchimento da M&S (porque, sim, Anjali se sentia um tanto insatisfeita com seus seios mais ou menos pequenos) por baixo de uma bata creme da French Connection.

Não eram detalhes supérfluos. Não todos.

Nana tinha duas preocupações. A principal era Moshe. Não sabia como contaria a ele, como explicaria. Não sabia realmente como explicaria.

Essa a preocupação principal. Mas era uma preocupação tão genuína que tentou ignorá-la. Era uma preocupação insolúvel. Então se concentrou na segunda preocupação. A segunda era mais prática. Nana tinha receio de estar prestes a desapontar Anjali. Queria que fosse erótico, mas o forte de Nana não era o erótico. Nana temia o sexo, temia outra decepção.

Para esconder de Anjali sua preocupação, Nana renunciou ao prelúdio sexual. Renunciar ao prelúdio sexual, pensou, seria uma forma de aparentar excitação. Só amantes neutros e íntimos obedeciam a rituais de toques e beijos. Amantes como Nana e Anjali eram apaixonadas, ferozes.

Nana deslizou a mão sobre a coxa direita de Anjali e a enfiou debaixo da calcinha fio-dental. E Anjali estava molhada, molhada! Nana tocou Anjali bem de leve, enfiando os dedos, mas Anjali agarrou a mão dela e a afastou.

Nana se refreou e se entristeceu. Era só uma aprendiz. Mas também era, pensou, entusiástica. Não tinha, porém, por que se preocupar. Anjali não estava se queixando. Estava acalmando a nova amiguinha. Por algum tempo, tudo foi lento e dúbio. Beijaram-se lentamente.

Mas então, com a mão de Anjali acariciando, esfregando e usando inteiramente Nana, criou-se uma nova crise sexual. Nana, satisfeita com o andamento, estava ficando muito excitada. Repetia a si mesma a palavra delirante. Era exótico. Sexo de verdade, pensou. Por isso repetiu o primeiro gesto sexual. Nana deslizou a mão sobre a coxa direita de Anjali e a enfiou debaixo do fio-dental de Anjali.

E o fio-dental de Anjali foi puxado, a tira da entreperna foi enganchada por um dedo de Nana, enquanto outro se introduzia nela. E o dedo era uma ventura para Anjali. Poderia ter sido mais venturoso, porém, se fosse outra a posição de Anjali. Ela estava reclinada, mas estirada, tensa. O fio-dental entrava no ânus, no períneo — onde fosse, pensou, indiferente à anatomia, doía. Mas agora estava muito excitada para explicar a Nana que doía. Só queria gozar. Estava em estágios sérios de sexo. Por isso nada disse.

Foda-se que dói, pensou Anjali. Ah, não, ah, não, ah, isto é errado, pensou Nana, lembrando-se de Moshe.

Anjali, em desespero, abaixou a calcinha com a mão direita, recostando-se em seguida. Abaixou-a ainda mais com os dedos dos pés. Foi parar no pé esquerdo. Pendeu no pé esquerdo. E Nana continuou a tocá-la. Olhando para os olhos fechados de Anjali, Nana tocava Anjali. E era maravilhoso, pensou Nana. No que Anjali se contraía e se arqueava, enquanto começava a emitir breves arquejos, Nana estava feliz. Nana olhou fixamente para a boceta de Anjali. Havia uma mancha na pele, reluzente, um pouco acima dos pêlos púbicos.

Então Anjali gozou.

Olhou para Nana. Olhou para a calcinha que se equilibrava no pé esquerdo. Riu.

Falei que contaria. É isso. Nana e Anjali acabaram de fazer sexo.

19.

É, acho, socialmente embaraçoso fazer uma amiga gozar. Nana olhou para Anjali. Apoiava o queixo na testa de Anjali. Mas o principal embaraço de Nana não era psicológico, não nesse momento. Era físico.

Ao apoiar o queixo sobre a cabeça de Anjali, a boca de Nana ficou fechada. Por isso ela respirava pelo nariz. Pode parecer que não era ruim. Mas era. Era difícil para Nana respirar, porque o nariz estava entupido.

Nana precisava desentupir o nariz com o dedo.

Nana tirou a mão do cabelo cálido de Anjali e a ergueu na direção do rosto inclinado. Abaixou o rosto na direção da mão, gemendo de satisfação pela felicidade de Anjali. Estava ansiosa de embaraçamento. Em seguida, extraiu o muco da narina, equilibrando-o na ponta do dedo, e o examinou, agora não, pensou, no mindinho acima da cabeça de Anjali — uma curva partícula de sangue envernizada de muco. Depois foi furtiva. Acariciou Anjali. A idéia era acariciá-la com languidez, parecendo exausta. Ela o fez esticando o mindinho no ar, exibindo com destreza o método correto e educado de segurar uma chávena de louça de Delft. Em seguida, Nana deixou o braço cair sobre a beirada do futon, numa imagem de abandono, amassou o ranho para secar sua umidade e o acomodou na parte inferior da estrutura de madeira.

Essa a solução de Nana para o problema imediato colocado pela infidelidade.

20.

Não era, claro, o único problema. Talvez o primeiro, mas não o mais importante. Nana fora infiel. Esse o problema mais importante.

Mas esta história não é de fato sobre infidelidade. Infidelidade não é o motivo pelo qual Nana estava séria, não exatamente.

Esta história é sobre generosidade.

Quem já se apaixonou por outra pessoa no fim resolve o

que fazer. Por exemplo, enquanto Nana enfia o mindinho no nariz em segredo, examinemos de novo o caso de Stacey e Henderson. Quando Henderson foi infiel com uma garota da idade dele chamada Beyonce, no fim Henderson resolveu que trocaria Stacey por Beyonce. Porque Beyonce o chupou e Stacey julgava o sexo oral grosseiro. Não estou defendendo Henderson. Só estou estabelecendo os fatos. E essa é uma opção viável. No fim a gente resolve ser cruel com outra pessoa (Stacey) e generoso consigo mesmo (Henderson).

A ironia do rompimento de Stacey e Henderson foi que, apenas um mês antes, Stacey tinha conhecido um soldador de ferro chamado Barry. Era um membro da Fundação Nacional do Ferro e do Aço. Barry era um homem encorpado. E encorpado, para Stacey, era sensual. Mas Stacey já tinha resolvido que não trocaria Henderson por Barry. Concluiu que machucaria muito Henderson. Essa é outra opção viável para a pessoa infiel. A gente resolve ser cruel consigo mesma (Stacey) e generosa com outra pessoa (Henderson).

Essa é uma opção mais rara. Há muitas vezes um motivo adicional. Por exemplo, havia um motivo mais verdadeiro, mais incerto, pelo qual Stacey não trocou Henderson por Barry. No momento em que o peru de Barry fazia gluglu indo e vindo dentro de Stacey pela primeira e única vez, o celular de Stacey tocou. Eram três da manhã. Era Henderson. Estava a cinco minutos dali e queria saber se poderia subir. O impacto disso fez Stacey com tristeza, mas com certeza, pedir a Barry que fosse embora, para sempre. Por outro lado, só foi para sempre porque ela se esqueceu de procurar o número do telefone dele.

De qualquer forma, nas duas opções que delineei, o terceiro, o intruso, é que foi excluído. Nessas duas opções, os direitos de Beyonce e Barry foram ignorados. Mas e se a gente quiser ser generoso com outra pessoa e também generoso com o terceiro? E se a gente quiser ser generoso com todos? E se a gente quiser ser generoso com Stacey e Beyonce, ou com Henderson e Barry?

Nana queria ser generosa com todos. Mas se a gente quiser ser generoso com todos, é problemático. O quarto era azul-pálido. Nana acabara de fazer Anjali gozar.

E isso é sério.

7. Eles se desapaixonam

1.
Está ficando mais complicado. Mas acho que você agüenta.
Resumindo:
Nana estava apaixonada por Moshe.
Anjali estava apaixonada por ninguém.
Moshe estava apaixonado por Nana.
Ao mesmo tempo, parecia que Anjali e Nana tinham começado um caso.

Agora você entende tudo. Esta é a história de como Moshe foi abandonado pela namorada. Ela o deixou por causa da melhor amiga dele. Esta é a mais óbvia e mais triste história.

2.
E papai era o anjo bom desta história. Lá estava ele, sempre na periferia da trama central. O personagem feliz. Bem, todos os personagens eram felizes. Mas papai era o personagem mais feliz.

A esta altura da história, era agosto. (Esta história durou pouco menos de um ano. Começou em março e agora era agosto.)

Papai estava no escritório, na Old Broad Street, na City. Fitava o porta-clipes projetado por Nana aos doze anos, na aula de artesanato, design e tecnologia. O professor de artesanato, design e tecnologia era o sr. Scarborough. As mães adoravam o sr. Scarborough. Era bronzeado de sol e tinha reconstruído uma casa de fazenda na Provença. Os pais não confiavam nele. Nana o adorava, porque ele fez o porta-clipes e depois disse a papai que Nana o fizera. Papai fingiu acreditar nos dois. O porta-clipes era de estanho, com entalhes em ziguezague. A tampa era uma peça circular de madeira de faia. Nela, Nana colara quatro quadrados turquesa de esmalte, no formato de um losango.

Não era o objeto mais bonito do mundo. Não creio que papai alguma vez tenha dito que era bonito. Mas era o objeto de que papai mais gostava.

No escritório de papai, na Old Broad Street, havia uma cachoeira em pequenas dimensões que escorria pela parede do salão de entrada para dentro de um tanque planejado com samambaias e nenúfares. Fazia o salão cheirar a cloro. Lembrava, vagamente, uma piscina. E quando a Nana de dez anos visitava papai no escritório ela adorava esse cheiro de piscina. Adorava se aninhar num sofá de couro para ver os seguranças vendo a TV de segurança. A Nana novinha adorava nadar. Imaginava que poderia nadar na cachoeira. Contou isso a papai. Papai explicou que o tanque não era realmente muito fundo na parte de trás.

No escritório da Old Broad Street, papai fitava o porta-clipes de Nana, como sempre diligentemente cheio de clipes. Estava feliz por Nana estar feliz. A filha estava apaixonada e isso a deixava feliz. E isso deixava papai feliz.

Papai não é um guia confiável para esta história. Não é um bom guia para a trama.

3.

Enquanto isso, Anjali estava num intervalo de filmagem. Fumando um cigarro. Estava junto à porta de incêndio, no fundo de um estúdio na Leonard Street, tentando soprar alguns círculos de fumaça.

Anjali filmava outro comercial do talco Johnson. A idéia do comercial era reproduzir cenas de filmes famosos. Anjali entrava na famosa cena final de *Casablanca*.

Para quem conhece, a cena final de *Casablanca* depende de Humphrey Bogart, que interpreta Rick, tomar a dura e nobre decisão de que Ingrid Bergman, que interpreta Ilsa Lund, deve deixar Casablanca com o marido judeu exilado, que se chama Victor Laszlo e é interpretado por Paul Henreid. É uma decisão dura e nobre porque Rick e Ilsa estão apaixonados. É um filme, portanto, que romantiza a generosidade. Quando o avião decola com Ilsa e Victor seguros a bordo, Rick se vira para o capitão Louis Renault, interpretado por Claude Rains, e diz: "Louis, acho que este é o começo de uma bela amizade". É uma das duas falas famosas do filme. A outra é "Toque outra vez, Sam", só que, como todos os conhecedores do filme sabem, essa fala não existe em *Casablanca*.

Na reconstituição, Anjali substituía Ingrid Bergman. E a trama do comercial era esta: Anjali Bergman estava tentada a ficar com outra marca, inferior, de talco. Mas casos amorosos não eram morais. Não eram admissíveis. Todo bebê deveria resistir à tentação de largar Johnson por uma nova emoção. Então no fim o avião partia com o bebê Anjali seguro a bordo. "Bebê e Johnson — uma bela amizade." Esse era o *slogan* do comercial.

Eu sei. Sei que não é exato. Sei que a bela amizade não era a de Ingrid Bergman com Paul Henreid. Não era nem mesmo entre Ingrid Bergman e Humphrey Bogart. Era uma amizade homoerótica. Mas a culpa não é minha. Responsabilize o talco de bebê Johnson.

Interpretação é difícil. Quase sempre, interpretação é uma coisa pessoal, subjetiva. Nem só os criadores dos comerciais de talco de bebê Johnson erram. Anjali também errava.

Enquanto acendia e fumava dois Marlboro Light um atrás do outro, Anjali se lembrava de toda a deliciosa trama de *Casablanca*. Era a história de um triângulo famoso. Era um filme sobre a generosidade. Enquanto fumava, Anjali se deu conta de que ela era Rick, era Humphrey Bogart. Por isso Anjali tinha de se comportar como Rick. Deveria desistir de Nana. Verdade, não queria desistir de Nana, mas se não o fizesse, bem, então o quê? Nana talvez deixasse Moshe por ela. E Anjali não queria que Nana desistisse de Moshe. Era difícil para Anjali desistir de Nana, mas seria bem mais difícil ver Nana desistir de Moshe.

Era uma tragédia. Mas tragédias, pensou Anjali, eram nobres. Elas a comoviam tanto que quase começou a chorar, ao lado de uma escada de incêndio, perto da Old Street.

Quanto a mim, tenho minha teoria sobre o final de *Casablanca*. Não acho que seja um final trágico. A meu ver, é um final feliz.

Victor Laszlo era um judeu que combatia na resistência. Um intelectual antinazista trabalhador e corajoso. Não creio que seja, de modo algum, um final trágico. Victor fugia da vida que levava, e a idéia é que devemos sentir tristeza porque a mulher dele ficou com ele e não com o taciturno e expatriado dono de bar em Casablanca. Bem, pessoalmente não acho triste. Não acho o amor tão importante assim. Não acho a melancolia tão atraente assim. Não vejo por que romantizar o triângulo amoroso.

4.

Acontece que Anjali não precisava se preocupar com a tragédia inerente a um triângulo amoroso, porque Nana não pensava em deixar Moshe. A esta altura, nem existia um triângulo trágico, porque Nana não estava apaixonada por Anjali. Nana estava apaixonada por Moshe. Estava apaixonada por Moshe e fora infiel uma vez. Até aqui, essa era a posição de Nana. Em vez de se sentir dividida, só se sentia culpada.

Não creio que havia necessidade de sentir culpa. Não

estava tendo um caso. E não era que fosse responsável pela situação toda. Até Moshe a teria previsto. Mas Nana achava que tudo era culpa dela, o que a deixava nervosa. O que lhe dava vontade de chorar.

Algumas noites depois da cena de sexo lésbico, Nana chorava. Aliás, chorar se tornara uma característica de Nana. Tornara-se um hábito. Mas vou falar de uma noite em especial. Nana estava na cama com Moshe e o leopardo de brinquedo. Chorava suaves lágrimas cinza de rímel. As lágrimas escureceram o focinho do leopardo de brinquedo. Borraram as costuras das patas. E, enquanto ela chorava, Moshe, quase adormecido, achegou-se por trás dela. Insinuou o pênis na penugem de sua bunda sem fazer barulho. Eram três da manhã.

Moshe tentou acordar.

Há todos os tipos de momentos engraçados quando alguém chora no meio da noite. Há todos os tipos de ironias cômicas. Isso pode soar frio e cruel, mas é mesmo verdadeiro.

Nana estava nervosa. Moshe, por sua vez, estava só confuso. A sensata namorada Nana se tornara recentemente atormentada. Percebe? Essa já é uma ironia cômica. Não estava atormentada de modo algum — só estava nervosa.

— Que é? — fez Moshe. Sonolento, sonolento. — Vai estar melhor de manhã — engrolou, tocando de leve a ponta do ombro dela. Depois deixou a mão cair. Sem dúvida, Moshe estava cansado. A cabeça vagava. Mas Nana estava acordada. Disse Moshe: — Que é? — Sentia-se inútil. E se sentia inútil, pensou, porque estava doido para dormir.

Mas Moshe não se sentia inútil por causa da sonolência. Acontece que sei de um outro fato. Sentia-se inútil só porque Nana chorava. Era isso. Era o simples fato de ela chorar. Devido a uma inadequação interior, choro sempre travava Moshe. Há sentimentos limitados, afinal. A gente só sente o que pode sentir. Não é muito engraçado, mas é assim. É difícil não repetir coisas, é muito complicado e não é muito engraçado.

Não era muito engraçado para Moshe.

Ele se afundou, zeloso, inútil. Escutou Nana. Disse:

— Benzim, acho que devia, acho, te amo, sabe? Nana, Nana — cantou, um ídolo das matinês às três da manhã.

Nana tentou. Disse:

— Desculpe eu estar assim. É só que. Ah, desculpe.

Moshe pensou que isso fosse ser o sossego. Pensou que fosse ser o prelúdio à tranqüilidade. Que ela tinha entendido o valor do sono sono-sonolento.

— Tudubem — disse. — Na boa.

Mas não. Não era o prelúdio à tranqüilidade. Não era o prelúdio ao sono. Era o prelúdio a uma nova tentativa.

Enquanto Nana resmungava e falava, Moshe se inquietava. Tentou ver a hora invisível, tiquetaqueando nalgum lugar no criado-mudo. Deve estar para clarear, preocupou-se Moshe, deve estar, e, se estivesse, Moshe seria então um homem cansado e imprestável. Perguntou a si mesmo se conseguiria se lembrar de uma fala. Tentou passar as falas. Na histeria, Moshe não se lembrava das falas de Slobodan Milosevic. Estava entrando em pânico, e desmemoriado.

Era madrugada e Moshe estava assustado. Sentia-se inseguro.

Ao passo que, ainda menino, ao acordar de madrugada, assustado com as formas dos objetos achados e guardados num armário da Homebase, Moshe sabia com certeza que estava seguro. Quando pequeno, Moshe não se afligia com os feijões saltitantes, ou com a boneca russa, ou com o elefante de madeira de dois centímetros, que era laranja com pintas pretas. Não tinha medo porque havia uma escada de mão no canto do quarto. Bastava subir nela e o paraíso se achava logo ali no alto, numa saliência em torno das paredes a cinco centímetros do teto, onde uma fileira de animais de madeira pintados brilhava no escuro. E, se isso não desse resultado, sabia que a mãe o protegeria, com sua barretina prometida e o roupão vermelho de botões dourados e novos, do outro lado da porta.

Mas agora, madrugada, Moshe sentia como se estivesse sozinho. Sentia-se velho. Tinha vinte e seis anos. E a namorada, chamada Nana, chorava.

— Me abraça?! — pedia. — Por favor, me abraça, por favor.

Ah, Moshe. Moshe assustado. Adulto. Incapaz de lidar com fatos.

5.

E então, na manhã seguinte, de consciência pesada, Nana fez sexo com Moshe.

Caso você não tenha entendido, quero deixar claro. Não se trata da vida sexual deles. Não é sobre isso que você está lendo. Está lendo sobre os sentimentos deles. Está lendo sobre a ética deles.

Quanto a Moshe, o Moshe adulto não sentia culpa. Só estava por cima. Fazia a vagina de Nana chiar e chapinhar enquanto ele alterava, como um profissional, o ângulo de profundidade. Mas não era a posição ideal de Moshe. Não, ele queria outra posição. Queria a sua coisa predileta. E qual era a coisa predileta de Moshe? Calma, calma, eu conto. A coisa predileta dele eram as pernas de Nana dobradas para trás ao longo do peito dela, os joelhos apoiados nas clavículas.

No entanto, a posição predileta de Moshe não era, nesta manhã, a coisa predileta de Nana. Esta manhã não era manhã, pensou ela, para uma acrobacia tão prosaica. Não. Ela se sentia altruísta e cheia de remorso. Faria algo especial para Moshe. Faria uma coisa em que sempre pensara. E Moshe sempre pedia que ela pensasse no que gostava. Ficaria deitada e seria travessa.

Travessura equivalia a mijar.

Precisava ir, disse Nana, e não sabia mesmo se deveria ir. Deveria ir? Só não sabia se daria para esperar. Não sabia se daria para esperar até a hora de ir ao banheiro.

Chamava essa inovação de rega. Nesse momento especializado, disse:

— Posso regar? — Era como se, nessa manhã, uma garota masculina com instintos de criança tivesse florescido em Nana. E instintos são incontroláveis, qualquer um sabe disso. Disse a Moshe: — Tenho que. Tenho que — os olhos fechados e o pescoço duro. Disse: — Faz favor, posso?

Era o prazer dela. Era a desculpa dela.

Nana fora infiel. E a infidelidade faz qualquer um se arrepender ao menos momentaneamente. Mas Nana se sentia duplamente culpada, porque não tinha sequer a desculpa comum para a infidelidade — um impulso sexual dramaticamente elevado. Nana não era altamente sexual. Sabia que, se tivesse que se envolver com sexo, poderia ao menos se envolver com sexo com Moshe. De maneira que Nana estava duplamente arrependida. Daí que resolvera explorar a sensualidade do ato de mijar. Estava sendo altruística.

Devo dizer que, se isso for altruístico, há coisas boas no altruísmo. Se ao menos mais pessoas fossem altruísticas, elas teriam uma vida mais complicada. Teriam o repertório sexual picantemente ampliado.

Moshe retrucou:

— Ma, ma, Nana!

Sinceramente, ficou surpreso.

6.
Não sei bem qual é a atitude geral em relação ao xixi. Não sei quantas pessoas vêem o xixi como um estratagema sexual. Pode-se presumir que nem todos se excitam com ele. Creio que esse grupo de pessoas não se utiliza de imagens de murmurantes e enlaçados filetes de jatos amarelos e claros como subsídio masturbatório.

Para outras pessoas, é uma luxúria deslumbrante. É parte de todo o triunfo sexual. Para elas, é um delicioso momento de abandono que requer a aquisição de um protetor de borracha para o colchão, talvez da loja Mothercare ou do supermercado Asda.

Quanto a ler sobre xixi durante o sexo, cada um desses grupos terá idéias correspondentes acerca do decoro literário. Encontrará coisas para criticar na minha descrição da exploração de Nana. Passará por problemas de identificação. Ou será muito explícito, ou não será suficientemente explícito. Eu sei, eu sei. Mas esse tipo de leitura não me interessa. A mim interessam leitores que se identifiquem com Moshe e Nana. A mim interessam leitores que entendam. Quero que entendam, em especial, a posição de Moshe.

Veja, a posição de Moshe não era nem a favor nem contra. Ele era persuadível, essa a posição de Moshe.

No início, Moshe achou que xixi não era com ele. Parou de se mexer e olhou para ela. Mas Nana não o deixou ficar na incerteza. Estava se divertindo. Disse:

— Acho que não consigo segurar.

Sim, Nana queria isso.

Há um fenômeno talvez subestimado pelos promotores de atos sexuais específicos. Esses promotores estão convencidos de que todo ato sexual específico tem de ser desejado pelo participante. De acordo com eles, portanto, a gente não pode ser um diletante na penetração anal com o punho. A gente precisa se comprometer. A meu ver, porém, não acho isso verdadeiro. Se você não partilha a fantasia sexual de alguém, há toda uma gama de sentimentos disponíveis. A fantasia sexual de alguém pode, claro, parecer bizarra ou repulsiva. Verdade que pode também ser simplesmente entediante. Mas outra reação é também bastante comum.

É excitante quando a outra pessoa está excitada.

Foi excitante para Moshe quando Nana ficou excitada. Só por essa manhã, xixi foi o *sonho realizado* de Moshe.

Ela falou que não conseguiria segurar. Então Moshe disse:

— Tem que segurar. Claro que tem que segurar. Não vou te deixar emporcalhar a cama.

Falou sério. Foi bom nessa fantasia. Não queria que Nana mijasse na cama, não totalmente. Porque jamais comprara um protetor para o colchão. Comprara um colchão Dunlopillo caro, mas não um protetor. Por isso não estava totalmente a fim de que uma Nana nua se molhasse.

Nana se queixou. Ela se queixou:

— Mas não posso. Não posso.

E Moshe ficou mais e mais sério. Disse:

— Se você fizer, vou ficar muito bravo.

— Ai, ai — Nana trilou. Parecia dócil.

— Se fizer, vou ficar muito irritado com você — disse.

E Nana não queria que Moshe ficasse irritado com ela, mas estava curiosa para saber a que ele recorreria, se fosse contrariado.

Embaixo dele, agora Nana se masturbava. Moshe sentiu o dorso da mão dela se esfregando firmemente contra a barriga dele. Disse:

— Se fizer, se fizer sem permissão, vou ter que te castigar.

— Me castigar? — perguntou ela.

— Castigar — respondeu ele.
— Hã — fez ela.

Moshe pôs a palma da mão esquerda em cima do montículo púbico felpudo de Nana. E os olhos de Nana se fecharam. Ela respirava, respirava com dificuldade, pelo nariz. Virava a cabeça de um lado para o outro. Ele olhou para ela. Os olhos dela estavam fechados, a boca estava fechada.

Em seguida, a palma da mão de Moshe ficou molhada.

Nana fora travessa. Ela fora, ah, tão espertamente travessa. As membranas entre os dedos de Moshe estavam molhadas e ardiam. Com a mão, Nana empurrou a mão dele contra a boceta molhada. Nana vazava.

Moshe se preocupou com o efeito da urina sobre o eczema nos dedos. Não achava que seria sedativo. E tinha de pensar no que fazer com o lençol. Não que quisesse parecer enérgico. Era só que o colchão tinha sido caro. Dunlopillo não era uma marca qualquer. Queria jogar o lençol na máquina de lavar. Estava preocupado, sobretudo, porque era de manhã. Como todo bom ondinista sabe, o xixi da manhã é bem mais forte que o xixi da noite.

Nana abriu os olhos inocentes e olhou para ele.
— Você me enoja — disse Moshe.
Nana riu.

7.

Por falar nisso.

Há um romance curto chamado *Thérèse, a filósofa*. Era o romance preferido de Marquês de Sade. Foi publicado por volta de 1750. Ninguém sabe exatamente quem o escreveu. O romance é narrado por Thérèse. Um episódio descreve como ela observava mlle. Eradice descobrir as nádegas para receber a disciplina do padre Dirrag. Primeiro, o padre a fustiga com um feixe de varas de vidoeiro. Depois diz que vai mortificá-la com a verdadeira "corda de são Francisco". A verdadeira corda de são Francisco é o pênis dele. Ela não sabe que é o pênis dele. Tendo pensado em sodomizá-la, o padre no fim resolve apenas fazer sexo com mlle. Eradice por trás.

Esta é uma citação de *Thérèse, a filósofa*:

> A cabeça dele estava baixa, e os olhos faiscantes, fixos no trabalho de seu aríete, cujos impulsos ele controlava de tal modo que, ao se retrair, não deixava a bainha completamente e, ao investir para a frente, o estômago não entrava em contato com as coxas de sua carga, a qual por conseguinte teria imaginado, após ponderar, a origem dessa suposta corda. Que presença de espírito!

Essa citação é importante.

Por fim, mlle. Eradice goza. E ela interpreta o orgasmo como uma recompensa divina. "Oh, sim, estou numa felicidade celestial. Sinto que minha mente se desligou completamente da matéria. Mais, mais, mais! Erradica tudo o que é impuro em mim [...]"

Entendo o propósito do escritor de *Thérèse, a filósofa*. Ele, porque evidentemente trata-se de um homem, quer criticar os padres corruptos. Quer também satirizar os textos religiosos nos quais as virgens desmaiam de êxtase religioso. Quer satirizar a pretensão à espiritualidade da espiritualidade. Tudo o que a moça queria, entendemos, era uma trepada.

Entendo tudo isso. Só acho que o escritor, ao se esforçar para ser politicamente arguto, perdeu uma oportunidade. Se eu o reescrevesse, mlle. Eradice saberia o tempo todo que estava sendo comida pelo padre. E *fingiria* não saber. Essa a alteração essencial. Ao passo que, em *Thérèse, a filósofa*, mlle. Eradice realmente não sabe. É ludibriada. Mas será isso com certeza irrealista? É irrealista. E o escritor também sabe disso. Por esse motivo toma o cuidado de nos falar do controle perfeito que o padre tem dos movimentos do pênis. Por esse motivo insiste tanto que só o pênis do padre a toca. Ao se esforçar para provar esse sentido sem sentido, chega a uma excentricidade falsa.

Portanto, não me surpreende que, quando o Marquês de Sade, conhecido como Donatien pelos amigos mais íntimos, resolveu escrever sua própria pornografia política, *História de Juliette*, em 1797, ele tenha apontado *Thérèse, a filósofa* como modelo. Chamou-o de "obra encantadora". Encantadora porque era o único livro que "reunia satisfatoriamente suntuosidade com impiedade". Caso isso soe um tanto obscuro, o críptico Donatien só quis dizer que o livro mostrava monges fodendo. Era o que Donatien queria ler. Era o que queria escrever. Não queria excentricidade realista, queria excentricidade política.

Acontece, porém, que o Marquês de Sade não era perito em excentricidade. Era demasiado teórico. Quanto à excentricidade na prosa, sou um escritor melhor do que o Marquês de Sade.

8.

Mas basta, por ora, de Nana e Moshe na cama. Há que pensar em Anjali também. Depois da tarde de paixão com Nana, com *Trisha* em segundo plano, Anjali sentiu remorso. *Acometida de remorso*, deixara Nana e Moshe sozinhos por um tempo. Não respondia a telefonemas. Não respondia a e-mails.

Anjali contraiu o hábito de caminhar no Regent's Park. Porque, quando a gente é uma jovem sozinha num parque, a gente pode parecer romântica e belamente solitária. Nas duas semanas anteriores, desde que Nana a fizera gozar, Anjali dava pequenos passeios, alegremente triste, deliciosamente melancólica.

Há duas coisas de que você precisa ter certeza ao pensar em Anjali. Anjali foi seduzida por Nana. Sabemos disso. Mas o segundo ponto, que é chave, é este: Anjali era ocasionalmente sentimental.

Minha definição de sentimentalidade é esta: sentimentalidade é a avaliação do sentimento em relação a ele mesmo. É, pois, a exageração do sentimento. Um exemplo dessa exageração é a generosidade de Anjali. Ao lado da saída de incêndio, perto da Old Street, ela descobrira uma sedução bem maior do que a de Nana. Essa sedução maior era a moralidade. Apossara-se dela.

Para Anjali, a concepção que tinha da nobre generosidade humphrey-bogartiana era mais excitante do que Nana. Por isso manteve-se distante, passeando pelo Regent's Park. Era mais excitante renunciar a Nana do que conservá-la. Era quase como viver na Casablanca do tempo da guerra.

9.

Mas Nana, ao que parecia, não pensava estar vivendo no Norte da África sob o regime nazista. Nana disse:

— Tô tão, mas tão chateada. Acabei de chegar de uma palestra sobre a nova loja Prada de Nova York, a projetada por Rem Kolhaos.

— Rem Kolhãos? — perguntou Anjali.

— Sim, Kolhaos — confirmou Nana. — E esse carinha, esse carinha, *esse* carinha, ele disse que a Prada é uma inovação na arquitetura. Na arquitetura. Quer dizer. Escuta só. O Rem Kolhaos falou o seguinte: "A arquitetura não é a satisfação das necessidades do medíocre, não é um ambiente para a felicidade banal das massas. A arquitetura é um negócio da elite". Um negócio da elite! Mas o que é isso, um negócio da elite? É uma técnica — disse Nana, irritada.

Como você deve ter inferido desse diálogo, Nana e Anjali estavam no café da Sociedade de Arquitetura. Estavam de pé, junto ao balcão, esperando que as servissem.

— Quero um ekspresso — disse Anjali, aliviada.

— Não, tô mais calma — disse Nana. Não, quero uma água mineral com gás. E aí — disse — o sujeito citou ele de novo. O Rem Kolhaos falou, não dá pra acreditar, o Rem Kolhaos falou: "A verdadeira arquitetura é uma operação que se abstém intencionalmente de prescrições ou da arquitetura". Que abdica intencionalmente da arquitetura! A arquitetura deve abdicar da arquitetura!?

— Nossa! — exclamou Anjali. — Acho que não entendi.

— É, então, exatamente — retrucou Nana. — Não é pra entender. Porque não faz sentido.

Anjali sentou. Nana afastou o bloco Pukka A4.

Bem, é verdade que Nana estava sinceramente irritada com o palestrante. Estava também sinceramente enfurecida com Rem Kolhaos. Mas não estava dominando a conversa arquiteturalmente só por causa da apaixonada ligação com o design urbano. Não. Nana tinha um plano, tinha um plano sexual. Mas não queria falar do plano já. Queria que parecesse tranqüilo. Queria que a conversa fosse natural.

Nana estava preocupada com Anjali. Achava que ela poderia estar triste. Essa a interpretação que Nana fazia da estranha ausência de Anjali. Não sabia que, nas duas últimas semanas, Anjali estava sendo sentimental em parques. Achava que ela tinha se trancado em casa e passado o tempo devorando macambuziamente pacotes trapezoidais de Celebrations, da Cadbury. E não era isso que Nana queria. Não queria que Anjali comesse chocolate em excesso. Queria que Anjali se sentisse amada. Bem, queria que se sentisse amada desde que Moshe também se sentisse amado.

Então fora ao café da Sociedade de Arquitetura com um plano.

Mas Anjali se sentia amada. Sentia-se muito amada. Simplesmente mexia o açúcar de seu café expresso. Perguntava-se o que Humphrey Bogart teria feito.

10.

Nana tinha um plano. Tinha outra sugestão sexual. A sugestão sexual seguinte era um triângulo.

Acho surpreendente o que pessoas que não gostam de sexo fazem com o sexo. Fazem-no racional, fazem-no moral. Muitas vezes, as pessoas mais perversas são as que não gostam de sexo. São muitas vezes as preparadas para qualquer coisa. E Nana, sabemos, não era um monstro sexual. Não era altamente sexuada. O que a tornava, penso, mais perversa.

Veja, Nana não achava que Moshe estava se divertindo a valer com sexo. E era verdade, ele não estava no *sétimo céu* sexual. Mas, na verdade, estava feliz com isso. Nana é quem não estava feliz com a vida sexual de Moshe. Por sentir culpa, achava que ainda devia inventar prazeres cada vez mais novos para Moshe, o amante. E tinha pensado em algo.

Tinha pensado num triângulo.

O raciocínio de Nana era este: porque era um rapaz bom, paciente, Moshe merecia um triângulo. Era a situação ideal de qualquer rapaz. Além disso, se formassem um triângulo, Anjali não se sentiria excluída. Não se sentiria rejeitada. E, quanto a Nana, ela era equânime em relação a um triângulo.

Assim, Nana organizaria um triângulo. Essa a solução mais racional.

11.

Mas como propor um triângulo numa conversa cortês? Nana ponderava sobre esse problema enquanto observava Anjali bebericar o café quente. Como introduzir um triângulo?

Bem, ela o fez assim: introduziu-o de brincadeira. De contrabando. Fingiu que não estava dizendo isso de modo algum.

Primeiro, elogiou a habilidade sexual de Anjali. Disse:

— A-do-rei o que a gente fez, sabe? A-do-rei mesmo. Foi, mesmo, ah, delicioso.

Isso perturbou Anjali, porque Anjali estava lisonjeada. Não queria se sentir lisonjeada. Queria se sentir consternada.

Então Nana disse:

— Gostei. Gostei muito mesmo.

Nana sorria. Sorria muito. Anjali continuou a se sentir lisonjeada. Não representava como Humphrey Bogart. A esta altura, Humphrey teria agarrado a dama pelo cangote e dito que estava tudo acabado.

Então Nana disse:

— Mas não sei se a gente consegue.

— Olha, claro — retrucou Anjali. Disse: — Olha, claro. Tudo bem. Claro que foi só aquela vez.

— Ah — fez Nana. — Ah, mas não é que eu não ia gostar.

— Hã? — fez Anjali.

— Quer dizer — disse Nana —, um jeito de fazer. Quer dizer. A gente podia fazer, os três. Quer dizer, que tal nós três?

— Nós três? A três? — perguntou Anjali. Ela sorria. Ela sorria muito. Gostava da idéia. Assim poderia se sentir nobre e também ver Nana nua outra vez.

Nana sabia o que fazia. Sabia o que as pessoas queriam.

— Foi idéia dele? — perguntou Anjali.

— Hã, não — respondeu Nana. — Foi minha. Ele não sabe.

— Nós três? — perguntou Anjali.

— Bom, é — respondeu Nana. Abriu um sorriso largo.
— Hum — fez Anjali. Estava interessada. Abriu um sorriso largo também.

12.

Mas ainda havia o problema de contar ao rapaz.

Acho que a principal dificuldade de organizar um triângulo é persuadir a segunda garota. Acho que a idéia do ponto crucial de muitas pessoas é a segunda garota. Uma vez tendo a garota adicional, o rapaz surgiria naturalmente.

Mas, como Nana sabia, Moshe não era um rapaz comum. Era mais gentil do que outros rapazes. Tinha desejos ardentes comuns, isso era verdade, mas Moshe também os negava. Como namorada de Moshe, a gente não podia simplesmente propor um a-três. Não podia perguntar diretamente a ele. Moshe, suponho, não ia acreditar que uma garota fosse gostar de um a-três. Não ia acreditar que um a-três fosse outra coisa além de uma fantasia egocêntrica, de uma fantasia egocêntrica de rapaz.

Então Nana sutilmente perguntou indiretamente. Falou a respeito durante o sexo. Era como se fosse uma fantasia. Só uma fantasia.

Duas noites depois da conversa com Anjali no café da Sociedade de Arquitetura, Nana pôs-se a descrever a presença de outra mulher com eles. Perguntava se Moshe gostava disso.

Você sabe que Nana não era uma garota a fim de falar durante o sexo. Pode então entender o esforço que ela fazia.

Moshe gostava. Gostava da presença dessa outra mulher.

Então Nana acrescentou alguns detalhes. Ela estava, aliás, deitada de costas. Ergueu os joelhos, até os peitos, e olhou dentro dos olhos alegres de Moshe. Ao fazer isso, disse, muito brandamente, sorrindo:

— E essa garota é Anjali?

Era uma fantasia. Estavam fazendo sexo. Por isso Moshe concordou com esse roteiro. Não vejo nada de estranho ou de errado nisso. A essência de uma fantasia é que é completamente amoral. Não tem nada a ver com a realidade. Moshe abriu um sorriso largo. Gostou quando Nana contou o que Anjali estava fazendo com os testículos dele. Parecia interessante. Parecia tecnicamente avançado. E o deixava prestes a gozar. Por isso, quando Nana perguntou: "Por que não?", ele só balançou a cabeça. Quando perguntou: "Quer dizer, por que não mesmo?", Moshe balançou a cabeça, respirando fundo e alegremente. Ele disse "Sim, sim", enquanto Nana explicava o jeito que ela ia sentar na cara de Anjali enquanto Moshe lambia Anjali.

Ele arfou. Nana explicou o que a língua de Anjali faria e onde Moshe deveria se posicionar. Ele arfou. Disse:

— Sim, vamos fazer — e gozou.

Não pensou que seria *para valer*. Não pensou que Nana falava sério. Eu lhe disse. Não era o estilo dele.

13.

Na vida real, porém, Moshe não teve de lidar com uma fantasia a três dessa. Não. Era mais um a-três cortês. Era decoroso.

Nana estava com ar de assustada, deitada no chão. E Anjali — porque Anjali era deste tipo de garota, fã de aromaterapia — passou para Moshe o pote de óleo de massagem de junípero Aveda.

Isso talvez parecesse obscuro a princípio, creio, mas não acho que fosse obscuro. Era bastante inteligente. Sozinha no Regent's Park, ela pode ter estado propensa à sentimentalidade, mas, no chão em Finsbury, Anjali estava sendo muito atenta.

Creio que a visão que a maioria das pessoas tem de um

triângulo é a de garotas loiras se enroscando num rapaz atraente e vigoroso. Ou nem mesmo um rapaz atraente e vigoroso. Duas loiras, pensam as pessoas, enroscam-se em qualquer homem com dinheiro. Mas essa é uma visão bastante limitada do triângulo. Um triângulo não é tão fácil assim. Com certeza não é tão abstrato assim. Há todo tipo de equívoco possível de ser cometido. Um triângulo é socialmente incerto. A chave, portanto, para um triângulo bem-sucedido é manter todo mundo envolvido. E era exatamente nisso que Anjali pensava. O plano era que ela e Moshe fossem gentis com Nana. Eles lhe fariam uma massagem. Uma massagem não era bem sexual, não era assustadora.

Então Moshe e Anjali passaram óleo de maneira uniforme nas pernas e nos pés de Nana. E deu certo. O óleo a relaxou.

— É muito bom — disse, fechando os olhos, como uma *starlet* —, muito bom mesmo.

Ergueu o copo de vinho, um *cabernet sauvignon* californiano Ernest & Julio Gallo, e o vinho se entornou em sua bochecha penugenta loira. Anjali o lambeu. Moshe observava excitado, pasmo, de olhos arregalados. Observava.

Mas Moshe não era especialista em massagem. Logo se cansou do óleo de massagem. Por isso, enquanto a paciente Anjali passava para as mãos e os dedos de Nana, ele começou a beijar o estômago de Nana. Vejo que isso parecia precoce. Parecia desajeitadamente entusiástico. E era. Mas também parecia dar certo. Nana estava ficando excitada.

— Me beija — ela disse a Anjali, enquanto Moshe acariciava e arranhava de leve a parte interna de suas pernas. Anjali pôs o pote de óleo no peitoril da janela e disse:

— Tá gostoso? Tá gostoso? — Beijou Nana. Disse: — Gosto de te beijar. — Deslizou o rosto desde a base do pescoço de Nana até o rosto dela.

— Isso foi gostoso! — disse Nana, rindo, a Moshe. Olhou

para baixo e deu um sorriso largo para Moshe. Ele respondeu com outro sorriso largo. Depois Nana deixou a cabeça cair para trás. Beijou Anjali, fechando os olhos.

Isso é lento, sei disso. Ninguém sequer se despiu. Sei. Mas sexo é assim. É uma porção de pensamentos e movimentos.

Anjali, por exemplo, perguntava a si mesma por que nunca fizera isso antes, sexo com um casal. Mas então, de repente, Nana parou de beijá-la. Nana lhe deu um beijo leve na testa e depois olhou para Moshe.

Gosto de Moshe. Moshe é mesmo um amor. Dava o melhor de si para que a carícia no interior da coxa de Nana fosse prazerosa para ele. Mas não era fácil. Não era fácil ter tanto interesse assim quando estava se sentindo ligeiramente triste. Mas deu um sorriso largo. E Anjali girou o pescoço e deu um sorriso largo para o Moshe feliz. Ela olhou para Nana com um sorriso largo. E depois Anjali se deu conta do que estava errado.

Nana estava preocupada com Moshe. Queria ver Moshe com Anjali. Não queria que Moshe fosse abandonado. Foi o que Anjali pensou.

E poderia fazer isso, pensou Anjali. Não era o que imaginara. Imaginara só garota com garota, enquanto Moshe observava. Mas se era o que Nana queria, pensou Anjali, então seria gentil. Afinal, Moshe não deixava de ser atraente. Se era o que Nana queria, então Anjali o faria.

14.

Ah, o altruísmo.

Posicionado aos pés de Nana, Moshe estava triste. Esperava ser excluído. Não achava que Anjali realmente gostasse de rapazes. Agora que se encontravam nessa situação extraordinária, gostaria que fosse um triângulo. Seria, sentiu, melhor se todos tivessem prazer. Mas não esperava coisa alguma. Moshe apenas pressupôs com tristeza que essa era uma progressão natural de todos os beijos e toques mútuos. Era o que viria depois de comerem as pechinchas da Go-Go Supreme Pizza às cinco da tarde. *Ele era o único culpado.*

Moshe, você vê, não sabia o que estava acontecendo. Achava que era a primeira vez que Nana e Anjali tinham um contato tão íntimo. Na verdade, jamais descobriu que Anjali e Nana já tinham feito sexo. Achava que o a-três era a primeira vez delas.

Mas, além de resignado, Moshe também estava, como você pode imaginar, muito excitado. E não acho que você possa culpá-lo por isso. Sua namorada e a outra garota, que não era de modo algum sem atrativos, comportavam-se homossexualmente na frente dele. Moshe se sentia generoso. Mas também se perguntava quando a noite se tornaria devidamente pornográfica. Mesmo que Moshe não estivesse envolvido, ainda assim seria divertido observar.

15.

E justo na hora em que Moshe pensava que a noite carecia de pornografia, Anjali — que sincronização! — estendeu os braços para o alto e os cruzou, arrancando a camiseta turquesa. Depois desprendeu o fecho do sutiã. O sutiã deslizou para a frente, sob os peitos.

Enfim, um pouco de nudez. Anjali estava com os peitos de fora.

Neste momento, vou descrever os peitos de Anjali. Não porque eu seja indecente. Não. O aspecto dos peitos de Anjali era importante porque era o oposto do aspecto dos peitos de Nana. Como você deve se lembrar, os peitos de Nana eram grandes e pálidos, tendo como aréola a mais pálida nódoa, tendo como mamilos os menores e os mais macios círculos róseos. Enquanto os de Anjali eram menores. Cada peito era manchado por uma aréola. Os mamilos eram espessos e marrom-escuros.

É verdade, claro, que estou tendo prazer com essa descrição dos peitos de Anjali. Mas isso ainda não significa que sou indecente. Há um detalhe psicológico essencial a se inferir dessa comparação. Era essencial que Nana e Anjali tivessem tipos de peitos diferentes. Era uma excitação distinta para Moshe e uma pequena dificuldade para Nana. Os peitos de Anjali fizeram Nana se sentir levemente insegura. Anjali, pensou Nana, era bem mais atraente do que Nana.

Nana pôs as mãos nos dois lados da caixa torácica de Anjali. Sugou os mamilos marrom-escuros de Anjali. Anjali se curvou para ajudá-la. Isso posicionou Anjali face a face com Moshe. Assim, acima da boca sugante de Nana, Moshe e Anjali começaram a se beijar.

Agora a noite era sexual. Agora estavam fazendo sexo a três.

Mas Moshe se separou por um momento. Estava achando esquisito beijar Anjali, sua amiga lésbica. Perguntava a si mesmo se era o que ela realmente queria. Não acreditava que fosse. Então perguntou:

— Tudo bem pra você?

Anjali fez que sim com a cabeça e o puxou contra si, segurando-o pela nuca, e Moshe disse não, não, não, era realmente o que ela queria? E Anjali continuou a dizer que sim com a cabeça e o beijou. Então Moshe perguntou a Nana:

— Tudo bem pra você?

E Nana também fez que sim com a cabeça.

16.

Se eu fosse um pornógrafo, o que aconteceu em seguida seria um problema. Tenho de descrever meus personagens se despindo. O ato de se despir embaraça os pornógrafos. Mas, felizmente, não sou um pornógrafo. Detesto pornografia, detesto o realismo mágico da pornografia. Quanto a mim, creio no realismo do século xix.

O ato de se despir não é um problema para mim.

Os três se levantaram. Anjali tirou toda a roupa. Não demorou muito, porque no momento só estava usando uma saia de brim e calcinha preta. Ela as enrolou juntas. Nana tirou o vestido e o sutiã e depois se sentiu tímida para tirar a calcinha também. Por enquanto, ficou com ela. Moshe tinha desabotoado a camisa. Tirou o jeans e a cueca samba-canção da Converse juntos. Depois, com uma ereção curva que lhe espetava a barriga ao se abaixar, atrapalhou-se com as recalcitrantes meias listradas da Gap.

Moshe se uniu às duas garotas, que se beijavam na cama dele.

17.

Anjali estava sentada como um violoncelo entre as pernas de Nana, de modo que Nana podia tocá-la por trás e beijar seu pescoço. Moshe engatinhou na cama e se deitou sobre Anjali e a beijou. Mas isso era complicado. Nana, a magra Nana, foi esmagada. De modo que se reacomodaram. Voltaram para o chão. Havia mais espaço no chão.

Bem, dois deles foram para o chão. Nana simplesmente rolou sobre a barriga e pendeu a cabeça na beirada da cama.

Dessa posição, Nana observou Moshe *se deixar levar*. Ele beijou Anjali, beijou-a violentamente. Em seguida, abriu as pernas dela com o joelho direito, de modo que o pênis pairou em frente da vagina de Anjali. Quando julgou que chegara o momento, Moshe segurou o pênis com a mão esquerda e o meteu em Anjali. Então Anjali e Moshe começaram a trepar. Moshe se empinou. Os peitos de Anjali balançavam de um lado para o outro, aplainados sobre sua caixa torácica.

Mas isso não era pornografia. Era confusão.

Veja, Moshe estava feliz. Estava fazendo sexo, legitimamente, com outra garota. E se sentia especialmente feliz porque Anjali não era tão magra como Nana. A vigorosa e elegante Nana sempre fizera Moshe se sentir atarracado. Toda vez que o corpo de Moshe e o de Nana se entrelaçavam e se contorciam, parecia haver mais Moshe do que Nana. Enquanto Anjali era a coisa física real. Anjali, pensou Moshe, era intransigentemente sexual. Era física, descomplicada e sedutora.

Obviamente, Moshe estava equivocado. Anjali era complicada.

Moshe meteu fundo nela sem que ela tivesse se decidido por isso. E Anjali sabia que não decidir não era a mesma coisa que não consentir. Só que não tinha certeza de que o sexo imediato fosse o roteiro correto. Tinha dúvida se esse era o plano de Nana. Por isso evitou olhar para Nana. Olhou para as junções do estuque do teto, onde as paredes começavam a se tornar cor de magnólia. Acompanhou os vaivéns dos ornamentos do dado. Era estranho olhar um quarto do chão. Tornava o quarto incomum. Ela conseguia ver uma mancha amarelo-mostarda que espreitava ao lado do aquecedor.

E Anjali também ficou melindrada. Esperara mais envolvimento de Nana. Não era o que imaginara. Uma transa a três não era um espetáculo de variedades prosaico. E isso não passava de um espetáculo de variedades. Moshe a empurrava. Enquanto aquilo deveria ser mais divertido. Deveria ser mais afetivo. Não era uma suruba a três de modo algum.

A solitária Anjali resolveu apressar o fadado final. Sabia que precisava.

— Meu Deus! Que maravilhoso! — exclamou Anjali. — Meu Deus! Meu bom Deus! Ai, meu Deus, como é bom! Não, é demais. Ai. Doce sacana safado. — Contorceu os quadris em torno de Moshe. Beijou a pele pálida que cobria os tendões do pescoço inquieto, apertando os músculos da boceta a fim de se tornar menor para o Moshe maciço, para o pau que causava dor. — Ai, não, isso não, não, isso, ai, isso. Meu Deus — disse.

Esse era o negócio do entretenimento.

Anjali pressionou os pés para cima e para baixo nas costas de Moshe, para que Moshe pudesse penetrar ainda mais. Só queria que ele gozasse. Só queria o alívio de todos aqueles sinais objetivos. Para que pudesse relaxar de pernas para o ar e ficar numa boa.

Está bem, vou escrever um pouco de pornografia. Vou escrever um parágrafo.

Enquanto Moshe recuava, Anjali o prendeu com a boceta, como se ela estivesse gozando, e sussurrou:

— Me foda, por favor, me foda com tudo. — E então sentiu Moshe, firme e mais espesso, e exclamou: — Oh oh oh oh oh. Oh. — Delirava. — Ooh — disse. Ele pulsava e ("humm") ela sentiu, disse para ele, aliviada.

Ela esfregou a bochecha na face áspera dele. Moshe pesava. Era bem mais pesado do que Zosia. Ele se contraiu, empurrando o pau mais fundo, pela última vez.

Quanto a Nana, Nana estava triste. Porque, como você pode ver, cenas múltiplas de sexo não funcionam. Não me constrange dizer isso. A falha de uma trepada a três, Nana tinha descoberto, não era a exaustão. Ao contrário do que teria esperado, a falha não era a movimentação. Era não ter ocupação. "A três" era um eufemismo. "A três" era sinônimo de infidelidade. Estava com ciúme.

Moshe estava bastante orgulhoso. Sentia-se esquisito, mas se sentia orgulhoso.

18.

Mas o que é infidelidade?

Na noite de 16 ou 17 de maio de 1934, o poeta Osip Mandelstam foi preso. Você conhece Osip. Sabe como ele conheceu a mulher dele. A polícia secreta bateu na porta dele quando Osip estava no banheiro, desesperado, as costas retas e o pescoço para trás. Estava no banheiro fazia catorze minutos, tentando cagar. Ao ouvir a polícia secreta chegar, limpou-se rapidamente, mas, mesmo na pressa, ainda inspecionou e cheirou o borrão no papel higiênico antes de puxar a descarga.

Osip foi preso porque tinha escrito um poema no qual descrevera Iosif Stalin desta maneira: "Dedos gordos tão gordurosos como gusanos, / Palavras inabaláveis como pesos de vinte quilos, / Panturrilhas lustrosas cobertas de couro / E olhos de barata grandes e ridentes". Não era uma descrição muito cordial. Então Stalin ordenou a prisão de Osip.

Mas não o prenderam só para ser desagradáveis com Osip. Não. Queriam saber também quem tinha lido o poema. Queriam saber o que as pessoas tinham achado.

Osip é unanimemente considerado um herói. E foi um herói. Não quero que você pense que penso outra coisa.

Evidentemente, se Osip tivesse revelado nomes, então essas pessoas nomeadas por ele também estariam em apuros. Assim, é de pensar que Osip não deu esses nomes à polícia? Que sem dúvida não as traiu?

Ele as traiu.

P. Quando esta sátira foi escrita, a quem você a declamou e a quem entregou cópias escritas?

R. Declamei-a a: (1) minha mulher; (2) o irmão dela, Yevgeny Khazin, um escritor de livros infantis; (3) meu irmão Alexander; (4) a amiga de minha mulher Emma Gershteyn, que trabalha na seção dos pesquisadores no Conselho Central dos Sindicatos; (5) Boris Kuzin, do Museu de Zoologia; (6) o poeta Vladimir Narbut; (7) a jovem poetisa Maria Petrovikh; (8) a poetisa Anna Akhmatova; e (9) o filho dela, Lev Gumilyov.

Sei que ele estava preocupado com a possibilidade de tortura. Sei disso. Talvez tenha havido hesitações não transcritas nesse interrogatório. Mas olhe só para Osip. Olhe-o ser mais prestativo — "a amiga de minha mulher Emma Gershteyn, que trabalha na seção dos pesquisadores no Conselho Central dos Sindicatos". É no detalhe adicional que estou interessado. Além de temer a tortura, Osip tentava ser charmoso.

Não estou pegando no pé de Osip. Verdade. Gosto dele. E porque gosto dele é que não quero idealizá-lo demais. Se eu tivesse estado na prisão de Lubyanka, sendo interrogado pela polícia secreta de Stalin, eu teria dito tudo. Eu também teria temido a tortura. Acho que teria falado muito mais do que ele. Como Osip, sempre quero parecer útil. Quem não quer?

E isso é o que é infidelidade. É o desejo egoísta de parecer útil.

Infidelidade é natural.

19.

Mas por que Nana sentia ciúme? Sentia ciúme de Anjali ou de Moshe?

Sentia ciúme de Anjali com Moshe. Sentia ciúme da habilidade sexual de Anjali. Anjali, Nana tinha notado, gozou mais depressa ainda do que Moshe. Isso entristeceu Nana. Anjali era a preferida de todos os rapazes. Não só isso, era a predileta de todas as garotas. Anjali era amável.

— Então foi bom, foi bom mesmo? — perguntou Nana para Anjali.

— Foi delicioso, não, foi muito, muito bom — respondeu a confusa e refratária Anjali. — Acho que não gozo assim desse jeito, sei lá, há anos. Foi tão. Me sinto assim formigando inteira. Como se não fosse só na boceta, mas no corpo todo, sabe? — disse.

— Que bom — retrucou Nana. — Superlegal — disse.

Pobre Nana. Detestava sexo. Detestava competição sexual. Estava contente por Moshe e Anjali terem se curtido. Não sentia raiva deles. Sentia raiva do sexo. Queria que não houvesse mais sexo. Queria que Moshe a abraçasse. Mas, em vez disso, ele estava deitado no chão, com ar jubiloso.

Anjali se levantou, procurando lenço de papel. Havia uma caixa de Kleenex no chão, ao lado da cama. Ela arqueou as pernas e se limpou, da parte superior das coxas até os pêlos púbicos. Esgotou um lenço e tirou outro da caixa. Depois Moshe subiu na cama com Nana. A Anjali limpa e seca também subiu. Eles se embaralharam, felizes.

Mas só Moshe estava feliz de fato. E até ele estava nervoso. Estava nervoso quanto ao que viria depois — a natureza exata de futuras tolices.

Oferecem-lhe uma vez, pensou, mas só para amansá-lo. Você topa uma vez, e depois elas o fazem observar repetidamente.

Moshe não era bobo, percebe? Precisava de mais sinais positivos.

20.

Em agosto de 2000, a polícia italiana interceptou umas conversas em árabe entre membros da Al Qaeda.

Um suspeito membro da Al Qaeda do Iêmen, chamado sr. Abdulrahman, disse a um egípcio que morava na Itália que ele "estudava aviões". E acrescentou: "Se Deus quiser, espero lhe trazer uma janela ou um pedaço de avião da próxima vez que a gente se encontrar". De acordo com a versão italiana do árabe, ele acrescentou: "Temos só que atacá-los, e manter a cabeça erguida. Lembre-se bem: o perigo nos aeroportos".

Não é fácil detectar pistas.

Referindo-se aos Estados Unidos, o sr. Abdulrahman disse: "Realizamos casamentos com americanos, e eles, por conseguinte, estudam o Alcorão. Têm a sensação de que são leões, uma potência mundial; mas lhes faremos esse serviço, e então o medo será visto". Disse também: "Há nuvens grandes no céu, lá naquele país o fogo foi aceso, e espera apenas o vento".

A polícia italiana, falando em defesa própria, disse que imagens como essas podem muitas vezes significar o oposto do que parecem. E me solidarizo muito com esses *carabinieri*. O sr. Abdulrahman não parece um terrorista internacional. Parece mais um alcoólatra. Parece mais meus amigos, quando tomam muitas drogas.

Não é fácil detectar pistas. Depois que acontece, tudo é bem mais claro.

8. Romance

1.
No fim de semana que se seguiu à primeira transa a três, Moshe estava nervoso. Queria saber o que aconteceria depois. Queria descobrir que prazeres sexuais o aguardavam. Mas, infelizmente para Moshe, o que aconteceu depois não foi sexo. Não foi prazer sexual. Foi, na verdade, uma total ausência de sexo.

Nana viajou, de férias. Viajou com papai por dez dias.

Este não é o melhor momento para uma digressão, eu sei. Mas nem sempre posso escolher as digressões. Algumas são inevitáveis. E essas férias são inevitáveis. Nana e papai tinham feito reservas para as férias de setembro, você se lembra, quando, no quarto capítulo, foram fazer compras na Savile Row. Era o presente de papai para Nana para quando ela concluísse o mestrado. Papai comprara duas passagens da Go para Veneza. Eram as férias ideais de Nana. Viajariam para Veneza e, no meio das férias em Veneza, fariam uma peregrinação a uma pequena cidade na Romênia. Seria divertido viajar nos trens da Europa Central. Porque, embora papai tivesse preferência por Benidorm ou Torremolinos, Nana queria férias culturais.

Nana era esse tipo de pessoa. Gostava desse tipo de coisa. A culpa não é minha.

2.
Não sei que opinião você tem sobre férias. Talvez o único lugar onde tenha passado férias seja Mikonos. Talvez sua concepção de férias seja alugar um pequeno apartamento mobiliado com uma mesinha de vime e uma coleção de romances da Mills and Boon e fazer sexo com pelo menos um rapaz por dia. Ou talvez o único lugar a que sempre vai seja uma estação de esqui. A não ser que você pratique esqui

o dia todo e almoce um rápido sanduíche de atum na pista, então férias não são férias.

As pessoas são engraçadas quanto a férias. Todas têm uma idéia das férias perfeitas. E não quero que sua idéia sobre as férias perfeitas influencie sua percepção das férias de Nana e de papai.

Imagino que elas não seriam ideais para você. Talvez levem você a se perguntar por que alguém gostaria de Nana. Mas não deixe que sua idéia se imponha a Nana e a papai.

Essa situação de Nana e papai no exterior é para mostrar que este é um trecho de amor verdadeiro no livro. Pode parecer sem graça e enfadonho, pode não ser, de modo algum, seu tipo de férias, mas era amor. Era puramente altruístico.

Não interprete mal.

Não. Neste livro, Nana e papai são um amor verdadeiro. Gostaria que se lembrasse disso. Por isso o título deste capítulo é verdadeiro e não verdadeiro. Se, para você, um romance é sempre sexual, então o título não é verdadeiro. Mas se romance significa amor perfeito, então ele é verdadeiro.

3.

Em Veneza, os dois desceram cambaleando de um táxi azul-marinho em Arsenale e andaram pelo embarcadouro até o hotel Bucintoro. Nana escolhera o hotel no site da revista *Time Out*. Era pequeno, com a parede da fachada pintada de ocre e vista para a laguna. Era também onde o pintor James McNeill Whistler havia se hospedado no final do século XIX. Isso agradava à Nana erudita.

Registraram-se no hotel e subiram ao quarto pisando no carpete floral vermelho e verde. Nana sentou numa das camas e arrancou as sandálias, enquanto papai ficou parado, uma silhueta à janela. Encostou-se na janela, feliz. E Nana atravessou o quarto para se unir a ele. Havia um enorme ventilador de pé ao lado da janela. Nana o desligou. Parou perto de papai e apoiou a cabeça na moldura da janela ao lado dele, de modo que ficaram simétricos. Os pés descalços de Nana estavam frios no piso de mármore barato, uma superfície vitrificada de fragmentos cinza e preto. Ela notou as marcas de pincel na pintura da janela, os pêlos incrustados na tinta brilhante. Observaram a água clarear e escurecer repetidamente.

Era lindo.

Veneza é linda, realmente é. Algumas pessoas acham que é linda demais, o que quer que isso signifique, e algumas pessoas acham que não é linda de modo algum, acham que as pessoas só dizem que Veneza é linda porque é velha, e todas essas pessoas estão rendondamente enganadas.

Veneza é linda.

— É liiinnda — disse Nana —, liiinnda mesmo.

— E o que é aquilo lá? — perguntou papai.

— Lá, lá é a Dogana. A alfândega.

— Hum — fez papai. — E isso é lindo?

— Não — respondeu Nana. — Não é lindo. Bom, mais ou menos. É mais, ah, ou menos. Tem sua beleza.

— E aquilo lá, o que é? — perguntou papai.

— É a igreja, a Salute — respondeu Nana.

— É linda — disse papai.

— Não é, não — retrucou Nana. — Não é nada linda.

— Por que não?

— Por que não — retrucou Nana.

— Mas por que não? — perguntou papai.

— Me leve ao Florian — disse Nana —, e então vou te dizer o que é lindo. — E o beijou. — Quero um chocolate quente — disse.

Enquanto desciam a escada em direção ao saguão, ouviram os barulhos inconfundíveis de uma mulher em férias simulando, ou chegando a, um orgasmo.

Os dois ignoraram os barulhos.

4.

Caso você esteja preocupado, este é o único momento em que o sexo se intromete neste capítulo. Nao há sexo neste capítulo. Neste capítulo, Nana está na maior felicidade.

Às vezes acho que este livro é uma crítica ao sexo. Às vezes acho que é pudico. Pode ser. E, se for, algumas pessoas, talvez uma porção de pessoas, vão pensar que isso está errado. Vão pensar que ser pudico é indefensável.

Mas, quanto a mim, não acho que pudicícia seja indefensável. Não acho mesmo.

5.

O Florian é um café na praça de São Marcos. Um café bem antigo. O que significa que, hoje em dia, é muito, muito caro. Se estivesse lá, Moshe ficaria revoltado. Um café custava umas quatro libras. Um chocolate quente, umas cinco libras.

Nana e papai, porém, não se preocupariam com preço. Estavam de férias. Adoravam o charme *kitsch* do Florian. Deliciados, sentaram à minimesa heptagonal. Talvez "minimesa" não expresse com precisão a pequenez da mesa. Era uma mesa do século XVIII. Partia da premissa de que um ser humano gigante tinha um metro e meio de altura. Era que nem, pensou com desconforto a curvada Nana de um metro e oitenta e três... Que nem... Mas não, ela, não, ela não se lembrava.

Pela janela, Nana olhou as cúpulas multicoloridas da

catedral de São Marcos. A catedral de São Marcos é a construção mais famosa de Veneza. O que deixava Nana feliz. Feliz por ver a catedral de São Marcos enquanto tomava um chocolate quente do século XVIII. Ela adorava ser turista. Concordo plenamente com Nana. Também gosto de ser turista.

— Gosto tanto dessa catedral — disse. — Gosto dela ser assim tão colorida. — Disse: — Gosto das formas. — Serviu um pouco do chocolate espesso da jarra de porcelana e os delicados filetes escorreram da borda, cada um terminando num denso coágulo. Mais escuro que chocolate, quase preto. — É tão legal — disse.

É como um tabuleiro de gamão!, pensou, aliviada. Sim, a mesa lembrava um velho tabuleiro de gamão.

Nana estava feliz. Nana estava nostálgica.

Olhava para papai e se lembrava de quando era mais nova e levantava-se e descia sonolenta para o térreo. Ouvia papai conversando ao telefone. Portas-janelas abertas. Acordava de manhã e a sala estava fria, e Nana ouvia o barulho da rodovia, o começo da M1 na distância que se perdia.

Adorava ser turista. Turismo era repousante. Turismo era como estar em casa.

6.

Por exemplo, esta foi uma das conversas deles em Veneza.

— O que é aquilo? — perguntou papai.
— O quê? — retrucou Nana.
— Aquilo — disse papai.
— Aquilo é do século dezoito — respondeu Nana.
— Mesmo?! — exclamou papai.
— É — disse Nana. — Aquilo é arquitetura do século dezoito.

— Como sabe disso? — perguntou papai, desconfiado.

— Porque eu, por causa dos, por causa dos tijolos — disse Nana.

— Mas não vejo tijolo algum — observou papai.

— Claro que vê — disse Nana.

— Não vejo, não — disse papai.

— Claro que vê — disse Nana. — E são do século dezoito.

— E aquilo lá? — perguntou papai.

— Aquilo lá, aquilo lá é o Palácio dos Doges — respondeu Nana. — E aquela é a Ponte dos Suspiros.

— Não é a Ponte dos Suspiros — retrucou papai. — Vi a Ponte dos Suspiros num cartão-postal e aquela não é a Ponte dos Suspiros.

— Não — disse Nana. — Não. Tem razão. É a Ponte dei Pugni.

— A o quê? — retrucou papai.

— A Ponte dei Pugni — disse Nana.

— Nunca ouvi falar — disse papai.

— Li sobre ela num *Rough Guide* — disse Nana.

— Arquitetura, é história da arquitetura que está estudando, não é? — perguntou papai.

— Exato — disse Nana. — Sabe que sim.

— Só estou provocando — sorriu papai.

Não estava provocando. Não se lembrava. Mas eu estou provocando você, espere só. Vai ver mais adiante por que estou provocando você.

Numa gôndola, no escuro, tomando um Cava *demi-sec* na garrafa, papai e Nana estavam felizes juntos.

7.

Três dias depois, no meio de seu estudo sobre a Renascença veneziana, partiram para Târgu Jiu. Târgu Jiu era uma cidadezinha industrial no oeste da Romênia. Era o passeio turístico especial de Nana.

Nana não era uma turista convencional.

Na estação ferroviária de Veneza, um homem numa bilheteria os informou sobre os horários de trem de Veneza para Budapeste. Fez isso lendo os horários numa tabela, usando uma régua ilustrada com as paisagens da Turquia. Depois, de Budapeste, pegaram um trem para Craiova, na Romênia, e de Craiova para Târgu Jiu.

Por que essa cidade romena de nome impronunciável era o passeio turístico especial de Nana? Porque existem três monumentos de Brancusi em Târgu Jiu. Mas quem é Brancusi?

Brancusi era um escultor do início do século XX. Era romeno, mas morava em Paris. Na Romênia, o nome Brancusi se pronuncia "Bruncuxi". Mas não acho que isso seja importante. Chamá-lo de "Bruncuxi" soa muito pretensioso. Neste livro, você pode continuar dizendo "Brancúzi".

Sei que isso está ficando cultural demais. Mas turismo cultural é, inescapavelmente, cultural. O que posso fazer? Se Nana e papai tivessem decidido ir para Benidorm, então, claro, eu não teria precisado mencionar Brancusi. Mas não estão em Benidorm. Acabaram de chegar a Târgu Jiu, uma cidadezinha industrial no oeste da Romênia.

De qualquer forma, ela não é tão cultural assim. Brancusi era um escultor do século XX. O escultor predileto de Nana. Ele seria o tema de sua tese de doutorado. Isso é tudo que você precisa saber.

Na estação de Târgu Jiu, a fachada dos quiosques era uma colagem de cartazes publicitários. Havia cartazes de Wrigley's

Spearmint e cartazes de Snickers. Os cartazes das barras Marathon ainda estavam colados, embora as barras Marathon, pensou Nana, não fossem mais produzidas havia pelo menos dez anos. O ar feria a pele de Nana. Doía respirar. Como falei, era uma cidadezinha industrial. O vestido grudava no corpo. Papai se dirigiu para a fila de táxis e motoristas em frente da estação. Pediu o hotel Europa. Um motorista sorriu.

Sobre o banco do motorista, havia um arranjo de contas multicoloridas descoradas, uma espécie de poncho, e, grudado com fita adesiva na parte de trás do banco, um bilhete escrito com caneta hidrográfica, aqui e ali, em letras de fôrma, fazendo referência aos filhos dele e à sua infinita crença em Deus. O Deus dele estava representado num holograma. Nana olhou pela janela suja. Meia hora depois, com vinte libras a menos, chegaram ao hotel Europa. O hotel ficava na rua principal, com alguns guarda-sóis da Coca-Cola num estreito terraço de concreto. Papai agradeceu ao motorista e, ao se virar para retirar a bagagem do porta-malas, viu os cartazes de Spearmint e Snickers, num ângulo de trinta graus do outro lado da rua da estação.

Tentou não parecer empalidecido. Tentou não ficar enraivecido. Recompondo a pose, no escuro saguão do hotel Europa pós-comunista, papai falou em francês. Apresentou os dois passaportes. Guiou Nana pelos corredores vazios. Havia um esfregão encostado numa porta. Ele localizou o quarto, no sétimo andar do hotel vazio. O papel de parede era floral. Rosas vermelhas cravadas em folhas verdes.

Largaram as malas e saíram.

Nana e papai passaram pelo bar Manhattan Martini, onde sempre é hora de coquetel. Chegaram à praça principal. Na praça, quatro alto-falantes transmitiam a rádio local. E papai e Nana caminharam, pasmos. Procuravam o parque.

Este é o trecho cultural. Em 1935, a presidenta da Liga Nacional Romena de Mulheres, por acaso a mulher do primeiro-ministro romeno, encomendou um monumento à guerra ao escultor romeno Brancusi. O monumento seria erigido em Târgu Jiu. Para o monumento, Brancusi construiu *Portão do beijo*, *Mesa do silêncio* e *Coluna infinita*. Brancusi era um escultor de repertório. Repetia-se. Repetia a si mesmo com variações.

O *Portão do beijo* de Brancusi estava no parque municipal de Târgu Jiu. O portão parecia um menir. Menir são duas pedras verticais sobre as quais se equilibra uma pedra horizontal. A *Mesa do silêncio* também estava no parque. Era um enorme bloco de pedra, dois metros de diâmetro, com doze assentos de pedra. Doze era simbólico. Era o número de meses num ano e o número de convidados a um funeral tradicional romeno.

Nana parou diante da *Mesa do silêncio*. De pé junto à mesa, se olhasse para trás, veria o *Portão do beijo* do outro lado do parque. Debaixo dele, uma garota e um rapaz se beijavam. O cabelo do rapaz era liso e repartido no meio. E, se Nana se virasse, veria o calmo lago de águas oleaginosas.

Estava ficando um pouco assustada. Era uma aventura, e ela gostava de aventuras. Só que estava escurecendo. E queria ver o último Brancusi antes que ficasse escuro.

Assim, depois de mastigarem e engolirem às pressas um cachorro-quente de uma barraca, Nana e papai chegaram ao objeto final, a *Coluna infinita* de Brancusi, vinte e nove metros de altura. Enquanto andavam, Nana falou a papai sobre o filme caseiro que Brancusi fez da coluna, que filmou quando erigiu a coluna em Târgu Jiu. Ele registrou, disse Nana, o modo como as nuvens e a luz alteravam a forma da coluna. Pareciam alterar a forma, explicou, porque a coluna era um poste corrugado com entalhes incontáveis.

Quando, porém, chegaram à coluna, havia uma diferença.

A *Coluna infinita* bamboleava entre as duas plataformas de um andaime. O guindaste próximo a ela era ainda mais alto. Ficava num terreno de recreação, na transversal de uma rua nos arredores da cidadezinha. E isso entristeceu Nana. Ela tentou imaginar que o andaime não estava lá.

É triste, mas às vezes até o turismo não é repousante.

— Não, eu gosto disso — disse papai. — Consigo ver a relação com a arquitetura. Quer dizer, eu, eu. — Tentava ser agradável.

— Brancusi falava que a arquitetura é apenas escultura habitada — disse Nana.

— Sim, claro — disse papai.

— Então, está vendo? — disse Nana.

— Claro, minha querida — disse papai.

— Ele ordenava as coisas dele como arquitetura — disse Nana.

— Hã-hã — disse papai.

— Isto é arquitetura — disse Nana. — É organizada de maneira que você veja aquela igreja atrás.

Era verdade. Olhando com atenção, no crepúsculo, a gente via uma pequena cúpula de bronze.

— Estou com dor de cabeça — disse papai. — É, estou mesmo.

Caminharam de volta ao hotel Europa.

Papai entrou no minibanheiro e fechou a porta. Recatado em relação aos ruídos que fazia, abriu a torneira de água quente da banheira enquanto mijava. Depois abriu a de água fria também, passando a mão pela água, e encaixou o inencaixável tampão de borracha no ralo. Sentou no assento da privada. Levantou-se e arrancou os sapatos pelos calcanhares sulcados. Em seguida olhou fixamente no espelho manchado. Estava com dor de cabeça.

8.

Nana e papai voltaram a Veneza para os últimos quatro dias. Era a parte de papai das férias. Era o momento não cultural dele. Nos últimos quatro dias, os dois iriam sentar, comer e beber. Não veriam arte. Não veriam arquitetura.

Papai e Nana saíram caminhando, à procura de bares. As praças por que passaram estavam quase desertas. De vez em quando passava um mensageiro atrasado, numa moto. Caixas de abacate estavam sendo descarregadas dentro de uma gôndola — supervisionadas por um homem com uma lista escrita com caneta esferográfica no verso de um recibo. A janela de um escritório estava aberta e uma mulher, sentada em frente ao seu iMac violeta fluorescente, desviou o olhar do trabalho e fitou pensativamente Nana e papai quando eles passaram.

Isso é um idílio. Este capítulo inteiro é um idílio.

Por exemplo, no bar Paradiso Perduto, Nana acabara de ensinar a papai como enrolar e fumar um baseado. Ela lhe ensinava acerca da maconha porque estava preocupada com as dores de cabeça dele. Achou que o haxixe poderia curar. Era idílico assim. Nana disse:

— Lembra daquele restaurante, aquele chamado My Old Dutch, aonde você me levava depois do dentista? — Disse: — Não entendo por que panquecas. De qualquer forma. Agora lambe. Lambe o papel. Isso. E as panquecas eram bem maiores que os pratos, e olhe que os pratos eram bem grandes.

— Foi quando você era vegetariana — disse papai —, por isso virei vegetariano.

Ela gostava era disso, pensou Nana. Gostava de se lembrar.

— Era um lugar legal — disse.

Houve uma pausa. É difícil exprimir uma pausa. Ela só pode ser expressa pelo que acontece simultaneamente. Por exemplo, essa pausa foi bastante longa para Nana observar papai rasgar um pedaço de papelão da caixa de fósforos do Paradiso Perduto, tentar comprimi-lo como uma guimba e em seguida parti-lo ao meio para ficar menor. Ela disse:

— Acho que vou... — disse. — Tava pensando, acho que vou morar com Moshe.

Ia morar com Moshe? Ia morar com Moshe?!

Verdade. Tomara uma decisão. Escondi de você desse jeito para você também se surpreender. Assim pode comparar sua reação com a de papai.

A reação de papai foi de felicidade. Ele estava feliz. Estava simplesmente feliz por Nana.

Agora, evidentemente papai não tinha testemunhado uma transa a três. Não estava a par de todos os fatos. Não estava a par de Nana e Anjali. Não estava a par, por exemplo, de Nana ter começado a curtir a expressão *"ménage à trois"*.

Para comemorar a felicidade de Nana, papai, o anjo bom desta história, acendeu e puxou uma longa tragada de seu gordo e pessimamente enrolado bagulho.

9.

Quando era véspera de Natal, e Nana ainda era muito nova para um Natal de verdade, papai sentava na beirada da cama dela e lia para ela. Lia para ela "A véspera de Natal". Era um poema. Nesse poema, Nana conheceu os preparativos feitos na Lapônia para a viagem de Papai Noel no fim da noite, entregando presentes de Natal. Nana sabia tudo sobre cada rena. Sabia o nome delas. Quando mais velha, só se lembrava de Rudolph — claro que se lembrava de Rudolph —, Dasher, Prancer, Donna e Blitzen. Havia mais renas, mas era dessas que ela se lembrava. Quando lia o poema, papai parecia muito sério. Não era só uma história. Ele parecia muito preocupado e taciturno. E Nana adorava a seriedade de papai. Achava que aquilo estava certo. Era mesmo uma coisa muito séria, como Papai Noel chegaria a Nana.

Era a recordação predileta de Nana. Ela adorava a voz de leitura de papai.

9. Intriga

1.

Convencionalmente, o *ménage à trois* é visto como algo sexualmente não convencional. É tenso. Casais podem ser obscenos, é verdade, mas no fim são apenas casais. Ainda comuns. Enquanto o *ménage à trois* é libertino. Difícil não ser libertino.

Caso esse ponto incontestável exija uma prova, assista ao filme *Cabaré*. Produzido em Nova York no início dos anos 70, *Cabaré* tem um glamour *glam rock* ordinário. Ambientado na Berlim do início dos anos 30, o filme conta a história de uma cantora de cabaré americana chamada Sally (interpretada pela jovem Liza Minelli) e de um escritor britânico chamado Brian. Sally e Brian são namorada e namorado. Depois conhecem Maximilian. Maximilian é um conde alemão. Você pode imaginar o que acontece. Sally se apaixona por Maximilian. Brian também se apaixona por Maximilian. Maximilian se apaixona pelos dois.

O triângulo é o selo de uma trama *glam rock*. Não seria libertino sem um *ménage à trois*.

Por exemplo, a frase mais famosa do filme é: "Dois é melhor que um, mas nada é melhor que três". A frase é cantada com um olhar de soslaio pelo mestre-de-cerimônias de ruge e batom do Kit Kat Club, de fraque, ladeado por duas mulheres peitudas. E essa é a visão convencional do triângulo. O triângulo é virulentamente sexual. É decadência pré-nazista. É sexo personificado.

Sei disso tudo. Sei que é o que muita gente pensa do *ménage à trois*, se é que pensam nele. Só que acho imprecisa essa visão do *ménage*. Deixa de fora uma porção de fatos.

Era outono. Como tinha dito a papai, Nana se mudou para o apartamento de Moshe. Ela iniciou um novo trimestre na Sociedade de Arquitetura, para começar o doutorado em Teoria Arquitetônica. Moshe chegou ao fim da temporada como Slobodan Milosevic na peça de Richard Norton-Taylor, *Força de paz*, no Tricycle Theatre, em Kilburn. Anjali concluiu o contrato de um ano para os comerciais do talco de bebê Johnson. Anjali meio que se mudou também para o apartamento de Moshe. Tinha uma cópia da chave. Por isso aparecia e desaparecia. Ficava lá todos os fins de semana.

Espero que agora você esteja contente. Espero que tudo esteja claro quanto a esse arranjo de vida.

Eles eram um *ménage à trois* contemporâneo. Eram, sem dúvida, um *ménage à trois*. Era inegável. Eles faziam sexo a três e a dois.

2.

Mas um *ménage* não é só sexual. Não é só decadência pré-nazista. Como tudo o mais, é também doméstico. Nana, Anjali e Moshe jogavam jogos sexuais depravados, claro, mas os três também praticavam natação. Nas manhãs de sábado, Moshe e suas duas namoradas nadavam na Oasis Pool, na High Holborn. E quero vê-los nadar. Quero, especialmente, ver Moshe na piscina.

Nadar era, em geral, puro prazer para Moshe. Mas havia algumas complicações. Algumas delas eram de pouca importância, outras não.

Estas eram as complicações de pouca importância.

Moshe se aborreceu com os vestiários separados. A segregação de gênero parecia injusta. Ele sentiu um pouco de ciúme. Enquanto tirava o jeans de cintura baixa da H&M e ficava de meias e sapatos para manter os pés secos, não tinha idéia do que acontecia no vestiário feminino. Mal-humorado, Moshe olhou atentamente para o pênis dos outros homens. Não gostou dos pênis que viu. Gostou só dos peitos. Cautelosamente, fazendo o possível para não parecer um homossexual, fingiu extrair cera dos ouvidos com um cotonete azul e comparou seu pênis com o dos outros. Pareceu bom. Não particularmente maravilhoso, mas bom.

Moshe vestiu o calção de banho azul-marinho Adidas, mergulhou o pé no desinfetante viscoso e foi para a piscina. Desceu, grudando-se corajosamente aos degraus de aço inoxidável. A piscina, na parte mais funda, tinha três metros. Isso assustou um pouco Moshe. Ele não sabia exatamente quanto media, não sabia a altura em metros, mas achava que três metros deveria ser o dobro. Deveria ser pelo menos o dobro da altura dele.

Moshe olhou em volta e viu um engradado branco com bóias de esponja curvas, colchões infláveis listrados de duas cores e bóias de braço laranja. Perguntou a si mesmo se seria possível usar todo esse aparato de bóias, colchões e bóias de braço. Concluiu que não. Alguém poderia aparecer. Uma gatinha de dezesseis anos poderia aparecer. E se uma gatinha de dezesseis se juntasse a ele na piscina, Moshe não ia querer estar agarrado a uma bóia de poliestireno com listras azuis e brancas.

Moshe flutuou na parte rasa, olhando para a entrada do vestiário feminino. Pensou nas peças que elas lhe pregavam. Uma manhã, Nana e Anjali equiparam Moshe com uma bóia de borracha e o carregaram. Ou então Nana e Anjali se afastavam, nadando, e se beijavam, boiando, na parte funda. Nana e Anjali nadavam melhor do que Moshe. Elas o provocavam. Ele imaginou uma ensaboando os peitos da outra no chuveiro, pornograficamente, antes de entrarem na piscina. Isso o fez ter uma ereção, contida pelo calção justo. Por isso ficou imóvel, com os cotovelos apoiados nos ladrilhos gordurosos e ondulados, com ar indiferente e pensativo. E estava pensativo. Pensava no café que tomaria depois em seu café predileto, o Mustard Seed, em Finsbury. No Mustard Seed, ele poderia passar vaselina nas partes sensíveis e nos vergões cheios de cloro do eczema dos dedos da mão. O Mustard Seed era a cura repousante, era seu refúgio urbano.

3.

Enquanto ele espera a ereção ceder e pensa no *capuccino*, reflitamos sobre Moshe. Até então refletimos sobre todas as complicações de pouca importância que tornaram problemática a faina rotineira de Moshe. Mas agora reflitamos sobre a natureza erótica dele. A natureza erótica dele era a complicação de maior importância.

Acontece que Moshe não era um Don Juan. Se fosse um Don Juan, teria encarado sua atual situação sexual como uma conquista. Teria imediatamente encarado as duas garotas como uma vitória sexual. Mas Moshe não via assim. E entendo isso. Eu também não sou um Don Juan.

Moshe era moral. Amava Nana. Amava-a virtuosamente. E esse amor virtuoso significava que ele não conseguia curtir o *ménage à trois*.

No glamouroso filme *Cabaré*, há uma conversa tensa entre Sally e Brian, a namorada e o namorado originais. Brian exclama: "Ah, que se foda o Maximilian!", ao que Sally replica: "Eu fodo com ele!". Em seguida, Brian, depois de uma breve pausa, diz calmamente: "Eu também".

Gosto muito desse fragmento de conversa. Resume com perfeição as relações subjacentes num *ménage à trois*. O *ménage*, como Moshe estava descobrindo, baseava-se na infidelidade mútua. Um triângulo era três casais diferentes. E um desses casais era Anjali e Moshe. Isso não deixou Moshe muito feliz. Ele curtira, curtira o sexo com Anjali. Só não tinha certeza de que o aprovava. Era, no fim, infidelidade.

Moshe não era um Don Juan. Não era tranqüilo. Era romântico. Agora, minha definição de romântico é esta: romântico é quem precisa de que um caso amoroso seja também um caso moral. E Moshe não achava que um *ménage à trois* fosse moral.

Moshe era legal demais para um *ménage à trois*.

4.

No entanto, você pode achar duas coisas ao mesmo tempo. Ele estava apreensivo, e esse sentimento é importante. Mas Moshe era só um ser humano. Além de estar apreensivo, era capaz de reconhecer as evidentes vantagens de ter duas namoradas.

Por exemplo, na Oasis Pool, o *ménage* era normalmente doméstico. Era normalmente uma série de braçadas revigorantes de um lado a outro na piscina. Mas, na natação desse sábado em especial, foi travesso. A parte de cima do biquíni de Anjali não fechava direito. Por isso Anjali e Nana estavam atrasadas. Saíram do vestiário aos risos, os braços de Anjali cruzados sobre o peito. O fecho, explicou, estava quebrado. E era verdade. Ao enfrentar a água, os peitos saltaram. Era, pensou Moshe, um biquíni novo. Ela o havia comprado uma semana antes na Topshop. Usara-o uma vez, disse Anjali de olhos arregalados, sem problema. Mas agora não servia para nada.

Formavam um triângulo amoroso travesso, e improvisavam. Como você deve se lembrar, gosto quando as pessoas improvisam. Habilidosamente disfarçados por bóias laranja, os braços de Anjali não desgrudavam dos seios. Funcionavam como a parte superior do biquíni. Mas não resolviam o dilema da decorosa natação matinal. Os três ficaram parados no raso, perto do filtro da piscina, confusos.

É uma vergonha admitir, mas o estranho sentimento de abandono provocado pelos seios desnudos deram uma idéia a

Anjali. Embora fosse uma das heroínas, não queria uma natação decorosa. De repente, queria uma natação de reputação duvidosa. Queria fazer Moshe gozar na água. Assim, com Nana em pé atrás dele, Anjali se curvou bem baixo na água e segurou o pênis de Moshe dentro do calção Adidas. O pênis foi crescendo. E a ponderada Anjali prometeu a Moshe que nada seria derramado. No momento crítico, ela se abaixaria e Nana o ergueria o suficiente para que o pênis ficasse acima da água e ao nível da boca de Anjali. Estava tudo bem.

Havia medo nos olhos de Moshe. Eles exprimiam medo da polícia. Enquanto Anjali explicava que, numa emergência, o filtro de água eliminaria todos os indícios de prova, Moshe se enrijeceu e entrou em pânico. Isso não me parece irracional. Eles estavam espremidos no canto de uma piscina pública, um deles aparentemente vestido só com um par de bóias de borracha. Não era, raciocinou Moshe, insuspeito. Não passaria, provavelmente, despercebido ao salva-vidas.

Não passou despercebido ao salva-vidas. Ele estava andando de um lado para o outro para ajudar um grupo de não-nadadores na parte rasa, um dos quais precisava de uma bóia. O salva-vidas era um homem alto e deslumbrante. Os seis músculos abdominais eram claramente visíveis. Ele era belíssimo. Simplesmente lindo. Fez Moshe se sentir subnutrido. Infelizmente, Anjali, Moshe e Nana nunca chegaram a saber o nome dele. Mas vou contar a você o nome desse salva-vidas. Ele se chamava Ade.

Ade disse:

— Oi.

Moshe respondeu animado:

— Oi.

Perguntou-se o que Ade podia estar vendo. Ade via o suficiente. Ade disse:

— Tudo bem com ela? — Referia-se à bóia.

— Ah, sim, sim, tudo bem — respondeu Moshe, curioso por saber o que seus pais diriam quando o *Jewish Chronicle* publicasse a notícia. Anjali sorriu para Ade. Nana desviou o olhar, desconcertada. E Ade sorriu.

Está vendo? Até um salva-vidas ficou encantado com um triângulo. Até um salva-vidas viu um triângulo como a essência do super *cool*. Ade piscou um olho. Afastou-se.

5.

Talvez o comportamento de Anjali pareça excepcionalmente exibicionista. Entendo que requer uma explicação. Acontece que Anjali e Moshe não estavam totalmente relaxados com o sexo entre eles. Ao longo do *ménage*, sempre permaneceram amigos que, inexplicavelmente, também faziam sexo. Faziam sexo porque estavam destinados a fazer sexo. Eram, afinal, dois terços de um *ménage à trois*. Sexo consciencioso, porém, é... bem, consciencioso. Sexo consciencioso é chato.

Isso era uma pena. Em vários aspectos, um triângulo é a unidade sexual suprema. É a utopia socialista do sexo. Uma das vantagens de um triângulo é que as responsabilidades sexuais podem ser partilhadas com igualdade. As posições sexuais podem ser redistribuídas. Anjali, por exemplo, sempre achou chato ter de pedir a uma garota que usasse um pênis artificial nela. Com garotas, Anjali sentia que implorar por um pênis artificial parecia indicar um excessivo interesse na penetração. Mas, claro, no *ménage* não se sentia inibida de pedir a Moshe que usasse seu pênis nela. E Moshe tinha prazer em usar o pênis nela. A posição de que Nana não gostava era a de quatro, comida por trás. Ela dizia que Moshe a machucara quando a comeu assim. Ela o sentiu quase no estômago, e doeu. Ao passo que Anjali sentia prazer nessa posição.

A redistribuição funcionava. Funcionava sexualmente. Anjali adorava quando Moshe a penetrava, profundamente. Ela *gozava*.

Quanto a Moshe, uma coisa que ele lamentava em relação ao repertório sexual com Nana era a dificuldade do sessenta-e-nove. A posição do sexo oral simultâneo. Raras vezes figurava na vida sexual de Nana e Moshe porque Nana tinha um metro e oitenta. E Moshe não. Para que a posição fosse bem-sucedida, o pênis de Moshe teria de se estender inversamente, para trás. Na vida real, porém, ou as costas de Nana ficavam dolorosamente arqueadas, ou a boca de Nana chupava apenas a parte interna da coxa de Moshe, perto do joelho. Ou Moshe lambia o umbigo de Nana. Ao passo que Anjali era menor do que Moshe. A boca de Anjali estava no lugar certo. Tudo estava no lugar certo.

Então por que, se era uma utopia sexual, um triângulo não era perfeito? Respondo com uma ilustração. Bem, uma ilustração imaginária. Imagine um esboço. O esboço mostra Anjali de quatro e Moshe ajoelhado atrás dela. Se quiser, pode imaginar uma pequena protuberância saindo da cintura de Moshe. De qualquer forma, o interesse desse esboço não é a protuberância. São os balões de pensamento.

Você sabe o que eles estão sentindo. Estão sentindo uma foda deliciosa. Estão pensando que esse é o problema. Você já sabe o que estaria escrito dentro do balão de pensamento de Moshe. "Nana", ele lamentaria nesse esboço, "querida Nana". O balão de pensamento de Moshe era piegas e romântico. O de Anjali era diferente. Era piegas e romântico, verdade. Mas lesbicamente romântico. Cheio de recordações lésbicas. "Zosia", pensava ela, "Zosia". Lembrava-se da ex. E até mesmo, ah, não, não, não, de vez em quando pensava "Nana". De vez em quando se lembrava dos mais recentes momentos lésbicos, como quando Nana a fez gozar na biblioteca pública de Camden, na Euston

Road, na seção de levantamento topográfico oficial do Reino Unido, apoiando-se no País de Gales e na Irlanda do Norte.

Veja, como mencionei antes, Anjali era mais bissexual do que qualquer um. E era uma bissexual competente. Tinha um dom para qualquer permuta sexual. Tinha talento. Mas no fim não estava tão a fim assim de rapazes. Não tanto quanto estava a fim de garotas.

Anjali transava garotas. Entregava-se a garotas.

6.

Então, como vê, esse *ménage à trois* era ambíguo. Era menos desregrado do que parecia. Você sabe que Moshe não estava muito feliz. E parece que Anjali também não estava muito feliz. Veja, um *ménage* não é uma decadência pré-nazista. De modo algum.

Até os arranjos na hora de dormir eram difíceis.

Em geral, casais comuns curtem determinado lado da cama. Na fadada relação de Stacey e Henderson, por exemplo, Stacey sempre dormia do lado esquerdo. Mas, num triângulo, as posições para dormir são mais complexas. Não são neutras. São simbólicas.

Por exemplo, para comemorar a triunfal temporada de *Força de paz*, no Tricycle, Nana, Moshe e Anjali foram almoçar no Le Caprice. Nana, Moshe e Anjali, porém, não se lembravam muito desse dispendioso almoço. Não eram gastrônomos. Beberam. Ficaram ruidosamente embriagados e falaram de si mesmos. Ficaram embriagados e irascíveis.

Foi tão glamouroso, pensou Moshe.

Mas a conversa foi esta. A conversa não foi glamourosa.

— Você não se incomoda, se incomoda, se eu dormir no meio esta noite? — perguntou Nana.

— Só esta noite? — perguntou o intrigado Moshe.

— É que não dá pra eu sempre dormir na ponta — retrucou Nana. — Acordo toda manhã quando os homens vêm pegar as garrafas e depois não consigo dormir de novo, e daí vocês se levantam e sinto sono o dia inteiro. Não se incomoda, se incomoda?

— Não — disse Moshe —, hã, não, tudo bem.

Eis um rápido diagrama. Normalmente, na cama, tinha sido
> Nana, Moshe, Anjali.

Agora Nana queria
> Moshe, Nana, Anjali.

Havia uma sutil diferença. Veja quem estava perto de quem. E Moshe entendeu essa diferença.

— E depois — disse ela —, tem a janela.

— A janela? — retrucou Moshe.

— É, quer dizer, achei que ia me acostumar — disse. — Em geral, durmo mal, quem sabe se. Não sei. É que faz tanto frio.

— Então vamos parar de dormir com a janela aberta — disse Anjali. — De hoje em diante — disse — fica fechada. Também prefiro fechada.

Moshe olhou fixamente para a corvina cozida no vapor, embrulhada numa folha murcha.

— Ou você pode dormir na outra ponta e eu vou pro meio — disse Anjali. — Se for pra outra ponta, não vai ficar perto da janela.

No diagrama revisado por Anjali, o plano na cama ficaria assim:
> Moshe, Anjali, Nana.

Nana gostou do plano. Moshe não gostou do plano de jeito nenhum.

Moshe virou o corpo para pegar a garrafa de vinho que estava no suporte de prata atrás dele, o que o pôs frente a frente com um cintilante Elvis Costello em preto-e-branco. Elvis Costello, como se descobriu, era um freguês assíduo do Le Caprice. Pertencia à classe das pessoas glamourosas. Moshe olhou com raiva. De repente, detestou Elvis Costello. Detestava pessoas glamourosas felizes.

— Você nunca falou nada — disse a Nana. — Ela falou? — perguntou a Anjali. — Não quero obrigar vocês a nada — disse a Anjali e Nana.

— Acho que posso dormir no futon esta noite — disse Nana. — Posso dormir lá.

— No futon? — disse Moshe. — Por que no futon? Por que a gente simplesmente não fecha a janela?

— A gente pode fechar a janela — disse Anjali a Nana.

— Não, não, por que excluir o Moshe? — disse Nana a Anjali. — O apartamento é seu, não é? — disse a Moshe. — E você sempre disse que sente muito calor com a janela fechada. Por isso posso simplesmente dormir no futon esta noite.

— Escute — disse Moshe —, acho que não é problema. Não é nenhum problema mesmo. Não é um tremendo sacrifício — disse Moshe sorrindo.

— O que foi que você falou? — perguntou Nana. — Disse: — Desculpe, não ouvi. Achei que o meu telefone estivesse tocando.

— Que não é um sacrifício — repetiu ele.

— Não, não — disse Nana. — Durmo no futon.

— Mas e se eu disser que não quero que você faça isso? — disse Moshe. — Quer dizer, você não gosta de dormir no futon sozinha.

Dois garçons estavam limpando os farelos da mesa ao lado.

— Escuta, não seja bobo — disse Nana. — Estou querendo dizer, acho que quero dizer, se Anjali prefere a janela fechada. Durmo com Anjali.

— Mas, mas acabei de dizer que a gente pode fechar a janela — disse Moshe.

— Ah, meus corações — disse Nana —, isso não vai terminar nunca. Não vou dormir, e pronto — disse.

— Taí uma boa idéia — disse Anjali. — Assim, quando se levantar, não vai precisar se preocupar se está me acordando.

— Eu te acordo? — perguntou Moshe.

— Acorda — disse Anjali. — De manhã. Quando passa por cima de mim.

Nana agitou o punhado de gelo na água mineral. Moshe foi mijar.

Numa mesa perto da escada que levava aos banheiros havia um homem com um cabelo, pensou Moshe, que ele mesmo deveria ter criado. Tinha sido ondulado rigorosamente naquela manhã com uma espinhenta escova redonda de crina. O homem mostrava fotografias para seu companheiro. O companheiro tinha uma tez amarelo-escura, cabelo cintilante tingido de vermelho e óculos dourados Hugo Boss com linhas metálicas que corriam horizontalmente no alto. Tinha verruga e bigode.

Por algum motivo, os dois homens deixaram Moshe ressabiado. Deixaram-no muito ressabiado. E, embora Moshe não admitisse, posso dizer qual foi o motivo. Era porque eram dois homens juntos. Tinham jeito de homossexuais.

É triste, mas, sim, um dos heróis do livro se tornou momentaneamente homofóbico.

O banheiro masculino, porém, estava mais calmo. Por sorte, lá não havia homem algum. O mictório era um longo e único mictório. Esse mictório tinha um vidro fosco inclinado junto à base, para que as últimas gotas fracas sacudidas escorressem suavemente. Moshe se curvou para trás, pondo o pênis para fora da cueca samba-canção com estampas vivas. Arrancou um pentelho do prepúcio. Depois mijou. A sensação era melhor, pensou Moshe, no banheiro, com a luz baixa e um carpete preto macio. Olhou as fileiras de Armitage Shanks em discretas letras cinza manuscritas em itálico. Observou um círculo vazio que se expandia em torno do ponto onde o mijo atingia a porcelana. Sacudiu as últimas gotas. Guardou o pênis, que pingou um pouquinho, fechou o zíper da calça e molhou o cabelo com água. A água saía da torneira intensamente suave e borbulhante.

Quando voltou, a conta estava na mesa, dentro de uma carteira de couro sintético. Nana e Anjali estavam se beijando. Dando-se beijinhos.

Moshe, pensou Moshe, tinha um problema.

7.

O problema de Moshe era curiosamente semelhante ao problema de um dissidente numa sociedade capitalista. Como inúmeros críticos esquerdistas salientaram, é dificílimo opor-se ao capitalismo. Quem tentou explicar isso foi Antonio Gramsci. Antonio Gramsci era um marxista italiano. Em 1926, foi detido pelo governo fascista e posto na prisão. Morreu de um derrame em 1937. Nessa época, ainda estava na cadeia, pois em 1928 tinha sido condenado a vinte anos, quatro meses e cinco dias. Portanto, mal havia cumprido metade da pena. No entanto, não foi tão ruim assim na prisão. Ele escreveu *Cadernos do cárcere*.

Nesses cadernos, Antonio delineou várias teorias. Uma dessas teorias é sobre como ser revolucionário quando se vive numa sociedade capitalista. A revolução era complicada, pensou Antonio, por causa de uma coisa chamada "hegemonia". Hegemonia era "a combinação de força com consentimento, que se equilibram reciprocamente, sem a supremacia excessiva da força sobre o consentimento. Com efeito, sempre se faz a tentativa de garantir que a força pareça basear-se no consentimento da maioria, expresso pelos chamados órgãos de opinião pública — jornais e associações [...]".

Ufa!

Antonio, basicamente, estava dizendo que ninguém jamais se preocupa quando a gente discorda do capitalismo. Os capitalistas o manipulam para que ninguém note.

Eu, no entanto, tenho uma teoria diferente quanto ao motivo por que ninguém se preocupa quando alguém critica o capitalismo. A gente sempre parece presunçoso. Se você é rico e reclama, as pessoas o chamam de hipócrita. Se você é pobre e reclama, as pessoas o chamam de invejoso.

Do mesmo modo, se Moshe reclamasse que um triângulo não era o ideal, você o chamaria de hipócrita. Um homem adulto reclamando de duas garotas na cama dele. Que idéia! Mas, se ele pegasse na sua mão, olhasse dentro dos seus belos olhos azuis e insistisse que aquilo não era realmente o ideal, então você chamaria essa objeção a um triângulo de pura inveja. Ele não estava tendo os encontros sexuais extraordinários nem a atenção sexual dupla que esperava.

Sexualmente, Moshe era pobre.

8.

Um *ménage à trois* é, portanto, uma mistura de assuntos domésticos e sexo. É bem mais semelhante a um casal do que as pessoas pensam. Só que um casal mais complicado. Por exemplo, ainda é preciso sair para comprar leite. Assim, numa manhã de sábado ou de domingo Nana e Anjali caminham até a graciosa leiteria na Amwell Street.

Vou descrever a compra do leite. Era um hábito importante.

Lloyds & Son ~ Leiteiros ~ Produtos de Laticínio de Primeira Classe estava escrito em itálicos dourados na frente da loja. O *Lloyds & Son ~ Leiteiros ~ Produtos de Laticínio de Primeira Classe* estava sempre lotado de esposas. Estava sempre lotado de pais. Isso fazia Nana rir. Fazia-a rir porque ela podia imaginar o que os pais e as esposas pensavam quando olhavam para Nana e Anjali. Os pais e as esposas ficavam confusos, pensou Nana, com duas garotas que iam à loja de mãos dadas. E o que Nana realmente curtia era que, embora ela e Anjali fossem aparentemente de vanguarda, embora fossem aparentemente não convencionais, eram não convencionais por acaso. Nana se sentia tão esposa quanto as esposas na leiteria da Amwell. Sentia-se totalmente casada. Só que tinha uma esposa e um marido também. Essa a única diferença.

Anjali, claro, tinha um sentimento diferente em relação a maridos e esposas. Estava mais interessada na esposa.

A decoração da leiteria era um deleite. Havia potes ocre de mostarda Colman's dispostos numa pirâmide, como acrobatas de circo. Havia um cartaz dos anos 50 com uma mulher bonita e alegre posando com seu leite preferido produzido na ilha de Jérsei. O cabelo caía ondulado em volta das orelhas onduladas perfeitas. Nana adorava esse charme antigo. Próximo da entrada, um cocô de cachorro em forma de charuto inteiro fora cuidadosamente varrido para um canto. Nana tocava o gramado verde artificial na borda interna da vitrine, esperando na fila. Gostava da maciez pinicante. Gostava da artificialidade.

Quanto a Anjali, Anjali fofocava.

— Sabe por que eles se separaram? — perguntou Anjali.

— Eu sei. Pareciam um casal muito feliz. Quer dizer, ainda na semana passada você leu naquela entrevista, aquela na *Heat*, em que ela falou. Eu sei. É tão verdadeiro. — Ou: — E parece que ele nem tinha cara de palestino. Tinha, quer dizer, estava de terno. — E Anjali pedia o leite, depois procurava o dinheiro. — Preciso de uma libra — disse —, tem uma libra?, preciso de uma libra. — Depois as duas iam embora, ziguezagueando sorridentes entre crianças e sacolas de compras.

Essa era a rotina. Anjali e Nana iam em direção à Lloyd Baker Street, transversal à Amwell Street. Nana adorava olhar as janelas com cortinas rendadas e iúcas, um adesivo "I Love Washington" se desprendendo, um bonequinho Noddy de plástico moldado. E às vezes imaginava uma menina com a perna esticada por cima do edredom, de camisola Bhs com uma etiqueta incômoda e áspera. Ou, outras vezes, via uma mulher parada ao lado de uma menina de rabo-de-cavalo e vestido de veludo preto, cujas mãos pressionavam as teclas de um piano invisível.

Casas faziam Nana pensar em bebês. Faziam-na pensar em famílias. E famílias, no fim, para Nana, eram famílias heterossexuais. Creio que eu deva deixar isso claro.

Enquanto isso, mais ou menos a esta altura da ida à compra do leite numa manhã de domingo, Anjali dizia:

— Te amo tanto.

Por isso o leite era significativo.

É importante lembrar que há mais de uma maneira de dizer "te amo". Há o "te amo" de amor saciado e arrebatador. Mas há também o "te amo" da casual amizade sexual. E Anjali usava a frase deste segundo jeito. Bem, não, começou a usar a frase desse jeito. Acontece que a frase foi ficando cada vez mais séria. Caso você não tenha percebido, Anjali estava ficando mais apegada a Nana. O uso que fazia da frase "te amo" ia se tornando cada vez mais um exemplo do amor saciado e arrebatador.

E talvez também tenha havido outro motivo. Anjali não sabia ao certo se esse arranjo funcionaria para ela. Ainda se sentia excluída do casal central. O triângulo era sempre incerto. Então o "te amo" dela, sozinha com Nana, talvez também fosse um exemplo de insegurança. Ela estava pedindo a Nana que a tranqüilizasse.

Porque no fim, pensou Anjali, ela é que sairia machucada. Se alguém fosse excluído e arrasado, esse alguém seria ela.

Ninguém se apaixona de imediato. Leva tempo. É uma evolução, às vezes por motivos desconcertantes. De início de outubro a meados de novembro, Anjali se habituou à rotina do leite e ao mesmo tempo se apaixonou.

Mas Nana não sabia disso. Ela achava que o "te amo" de Anjali era só uma frase de amizade feliz e casual. Nessa ocasião, em novembro, Nana olhou distraidamente para uma garota com um carrinho de bebê que batia papo com outra garota com um carrinho de bebê. Uma delas dizia: "Porque sou preta, negra, e com orgulho. Lembra quando o Michael Jackson ainda era novo e tinha cabelo afro?". Os dois bebês gordinhos inclinaram-se para olhar o céu de plástico pregueado. E Nana fez que sim e a beijou, beijou Anjali em público. Era uma manhã de domingo. Tinham ido comprar leite. Era doméstico.

Nana estava feliz. Pensava em famílias felizes.

9.

Certa noite, em 1936, a atriz de cinema Renée Muller estava sozinha na chancelaria alemã com o chanceler alemão. Na época, o chanceler era Adolf Hitler. Porque era tarde, e estavam sozinhos, Renée tinha certeza de que Adolf queria fazer sexo. E, ao que parecia, estava certa. Ele começou a despi-la. Mas, quando estavam prestes a ir para a cama, Adolf caiu de joelhos e pediu a Renée Muller que o chutasse.

No início, Renée hesitou. Era muito desconcertante ver o chanceler pelado, de quatro, pedindo que o chutasse. Mas Adolf implorou. Disse que era desprezível, que não passava de um verme, um pateta, um bruto que não merecia melhor tratamento do que um cão, um menininho malvado que precisava ser castigado.

Adolf se humilhou. Sexualmente, humilhou-se diante de Renée.

O curioso sobre ficar envergonhado é que no fim a gente prefere fazer a coisa que envergonha a gente o tempo todo em vez de continuar envergonhado. A gente supera a vergonha. No fim, Renée Muller chutou Adolf. Chutou-o com muita delicadeza, mas ainda assim o chutou. E isso excitou Adolf. Ele pediu mais. Pediu e pediu mais. "Seu verme", disse Renée, "seu rato degenerado." Adolf estava realmente curtindo. Disse a Renée que ela estava sendo muito generosa, que ele estava recebendo bem mais do que merecia, que ela realmente não deveria recompensá-lo com os benefícios de tanta disciplina. Ele não merecia nem mesmo estar com ela no mesmo aposento, disse Adolf.

O divertido foi que, a esta altura, Renée também curtia. Jamais fora dominatriz antes, mas era divertido. Longe de se sentir envergonhada, a atriz Renée Muller acabara de descobrir uma fascinação permanente para sua vida sexual. Chutou-o para valer. Começou a bater em Adolf.

Como existem poucas variantes sexuais! Pobre Adolf, desejando ser chutado. Pobrezinho, dizendo frases assim: "Não mereço estar no mesmo aposento que você". Tenho pena de Adolf. E a pobre Renée, tão instantaneamente fascinada pelo papel de dominatriz. Em sua inocência, nem Adolf nem Renée especificaram sua vida sexual. Não havia ordens minuciosas de Adolf quanto à seqüência exata e à intensidade dos chutes de Renée. Havia só um desejo geral. Havia só uma chutação geral.

Adolf e Renée tinham acabado de deparar com uma dificuldade humana fundamental. A seguinte: o sexo não é específico. Não é original. Podemos achar que nossa perversão é exclusivamente nossa, mas não é. A perversão é geral. As perversões são universais. Cabe a nós torná-las específicas.

10.

Anjali se conectou à internet. Estava dando uma olhada na pornografia grátis, sentada sozinha na sala de Moshe, certa manhã. Fuçava uma galeria de *thumbnails* oferecida por eroticamadorz.com. Caso você nunca tenha ouvido falar de uma galeria de *thumbnails*, *thumbnail* é uma fotografia em miniatura. É uma fotografia pornográfica, quase do tamanho da unha do polegar. Mas você pode ampliá-la se clicar nela com o mouse.

Isso é essencial para a narrativa. Verdade.

Anjali se masturbava.

Uma garota vestida com um colar negro e uma malha rendada preta enfiava a mão na vagina, de modo que todos os dedos dela estavam submersos. Ou, então, diante do que parecia ser os borrões de uma pintura de Jackson Pollock, concebida em preto e púrpura, ela estava de quatro sobre uma almofada com quadrados castanhos e azul-marinho. Um braço masculino também estava na foto. A mão dele não estava. Ela tinha sido vestida com uma luva cirúrgica branca e os dedos estavam imersos. Anjali não sabia dizer onde exatamente eles estavam imersos. Parecia provável que estivessem imersos no ânus da garota. Difícil dizer.

Terminada a galeria dedicada ao *fist-fucking*, Anjali tinha à disposição vinte e nove fotos de uma gatinha excitada, de castigo numa carteira escolar no fundo de uma sala de aula; trinta *zooms* de uma gostosona quentíssima arreganhando a boceta carnuda e raspada; doze clipes de uma adolescente exibindo a bocetinha rosa por trás; vinte e três flagrantes de deslumbrantes garotas peitudas com bocetas minúsculas mas deliciosas; e vinte detalhes de uma gatinha vestida de couro com um revólver enfiado na xoxota.

Essa lista enfastiou Anjali.

O lance da pornografia, que é também o lance do sexo em geral, é que a gente precisa de imaginação. A gente precisa ser preciso. E é difícil ser preciso. Muitas vezes, a gente toma emprestada a perspectiva alheia. Não dá para evitar tomar emprestada a perspectiva alheia.

Por exemplo, classe e família eram as histórias principais que Anjali via. Havia vinte e oito fotos de loiras sensuais expondo a moita deliciosa para o amante da mamãe. Isso era família. Ou dezesseis fotos de beldades cavalgando na sela de um pônei o dia inteiro. Isso era classe. Ou vinte e sete *slides* de sobrinhas visitando tios e agarrando uma vara de vinte centímetros, e vinte e cinco *slides* de papai aconchegando a filha predileta debaixo da coberta à noite. Família. Ou vinte e oito poses de uma loiraça modelando o estupendo traseiro bem proporcionado, e dezesseis fotos de mulheres executivas fazendo seus exercícios prediletos depois do trabalho. Classe. Depois, de novo, dezesseis *slides* de uma putinha que urina no pau de um garotão antes de uma chupada, o que era mais incomum. Não era a de Anjali, não era a minha também, mas mostrava alguma imaginação.

Na verdade, pensou Anjali, só uma descrição mostrava potencial. Eram as dezoito imagens do jovem vizinho comendo a vovó depois de aparar o gramado dela. O bom era o gramado cortado. Mostrava uma apreciação caseira do contexto.

O motivo pelo qual Anjali navegava na internet era triste. Mas também era um motivo que poderia ter sido previsto. Ela não estava curtindo imensamente todas as responsabilidades sexuais de um *ménage*. Não eram todas prazerosas.

Em outras palavras, sentia falta de uma imaginação precisa em sua vida sexual. E sei qual é a causa disso. Você também sabe qual é a causa. Ela tinha se apaixonado por Nana.

E assim ela estava cheia, pensou Anjali, de rapazes.

11.

Os sentimentos de Nana foram minimizados na descrição do *ménage à trois*. Talvez você ache que seja uma omissão séria. Mas ignorei Nana por um motivo. Queria que você observasse dois fatos antes de eu chegar a Nana. O primeiro fato foi este: o sexo entre Anjali e Moshe era bom. O sexo deles era, fisicamente, bom. Porque Anjali tinha talento sexual. Mas houve também um segundo fato. Nem Anjali nem Moshe estavam emocionalmente felizes com o sexo. Porque ambos estavam ligados a Nana.

Nana, no entanto, também estava se sentindo infeliz.

No início, Nana estava contente porque os três pareciam felizes. Não era o que imaginara quando conheceu Moshe, mas era o que tinha acontecido. Eu aprovo esse pragmatismo. Aprovo essa falta de comiseração de si mesma.

Mas havia preocupações. O sexo preocupava Nana. Preocupava-a cada vez mais.

Que *ménage* inadequado! Era o arranjo sexual mais possível, mas nenhum deles estava feliz com o sexo. Moshe se sentia culpado. Anjali se sentia frustrada. E agora sabemos que Nana se sentia intranqüila.

Sentia inveja de Anjali. Sentia ciúme de Moshe. O motivo era que Nana não era sexualmente talentosa. Era sexualmente complicada. E a entristecia estar no mesmo aposento com Moshe e Anjali, enquanto Moshe e Anjali faziam um sexo delirante e competente. Era difícil se entreter com isso. Era um esforço social.

Por isso preferi minimizar os sentimentos de Nana. Preferi fazer você entender o quanto ela estava errada ao ficar preocupada e triste. Preferi que você percebesse a ironia. Moshe e Anjali achavam a vida sexual deles uma farsa difícil. Nana achava a vida sexual deles extática, kama-sútrica. Estava preocupada e triste. Deprimida por causa de sua libido prosaica.

Havia nisso outra ironia também. Para contrapor o sentimento de ser sexualmente anômala no *ménage*, Nana queria mostrar disposição. Queria ser igual a Anjali. Não o fez, porém, só fazendo sexo com Moshe. Ela fez, claro que fez, sexo com Moshe. Mas, acima de tudo, ela fazia experimentos com Anjali. Aceitava todas as sugestões de Anjali. E as solicitações de Anjali iam ficando bastante intensas. À medida que Anjali se tornava cada vez menos heterossexual, as solicitações dela iam ficando mais específicas e extravagantes.

Não sei até que ponto Nana parece ser extravagante. Imagino que não pareça muito extravagante. Em sexo, uma coisa de que Nana gostava, e sabemos perfeitamente que sexo não era o tópico preferido de Nana, era a intimidade. Pelo menos gostava de sentir que a queriam. Enquanto Anjali ia ficando mais feroz. O que a deixava um tanto incomodada. Mas o que fazer? Não queria parecer pudica.

12.

Por isso, um dia, o primeiro, o segundo e o terceiro dedo de Anjali estavam dentro da vagina de Nana, até um pouco antes das juntas. Tinham sido lubrificados com gel k-y da Johnson, cujo tubo azul com tampa branca se achava em algum lugar no edredom.

Em seu repertório doméstico, Anjali e Nana haviam adotado a prática sexual conhecida como *fist-fucking*. Domesticaram o *fist-fucking*. É uma proeza, penso eu, domesticar o *fist-fucking*. Elas o fizeram, sob a orientação de Anjali, usando dicas de pornografia coletadas na internet e filmes lésbicos clássicos, por exemplo *Como trepar com salto alto* e *Femme II*.

Para quem também deseja experimentar ou simplesmente acha difícil imaginar isso, vou tentar apresentar um guia.

Primeiro, Anjali excitou Nana. Pressionou a língua devagar contra o clitóris de Nana. Anjali lambeu o muco da vagina. Espalhou-o em volta dos lábios genitais franzidos e pastosos. E Nana jogou a cabeça de um lado para o outro, erguendo a vulva contra a língua de Anjali. Um movimento que deu idéias a Anjali. Anjali passou o dedo ao redor do cu de Nana, deu leves batidinhas nele, depois empurrou-o para cima, para os lados e introduziu o dedo. Isso fez Nana se sentir estranha e aconchegantemente plena. Era o que Nana curtia, Anjali sabia disso. Mas, nessa manhã, lamentavelmente, Nana não estava numa boa. Ela se mexeu. Ela se remexeu. O dedo de Anjali incomodava um pouco. Mas Anjali interpretou as contorções de Nana não como contorções de incômodo, e sim como contorções de prazer. Era, pensou Anjali, um pedido de algo mais profundo. Então Anjali enfiou mais fundo os dedos. Sentia os fragmentos do cocô de Nana.

— Aahoseeu... — fez Nana.

Era um som ambíguo. Não creio que você percebesse, se

eu não lhe contasse que era um som de dor. Poderia ter sido também um gemido de prazer. Mas não, era um som de dor.

Anjali levantou os olhos.

O motivo pelo qual este episódio singular de *fist-fucking* lésbico não terminou prematuramente numa crise de nervos, antes de ter sido mesmo um *fist-fucking*, foi que Anjali ainda estava iludida. Não sabia que Nana não estava com tesão. Achou que fosse um gemido de prazer. Achou que Nana pedia mais. Achou que ela estava chateada com um dedo só. Que queria todos.

Anjali pegou o tubo de gel k-y da Johnson & Johnson para lubrificação interna, que recebera como parte do pacote de brinde dos produtos Johnson's. Espremeu o gel nos dedos e esfregou em Nana.

Nana, se é que você está se perguntando sobre isso, estava petrificada. Estava aliviada por Anjali ter as menores mãos que ela já tinha visto na vida, mas, mesmo assim, não deixava de ser assustador. E, quanto a isso, eu concordo. Eu teria ficado assustado. Porém, mais assustador ainda era o artigo de que se lembrava, talvez da *Marie Claire*, que informava as leitoras de que só um orgasmo liberaria um punho de dentro de uma vagina. Isso deixou tensa uma garota como Nana.

Anjali já havia espalhado uma quantidade enorme de gel k-y do lado de fora e de dentro da vagina de Nana. Espalhara camadas visíveis na mão direita. Divertia-se à beça. O que, honestamente, não me surpreende. Uma garota loira de um metro e oitenta com pentelhos claros era uma confusão molhada, reclinada diante dela. A visão tinha seus atrativos.

Anjali, com a palma voltada para cima, como observara nas fotos educativas, introduziu o segundo e o terceiro dedo da mão direita na vagina de Nana. Ela o fez bem devagar. Ela os movia bem, bem devagar. Ela os aprofundou quase até as juntas. E, ao mesmo tempo, com o delicado indicador da mão esquerda, tocava delicadamente o clitóris de Nana. Isso prosseguiu por alguns minutos. Depois ela deslizou para dentro o quarto dedo. O dedo deslizou para dentro com surpreendente rapidez. Deslizou para dentro tão rapidamente que Anjali decidiu acrescentar o polegar também. O polegar tinha de ser posto planamente sobre os dedos, numa posição conhecida como "bico de pato". Anjali formou o bico de pato. Nana gemeu. Gemeu, agora, de prazer. Era, pensou, a coisa mais extraordinária. E Anjali investiu. Lentamente investiu, curvando para dentro também o mindinho.

Aos poucos, bem aos poucos, a mão direita de Anjali deslizou para dentro. A mão estava dentro de Nana até a base dos dedos. Ela enfim a fodia com o punho.

Nisso Moshe entrou.

Todos agiram com naturalidade.

Moshe sentou numa cadeira de madeira ao lado da escrivaninha preta de fórmica. Sentou na cadeira e pegou o livro mais próximo — desinteressado, assustado, excitado. Começou a ler. O livro mais próximo era *Contos reunidos*, de Saul Bellow, de capa dura, recomendado, de acordo com Anjali, pela *Elle*. Moshe não comprava livros. Achava que eram muito caros. Folheava um numa livraria, podia até gostar dele, mas aí olhava o preço e fim de caso. Punha o livro de volta. Deu uma olhada na orelha da sobrecapa dos *Contos reunidos* de Saul Bellow. Vinte libras!, pensou, pasmo. Vinte libras! Mas leu. Leu sobre a vida do homem judeu nos Estados Unidos da América.

Nana, com um punho dentro da vagina, olhou para a foto do Cadillac bloqueado pela neve, em Chicago, na capa dos contos reunidos de Saul Bellow. Era algo mais em que pensar. Ela grunhiu. Anjali estava abrindo e fechando os dedos na vagina de Nana. E era um prazer fundamental para Nana. Ela grunhiu. Anjali deu um sorriso de aprovação.

Mas Nana estava achando difícil relaxar com seu namorado lendo literatura americana contemporânea enquanto ela fazia um *fist-fucking*. E estava preocupada com o orgasmo. Estava preocupada porque agora não era a hora de chegar ao primeiro orgasmo sociável de sua vida. Anjali era aprazível, mas também dolorosa. Por isso Nana concluiu que, em se tratando de um experimento, tinham se saído extremamente bem. Tinham descoberto uma transa especial. Mas agora era hora de parar.

— Acho que chega — disse Nana. Resfolegou. E Anjali, porque Anjali era meiga, não pense você que não era meiga, sorriu para Nana e concordou com a cabeça. Enfiou um dedo da mão esquerda na vagina de Nana, na base, abaixo de sua própria mão direita. E o empurrou para baixo na vagina de Nana. Para deixar o ar sair. Para aliviar o vácuo.

Moshe baixou o Saul Bellow. Apoiou os braços nos braços da cadeira, deixou-os cair desconfortavelmente, pesados. Foi fazer chá para todos.

13.

Há pouco citei os surrealistas. Citei as conversas deles sobre sexo. Talvez o surrealismo esteja se insinuando aqui novamente. Esse tipo de situação — em que um rapaz assiste à namorada sendo fodida com o punho por outra garota enquanto ele lê Saul Bellow e depois vai fazer três xícaras de chá — é muitas vezes chamado de surreal. Um contador de anedotas diferente de mim diria: "Era tudo tão surreal!". Na verdade, era exatamente isso que Moshe e Anjali pensavam. Enquanto Moshe fazia o chá e Anjali relaxava, ambos pensavam com ironia que era muito surreal.

Mas era surreal?

Quem cunhou a palavra "surrealismo" foi Guillaume Apollinaire. Guillaume era um poeta francês do início do século xx. Cunhou-a numa nota de programa para o balé *Parada* — com roteiro de Jean Cocteau, coreografia de André Massine, cenário de Pablo Picasso e música de Erik Satie. Seis semanas mais tarde, tornou a usar a palavra numa nota de programa para uma peça de sua autoria, *Os seios de Tirésias*. Assim ele define um surrealista: "Quando quis imitar o andar, o homem inventou a roda, que não se parece com uma perna. Sem o saber, foi surrealista".

Não tenho certeza de que essa definição nos levará muito adiante. De acordo com ela, Anjali e Moshe estavam, provavelmente, errados. Não se assemelha muito à invenção da roda: um rapaz fazendo chá para a namorada dele e para a namorada dela após assistir a um *fist-fucking* entre elas.

Afora os poemas, a obra mais famosa de Guillaume Apollinaire foi um romance pornô chamado *As onze mil varas*. Em *As onze mil varas*, um monte de gente é psicopaticamente estuprada, espancada e morta por um autômato sexual humano chamado Mony. Não é um bom romance. Nele, há inúmeras frases como esta: "Ao chegar ao clímax, ele pegou o sabre e, cerrando os dentes e sem cessar a sodomia, cortou a cabeça do rapazinho chinês, cujos derradeiros espasmos extraíram dele uma enorme ejaculação, enquanto o sangue jorrava do pescoço como água de uma fonte".

No entanto, há quem julgue que esse romance pornô também define o surrealismo. Aparentemente, o romance mostra que, na realidade, não existe isso de motivação psicológica ou de considerações morais. Mostra que, se fôssemos autênticos, constataríamos que o mundo é, em essência, surreal.

Acho que quem pensa assim é tolo. Guillaume Apollinaire sodomizou garotos chineses e depois os decapitou? Não.

Porque houve uma falha fatal em todo o argumento do surrealismo. Esta:

Nada na realidade é surreal. Só o "surreal" é surreal.

Por exemplo, no dia seguinte ao que Nana foi ferozmente comida por Anjali com o punho, quando o *ménage* já se estendia por cerca de dois meses, papai teve um derrame.

Imagino que por essa você não esperava. Imagino que seja uma surpresa triste. Dificilmente a gente espera uma doença. Mas acho que teria sido possível adivinhar. Papai sentiu dores de cabeça nas férias. Houve o indício que lhe dei na gôndola de Veneza. Houve a tontura. Até mesmo mencionei isso no início do segundo capítulo.

Mas, fosse o que fosse, não era surreal. Não. Nada é surreal.

Guillaume Apollinaire, por exemplo, não morreu depois de um estupro homossexual sádico. Não. Ele morreu de gripe.

14.

— Oi, pode falar — disse Nana.

— Sim, sim, sim — disse Moshe. — Bem, cinco minutinhos só. Um intervalo.

— Bom, ele tá bem agora — disse ela. — Eles estão dizendo que ele tá bem.

— Não, espera, não tô te ouvindo — disse ele. — Espera. Como é, o que aconteceu então? — perguntou Moshe.

— Pode ser um tumor — disse ela.

— Um tumor, a merda dum tumor? — exclamou Moshe. — Meu Deus!

— Pode ser — disse ela.

— Mesmo? — retrucou Moshe. — O quê? Mas quanto tempo ele?

— Os médicos não falaram — disse ela. — Não sabem.

Mas ele diz que não se sente nem um pouco bem. Bom, fez várias coisas estranhas. Quer dizer, pelo menos isso explica. Todas aquelas dores de cabeça.

Moshe, inadvertidamente, verificou se tinha dor de cabeça. Não sabia. Ele, sim, ele não, não, não, ele, não.

— Quer dizer — disse ela —, ele me telefonou aquela hora, eu te contei, e falou que não conseguia fazer um chá. Eu perguntei: "O que você quer dizer com isso?". Ele respondeu: "O saquinho de chá sumiu". Aí eu falei: "O que quer dizer com isso?".

— Onde você tá? — perguntou Moshe.

— Na recepção — respondeu ela. — Aí eu falei: "O que quer dizer com isso?". Ele tinha posto o saquinho dentro da chaleira, sabe? — Ela disse: — Foi engraçado ele ter ficado mais ele mesmo depois da operação. Estava mais travesso. Paquerando uma enfermeira.

— Mas ele tá bem...? — disse Moshe.

— Tá mais travesso. Ficava reclamando que o médico só se preocupava com o carimbo de data dela.

— Carimbo de data dela? — perguntou Moshe.

— Pois é — disse Nana.

— Bom, sei lá, acha que eu devo ir até aí me encontrar com você? — perguntou ele.

— Escuta, você não precisa cuidar de mim — disse ela.

— Não é cuidar de você — retrucou ele. — Eu quero.

— Não precisa — disse ela.

— Escuta, sou teu namorado — disse ele. — Eu quero. Eu te amo.

E era verdade, ela pensou. Ela era namorada dele. Isso a deixou feliz. Mas Nana era adorável, era mesmo. Sentir felicidade a fazia sentir tristeza por Anjali. Por isso reconsiderou. Era possível, pensou Nana, ser duas namoradas ao mesmo tempo.

— Então é câncer — disse ele. — Meu Deus! Nana — ele disse. — Nana — ele disse. — Nana, tá me ouvindo?

— Tô, tô ouvindo. Bem, não sabem se é câncer — disse.

— E o que vai acontecer agora? — perguntou ele. — Químio?

— É, é, é — respondeu ela. — Bem, primeiro tiram raio X e depois fazem a químio. Quem decide é ele, mas vai ter que tirar. Depois fazem a químio. Quer dizer, vou convencer ele, se ele não quiser.

— Escuta — disse ele —, pelo amor de Deus, escuta, preciso desligar. Eles voltaram, todos voltaram.

— Não tô te ouvindo — disse ela.

— Todos voltaram — gritou Moshe. — Escuta, eu. Escuta, te ligo quando sair — disse. — Devo ou não ir te encontrar?

— Quê? O que você falou? — perguntou ela.

— Devo ou não? Posso ir te esperar na estação, posso chegar na Edgware às seis — disse ele.

— Não, toma o Thameslink — disse ela.

— O o quê? — perguntou ele.

— Toma o Thameslink — repetiu ela.

— O que é isso? — perguntou Moshe.

— Toma. Toma na estação de Kings Cross e desce na Elstree. Depois você pega um táxi — disse. — É mais rápido.

— Não, espera, não tô te ouvindo — disse ele.

— Ah, pergunta pra Anjali — disse Nana —, ela falou que tá vindo.

— Quê? — perguntou ele. — Quê? Quê? Não consigo — disse.

— Pergunta pra Anjali — disse Nana.

E desligou.

15.

Foi a esta altura da história, no fim do nono capítulo, que aconteceu o primeiro capítulo. Mais ou menos uma semana depois, Nana e Moshe tentaram o sexo anal. Você se lembra, espero que se lembre, de que não deu muito certo. Enquanto Moshe tentava, delicadamente, apertar as algemas de pelúcia rosa que circundavam os pulsos da namorada, ele notou uma leve cara fechada. Etc.

Tenho certeza de que agora você entende todos os complexos pensamentos bem-intencionados e as concessões que levaram à decisão mútua de se entregarem à submissão e ao sexo anal.

E quando o episódio terminou, você também deve se lembrar, Moshe realizou a caricatura do judeu. Ele disse:

— Não gostou dessa coisa judia? Foi o melhor que consegui imaginar.

Deprimido, Moshe forçou um sorriso largo.

Ela estava olhando para ele, em silêncio. Ele era uma diversão visual cômica.

— Que foi? — perguntou ele.

Ela deu um sorriso largo. Disse:

— Meu anjo, você é só meio judeu.

Moshe estava parado diante dela, o corpo ligeiramente inclinado para a frente. Estava apoiando o peso do corpo sobre a perna direita, agora dentro do pijama axadrezado. O pé da perna esquerda estava um pouco à frente. O joelho ligeiramente dobrado. Estava vestindo o pijama.

Deitada, enquanto as luzes dos postes de iluminação da rua se acendiam desigualmente, Nana se perguntava por que se sentia feliz.

— E nem circuncidado você é — ela disse.

— Nada de discussão — ele a repreendeu, enquanto pulava pelo quarto num pé só, à procura da perna esquerda do pijama.

Moshe não estava feliz. Estava deprimido. Nana e Moshe,

ele pensou, não eram um sucesso. Nada nunca tinha sido um sucesso. Ele remoía e dissecava os maus efeitos de um *ménage à trois* sobre o relacionamento. Pensava pensamentos furiosos. Desejava que fossem só os dois novamente.

Se ao menos Nana soubesse disso! Mas não sabia. Em vez disso, Nana estava feliz. E ela descobriu por que estava feliz. Estava feliz porque se dera conta de que não tinha mais que tentar fazer sexo kama-sútrico. Não precisaria mais observar Anjali e Moshe juntos, sendo mais proficientes e excitados. Porque tomaria uma decisão nobre. Nana voltaria para casa e ficaria com papai. Ela deixaria Moshe. Moshe não precisava dela. Ele estaria *bem melhor sem ela*. Enquanto papai precisava dela.

Veja, caso você esteja se perguntando acerca da adequação de se planejarem atos sexuais inaturais enquanto um pai está num hospital com suspeita de tumor no cérebro, entenda que papai não estava no hospital. Não tinham certeza de que fosse um tumor. Pensavam que poderia ser um pequeno derrame. Daí papai passara a paciente de ambulatório. Fora mandado de volta para casa enquanto examinavam os raios X.

Papai estava em casa, todo feliz, descansando. Era possível que tivesse se recuperado. Tudo parecia tranqüilo.

Mas tranqüilidade não era motivo para não cuidar dele, pensou Nana. Nana adorava papai. Sentia falta de ficar com papai em casa. Por isso mostraria a ele o quanto o adorava.

Um gesto de amor — foi o que Nana decidiu.

10. Eles se desapaixonam

1.
Vou ser bem claro. Nana ia cair fora. Decidira cair fora de vez.
Havia um motivo egoísta para isso. Não queria participar mais da competição sexual. Não queria ter de observar Moshe e Anjali. Estava farta de humilhação.
E havia um motivo altruísta para isso. Queria cuidar de papai.
Também era um gesto de amor.

2.
Em 1995, o Prêmio Nobel da Paz, sir Joseph Rotblat, propôs um tratado entre os países com arsenal nuclear. Cada país deveria aceitar não ser o primeiro a utilizar armas nucleares em qualquer conflito. No dia 5 de abril de 1995, uma Política de Não-Uso Inicial dos Países com Arsenal Nuclear Declarado foi devidamente assinada.
Sei perfeitamente que Nana, Moshe e Anjali não eram países com arsenal nuclear. Claro que não eram países, como poderiam ser? De modo que isso pode parecer um tanto melodramático e descabido. Mas não é melodramático nem descabido.
A Política de Não-Uso Inicial se baseia em uma mútua e assegurada destruição. O acrônimo disso é MAD. E é uma excelente base para um acordo. É a base para um monte de acordos. Só que é também uma imperfeição. Esse tipo de argumento só funciona se alguém se sente ameaçado. Isso depende de as pessoas sentirem que a destruição seria, no fim, indesejável. Assim que alguém sente que a vida não poderia piorar, esse alguém deixa de se sentir ameaçado. A gente precisa curtir todos os momentos da vida para se sentir ameaçado. Se não gosta nem um pouco da vida, então está se lixando se, em troca, for bombardeado. E a gente pode muito bem quebrar a promessa de não ser o primeiro a usar armas nuclea-

res. Quando se chega a isso, o acordo não tem mais nenhuma validade legal.

Isso talvez não tenha paralelo com a decisão de Nana de deixar o *ménage*. Não estava deixando por achar que a vida dela era um desastre. Estava deixando para cuidar de papai. Era nobre.

Nana, porém, não era apenas nobre. Havia o outro motivo. O motivo egoístico.

Aí é que vejo uma semelhança. E estou particularmente disposto a salientá-la, porque o motivo egoísta era um motivo oculto. Não era óbvio. Por isso acho importante enfatizá-lo. Nos momentos mais sentimentais, enquanto remoía a desigualdade sexual, Nana achava que nada tinha a perder. O acordo tácito de ficarem juntos fazia tempo que não tinha mais validade. Para Nana, não seria pior partir do que ficar.

Nos círculos do Ministério das Relações Exteriores, há um apelido para a Política de Não-Uso Inicial. Chamam-na de SEM GRAÇA. MAD É SEM GRAÇA.

Lamentavelmente, como você vê, Nana estava prestes a se divertir.

3.

Nana acordou. Queria cair fora. Queria deixar Moshe. Queria deixar Anjali. Queria deixar os dois juntos. Era o melhor para todos.

Nessa manhã, os três estavam distribuídos assim:

Nana, Anjali, Moshe.

Talvez isso não exprima exatamente a distribuição. Moshe estava deitado, enroscado em Anjali. Agarrava-se a ela.

Ao olhar para os dois, Nana se sentiu muito triste. Sentiu-se muito triste e feliz. A tristeza era, provavelmente, manifesta. Era triste observar Moshe afagar Anjali. Era triste observá-lo ser feliz com outra garota. E era triste para Nana, que pensava em partir. Mas, se tentasse, também poderia se sentir feliz. Poderia se imaginar a esposa digna, deixando o marido para a amante.

Se tentasse, poderia imaginar um final diferente para *Casablanca*.

Nesse final, Nana faz o papel de Victor Laszlo, o marido judeu e intelectual antinazista. Na versão de Nana, é Victor, e não Rick, que é nobre. É Victor que se sacrifica. Sobe no pequeno avião de duas hélices *e deixa os amantes entregues a si mesmos*, no Marrocos. Bergman fica com Bogey. Nesse final, Victor não é egoísta. Não está tão obcecado por sua felicidade pessoal.

Moshe virou o corpo, acordado. Ergueu o olhar e o fixou em Nana. Nana olhava para ele. Ele perguntou as horas. Nana falou. Debruçou-se sobre Anjali e o beijou.

Nana, prestes a partir para sempre, disse que ia fazer um café para Moshe.

4.

Separação não é fácil. Rarissimamente há o momento certo. Para falar a verdade, não sei quando seria o momento certo. A separação ocorreu às oito da manhã. Essa não é uma hora boa. E Nana estava nua. Estava na cozinha, enchendo a chaleira. Moshe a seguiu. Também nu.

A única coisa boa, pensou Nana, era que Anjali não estava lá. Pelo menos Anjali ainda estava dormindo. Porque já é muito difícil se separar de uma pessoa, quanto mais ter outra fazendo apartes e se explicando.

— Moshe — disse. Fez uma pausa. Moshe em silêncio, bocejando. Nana disse: — Eu, sabe, bem, não sei se é certo.

— O quê? — perguntou Moshe. Perguntou: — O quê? — e bocejou de novo.

Ela entrou no quarto e pegou um bolo de roupas. Voltou à cozinha. Pôs o bolo de roupas em cima da bancada.

— Escuta, Mosh — disse —, eu te amo. Não é que tô te rejeitando, mas... Não pense que é rejeição. É que ando pensando, cada vez mais, que quero estar com papai. E você e a Anj. Você e a Anjali deviam ficar juntos.

— Quê?! — exclamou Moshe. Um Moshe sonado. Ele tinha acabado de sair da cama. Não estava com o intelecto em forma às oito da manhã.

— Me desculpe, é que, é que acho que a gente precisa se separar um tempinho. Ou eu preciso. Só por enquanto. E quem sabe. Quem sabe a gente pode. É que não quero te magoar. — Fez uma pausa. Disse: — Me desculpa estar sendo assim.

— Não vejo por quê — disse Moshe. — Eu. Não vejo por quê. Não vejo por que nós precisamos desistir de tudo.

Separação é particularmente difícil quando a gente não quer completamente. E Nana queria a separação, queria mesmo. Queria estar com papai. Mas ainda estava apaixonada por Moshe. Ainda achava Moshe encantador. Só que agora Nana achava que ele seria mais feliz com Anjali.

Então Moshe não a ajudou a partir para uma conversa delicada. Partir para uma conversa já era um problema para Nana. Não era para ele pesar *os prós e os contras*. Não era para ele ser sensato. Ela queria cair fora. Queria partir para sempre. Não queria uma conversa. Numa conversa, a gente tem que explicar tudo. Tem que dizer que deseja partir para sempre. E Nana não queria dizer isso. Em parte por isso Nana estava sendo gentil. Não queria magoar. E também porque não era totalmente verdade.

O problema de se separar de alguém quando a gente está

um pouco inseguro — e muitas vezes as pessoas estão inseguras — é que a separação envolve persuasão. A gente precisa persuadir o ex da gente de que assim é melhor para todos. E é difícil, se a gente mesma não se persuadiu de todo. É sobretudo complicado se a gente está sem roupa, preparando duas xícaras de café.

Nana entregou o café a Moshe. Ele zanzou até a sala. Nana o seguiu. Pegou as roupas ao segui-lo.

— Mas eu te amo — disse Moshe.

Eu, pessoalmente, acho que esse era um argumento muito bom. Pode soar um pouco um chavão de Moshe, mas acho que ele tocou no ponto. Verdade. Ele a amava. É um bom motivo para não se separar de alguém.

Estava sentado no futon. Não estava muito feliz. Não estava feliz por estar pelado, assim desse jeito, enquanto uma garota bonita de um metro e oitenta se separava dele. Então, habilidosa e tranqüilamente, Moshe cobriu o corpo com a blusa de Nana. Isso esconcleu as dobras de gordura e as pregas que sobressaíam e se contraíam enquanto ele ficava sentado.

Nana vestiu uma calça preta. Depois parou. Parecia errado se vestir no meio dessa crise. Parecia um tanto cruel. Então ela parou.

No resto da seqüência, portanto, Nana ficou com o busto desnudo e a braguilha da calça aberta. Isso significava que Moshe podia ver a renda turquesa da calcinha dela. A calcinha era da linha mais chique de produtos da M&S.

Havia um miniespelho na mesa e Nana o pegou com a unha do polegar. O espelho tinha um estojo de aço inoxidável. No estojo estava impressa a palavra "Espelho". Ela o pôs de volta onde estava. Disse:

— Moshe.

Ele pôs a mão sobre os testículos flácidos, tímido, sentindo-se despido. Sentia-se muito despido. Nana pegou um novo batom comprado no dia anterior, chamado Moxie. Moxie era vermelho como Ruby Woo, mas mais claro. Não parecia tão interessante agora. Não parecia nada interessante. Moshe olhou para o relógio portátil em cima de um suporte de vime na mesa dobrável da sala. O relógio tinha ponteiros amarelos fluorescentes. Eram oito e meia. Moshe disse:

— Tá atrasada.

— Não tem importância — ela retrucou.

— Não, é importante, você tem de ir. A gente pode. A gente pode conversar depois.

— É só o dentista, Mosh — disse ela.

— Sei, é importante — disse ele.

Não estou sendo ridículo. De repente ele se mostrou obcecado pelos dentes dela. De repente pareceu muito melancólico e importante. Pareceu essencial ser atencioso. Se parecesse atencioso, pensou, talvez Nana reconsiderasse. Talvez se desse conta de como ele era legal, se é que era legal.

— Escuta — disse Moshe —, isso é triste. Me conta.

— Não — disse ela —, escuta, mesmo, não é nada. Não é nada de mais. Só quero. Sei lá.

— Não — disse ele —, me conta.

Não era um diálogo dos mais articulados, mas enfim. É o que acontece nessas situações. Raríssimas vezes são escritos de antemão.

Moshe se levantou e foi até a janela. Não estava curtindo essa cena de manhã tão cedo. Era necessário, pensou, haver elegância. Era necessário haver elegância e sutileza. Era necessário, em especial, que Moshe fosse elegante e sutil. Tinha de *salvar a situação*. Mas não via como fazer isso. Estava nu. Ficou à janela e observou. Lá fora, passava um rapaz com uma raquete de tênis no alto da cabeça. Era uma raquete Wilson.

A capa de plástico, que imitava couro, era a capa de chuva improvisada dele.

Moshe sentiu muita pena do rapaz debaixo da chuva.

Ah, pobre Moshe. Em breve, muito em breve, terá de compreender que separação não é elegante. Nunca é elegante nem divertida. É um monte de mentiras e evasivas. Claro que essa cena não tinha a elegância chique da década de 30 que ele poderia ter desejado. Não, em lugar disso o Moshe nu estava só confuso. Ficou ali — devaneando, macambúzio, devastado.

E Nana também devaneava. Pensava novamente em Anjali, abandonada no quarto ao lado. A última coisa que Nana queria era que Anjali entrasse na sala, ouvisse Moshe e Nana conversando sobre uma separação. Mas, de outro lado, pensou, Moshe e Nana ainda precisavam falar disso. Tinha sido *muito unilateral*. Moshe não dera a versão dele.

Ah, pobre Nana. Não sabia o que fazer. Disse:

— Quer ir pro dentista comigo?

Moshe olhou para ela. Não era a separação que esperava. Bem, claro, na verdade não estava esperando separação alguma. Mas, se lhe perguntassem o que era uma separação, não implicaria uma visita ao dentista.

— Dentista? — perguntou.

— Bem — disse ela —, se não quiser, podia ir comigo só até a estação do metrô. É só que. Não quero que a Anjali escute. Acho que não seria justo.

Não era má idéia, Moshe entendeu isso. Era razoável.

Ao se vestirem, houve um cômico interlúdio em câmera lenta, em tempo real. Depois Nana e Moshe saíram. Sem guarda-chuva, saíram na chuva.

5.

Em 1920, quando a guerra civil acontecia na Rússia comunista, Nikolai Bukharin escreveu um livro curto chamado *Economia do período de transição*. Nikolai era bolchevique. Por isso era muito favorável à recente revolução. No livro, procurou explicar por que tudo corria nos trilhos. Procurou explicar que, enquanto talvez desse a impressão de que o país caía aos pedaços, na verdade tudo estava bem. A revolução ia bem. Algumas pessoas poderiam estar morrendo, o proletariado poderia estar morrendo, mas tudo corria de acordo com o plano.

"De um ponto de vista mais amplo", escreveu Nikolai, "ou seja, do ponto de vista de uma escala histórica de maior alcance, a compulsão proletária em todas as suas formas, das execuções ao trabalho forçado, constitui, por mais parodoxal que pareça, um método de formação da nova humanidade comunista com base no material humano da época capitalista."

Na margem do exemplar do livro que possuía, Lenin escreveu: "Exatamente!".

Mas não tenho certeza de quão exato Nikolai estava sendo. Penso que é impossível ser mais preciso.

Nikolai dizia que, sim, sim, montes de pessoas estavam sendo assassinadas ou forçadas a trabalhar vinte horas por dia. Mas não era uma coisa ruim. Era comunismo. Se pelo menos tivessem uma *visão mais ampla*, pensou Nikolai, se pelo menos deixassem de ser egoístas, então as pessoas poderiam enxergar que a vida era maravilhosa.

Não tenho certeza de que Nikolai escolheu o título certo para o livro. *Economia do período de transição* não era muito correto. Deveria ter sido intitulado *Psicologia do período de transição*. A psicologia do período de transição é esta: é otimismo cego. A gente diz para a gente mesmo que as coisas estão mudando para melhor, quando na verdade estão simplesmente fodidas.

Eis alguns números do período heróico da Grande Revolução Russa.

Em 1917, em Petrogrado, havia 2,5 milhões de habitantes. Em 1920, 700 mil. Em 1913, havia 2,6 milhões de operários. Em 1920, 1,6 milhão. Em 1920, o consumo de alimentos estava em 40% dos níveis de antes da guerra. Entre janeiro de 1918 e julho de 1920, 7 milhões de pessoas morreram de subnutrição e por causa de epidemias. A taxa de mortalidade duplicou. Entre 1921 e 1928, na Ucrânia, 200 mil judeus foram mortos, 300 mil se tornaram órfãos e mais de 700 mil ficaram desabrigados.

Agora, claro que Moshe não era um judeu ucraniano desabrigado e massacrado. Não é o paralelo que estou estabelecendo. Não, estou estabelecendo outro paralelo.

Moshe pensava como Nikolai Bukharin. No meio de uma revolução, em frente da Americana Cosmetics Store, na Pentonville Road, Moshe estava sendo cegamente otimista.

6.

— Realmente não entendo — disse Moshe. — Eu te amo. — Já tinha falado isso uma vez, é verdade, mas Moshe não achava que dizer duas vezes era um problema. Era a questão central. Era a incontestável questão central. Então Moshe fez uma pausa. Fez uma pausa de efeito. Enquanto fazia a pausa, Moshe mordiscava o lábio inferior.

— Eu também te amo — disse Nana.

— Então por que a gente tem que se separar? — perguntou Moshe.

Moshe mordiscava o lábio inferior.

O celular de Nana tocou. Moshe olhou para o celular. Nana olhou para o celular. Ela atendeu. Disse:

— Alô. Não, tô. Não, amanhã. É pra. Sim, claro. Tá. Legal. Até.
Moshe olhou para a vitrine da Americana Cosmetics Store. Era a vitrine de um farmacêutico maníaco. E, mesmo num momento de crise, Moshe se distraiu com a oferta da Store de

Único Cabeleireiro
Unissex
Afro
&
Europeu

Moshe examinou as perucas jogadas nos bustos de poliestireno. Ali estavam Sindy e Edna, Simone e Rosa. Nenhuma delas bonita. Rabos-de-cavalo amputados estavam organizados em seções coloridas. Havia um pacote de plástico de Natural Eyelashes, tingido com as faixas do arco-íris. Sim, mesmo nos momentos de crise, Moshe tinha um lado doméstico. Ele sempre se espantava com as coisas pelas quais as pessoas estavam dispostas a pagar.
— Mas você não pode — disse Moshe. — Quer dizer. Se é isso que você quer dizer. Não é possível que não goste mais de mim.
— Não — disse Nana. — Não é isso. Te amo, sempre vou te amar.
— Mas você não pode — disse Moshe.
Sinto muito por Nana. Sinto muito por toda essa gente legal. Era difícil para Nana explicar por que queria partir. Era muito difícil explicar todos os tristes pensamentos infelizes.
E aí parou de chover.
Isso entristeceu Moshe ainda mais. Tinha gostado muito do efeito. Moshe gostava muito das conotações de *film noir* da

melancolia. A chuva, pensou, pelo menos era o tempo certo para a tristeza.

7.

Está bem. Vou retomar Nikolai Bukharin. Vou dar um salto adiante, de 1920 para 1930.

Nos anos 30, Stalin estava um tanto preocupado com Nikolai. Uma porção de gente parecia achar que Nikolai não adorava Stalin tanto quanto deveria. Alegavam que Nikolai era um terrorista, um conspirador.

Claro, isso irritou Nikolai. Então Nikolai ligou para Stalin.

— Ora, Nikolai, *Kolya*, relaxe — disse Stalin. — Vamos resolver tudo. Claro que não acreditamos que você seja um inimigo.

Nikolai gritou:

— Mas como pode chegar até a *pensar* que sou um cúmplice de grupos terroristas?

Stalin realmente adorou isso. Desdobrando um clipe, disse:

— Relaxe, Kolya, relaxe. Vamos resolver isso.

Devo dizer que gosto muito do jeito de Stalin ao telefone. Falei antes e vou falar de novo. O homem era um gênio ao telefone.

Em 1938, Stalin levou Nikolai Bukharin a julgamento por traição.

Esse é o ponto em que há outra semelhança entre a vida do político Nikolai Bukharin e a vida dos meus dois heróis — Nana e Moshe.

Em seu julgamento exemplar de 1938, Nikolai fez uma confissão falsa. Declarou-se culpado da "totalidade de crimes cometidos por esta organização contra-revolucionária, independentemente de saber ou não, de ter ou não participado diretamente em qualquer ato particular".

Nikolai, claro, afirmou que não era uma confissão falsa. Essa é a essência de qualquer confissão realmente falsa.

Anteriormente, Nikolai foi igual a Moshe. Agora, é igual a Nana.

Acho que se separar de alguém é bem parecido com participar de um julgamento que é uma demonstração de poder. Há uma pretensão geral de justiça e razão. A pessoa que propõe a separação aceita a responsabilidade toda. Faz uma confissão falsa.

8.

No lado de fora da Americana Cosmetics Store, Nana fez uma confissão falsa.

— Talvez. Talvez eu não goste mais de você. Talvez você esteja certo. Estaria melhor com a Anjali — disse. — Quanto a mim, quero estar com papai, e é mais simples. Talvez você tenha razão.

Tenho pena de Nana. Tenho, sim. Não era legal mentir desse jeito. Mas tenho mais pena de Moshe. Pode ter sido socialmente complicado e discretamente triste para Nana romper com Moshe, mas ao menos a decisão era dela. Era sua decisão angustiada e irracional. Não era de modo algum decisão de Moshe. Moshe não estava feliz. Estava solitário. Estava, de repente, muito solitário. Moshe estava desesperado.

Tudo que conseguia era pensar em Anjali. Esse pensamento não o fez se sentir menos solitário. Ele disse:

— O que quer dizer com Anjali?

— Bem, o que eu disse — respondeu Nana. — Eu disse o que eu quero dizer. Você estaria melhor com Anjali.

— Mas eu não quero Anjali — retrucou. — Quero você.

Um minúsculo triângulo de pele, bem abaixo da cutícula do segundo dedo da mão esquerda de Nana, estava enroscado num fio de poliéster do forro do bolso da calça dela. Ela ignorou. Olhou para a JAZZY Professional Glue Gun na vitrine da Americana Cosmetics Store. Queria saber para que servia.

— Não — disse —, acho que você deve ficar com Anjali.

— Mas eu não quero ficar com Anjali — retrucou Moshe. — Quero ficar com você. Quem trouxe Anjali para a relação foi você. A idéia não foi minha. Quem quis não fui eu. — Moshe estava muitíssimo ferido e confuso. — Você é que quis Anjali — disse. — Quem tinha problema com isso era eu. Eu é que devia estar fazendo isso. Devia ter me mandado faz tempo.

Claro que Moshe havia pensado em separação. Mas jamais fora uma possibilidade real. Amava Nana. Queria ficar com ela de qualquer jeito. Entendo, porém, por que ele falou isso. Entendo por que queria fazer sua declaração de independência. Fazia com que se sentisse melhor. Compensava a perda. Ele estava tentando não se sentir humilhado.

Porque é humilhante quando alguém rompe com a gente. É um dos piores sentimentos.

— Nana, tenho que ir — ele disse —, você tem que ir. Tem que ir pro dentista.

E embora Moshe soe nobre e calmo, ele não estava sendo nem nobre nem calmo. Para ser sincero, ele estava só perdido. Estava muito chateado. Não tinha idéia do que ia dizer em seguida. Em sua confusão, estava preocupado que Nana perdesse a hora com o dentista. Porque isso ainda era importante para ele. Ele era sincero.

— Te amo acima de qualquer coisa — ele disse.

Houve uma pausa.

— Você precisa ir — disse. Então ele se foi.

9.
O dentista de Nana se chamava sr. Gottlieb.

O consultório do sr. Gottlieb ficava na Cavendish Square. Isso talvez sugira que era um dentista muito chique. E era um dentista muito chique. Ficava perto da Harley Street. Mas Nana não ia ao sr. Gottlieb porque ele era chique.

O sr. Gottlieb começou como um simples dentista da previdência em Edgware. Depois se tornou um dentista particular chique no centro de Londres. Mas disse que continuaria a atender Nana. Atenderia Nana porque era amigo da família. Era um favor para o papai de Nana.

Na sala de espera do sr. Gottlieb, havia um aquário de peixes e uma seleção de revistas. Nana pegou um exemplar de *Take a Break* de 1998. *Take a Break* estava engordurada. Nana ignorou. Começou a ler *Take a Break*. Imediatamente começou a chorar.

Tinha começado a ler uma história verdadeira sobre uma mulher chamada Mandy que se apaixonou por um homem chamado Alan. No fim se sabe que Alan tinha uma doença neuromotora. Essa história verdadeira fez Nana chorar. Fê-la chorar porque, num desafio à morte, Alan e Mandy resolveram ter um filho. Um filho seria uma forma de recordar Alan. E a história culminava com uma cena no leito de morte.

Mostrei a ele um envelope. Tirei um certificado.

— É uma estrela — eu disse. — Recebeu o seu nome e o de James.

Chamava-se a estrela de Alan e James Wilson.

Alan sorriu.

— Vai contar-lhe tudo a meu respeito, não vai? — perguntou.

Assenti com a cabeça.

Segurei-lhe a mão enquanto ele desfalecia.
Tinha 48 anos. James, catorze semanas.

Então o sr. Gottlieb entrou, enquanto Nana chorava alto, ao lado dos peixes silenciosos e tropicais.

— Nina — disse o sr. Gottlieb. — Nina.

Nana olhou para ele e passou o dorso da mão no rosto. Disse:

— Não — disse. — É. É.

— Está se sentindo bem? — perguntou o sr. Gottlieb.

— Ah, estou, estou bem, sim — respondeu Nana.

— E seu pai? — perguntou o sr. Gottlieb.

Porque estava angustiada, Nana não se lembrou de que o sr. Gottlieb não sabia da história recente da doença de papai. Ela chorou. Ela se debulhou em lágrimas. Tentou falar. Tentou dizer algo como: "Tenho medo que ele morra". Mas, enquanto se chora, não é uma boa hora para falar. Não ajuda, se a gente quer falar com clareza.

O sr. Gottlieb demonstrou tato. Não queria perturbar Nana ainda mais. Não queria pressioná-la para ouvir detalhes sangrentos. Se Nana quisesse viver normalmente, então teria de passar por isso. Era natural, pensou, que Nana estivesse *perturbada*.

Não acho que você deva culpar tanto o sr. Gottlieb por ele pressupor que papai tivesse morrido. Essas coisas acontecem.

— Por que não vai para casa? — perguntou o sr. Gottlieb. Sim, mandava para casa a garota enlutada. Diante da morte não havia espaço para dentes, pensou o sr. Gottlieb.

Não era um maníaco ideológico, o sr. Gottlieb. Não sobrevalorizava um sorriso brilhante.

10.
Vou interromper esta história um instantinho.

Em 1975, Andy Warhol escreveu *A filosofia de Andy Warhol (de A a B e de volta ao começo)*. Bem, ele não escreveu. Ele ditou. De qualquer forma, uma das coisas que escreveu, ou ditou, foi esta:

> Sexo é a nostalgia de quando a gente costumava querê-lo às vezes.
> Sexo é nostalgia de sexo.

E acho que é verdade. Acho que às vezes é verdade. Por exemplo, depois que Stacey e Henderson romperam, Stacey conheceu um rapaz chamado Kwame de quem ela gostava. Kwame cursava a Universidade de Middlesex, para se graduar em Teoria Ambiental. Kwame era interessante. Conversava com ela sobre peixes no Mar do Norte. O Mar do Norte é bastante poluído. O que cria um monte de problemas para os peixes do Mar do Norte. Lamentavelmente, porém, Kwame era um rapaz franzino que usava óculos de aros prateados. De modo que Stacey, uma garota com gosto por tamanho e estilo, não estava especialmente atraída por Kwame. Mas mesmo assim fazia sexo com Kwame. Gostava dele. E achava que sexo era o que ela gostava de fazer com os rapazes por quem tinha uma queda. Era o que fazia com Henderson.

Sexo, para Stacey, era nostalgia de sexo.

11.
Isso não foi mera distração. Não foi para simplesmente alegrar você no momento mais triste da minha história. Tive um motivo mais importante.

De uma maneira muito parecida com Andy, Stacey e Kwame, dias depois da partida de Nana Anjali estava na cama com Moshe. Estava quase pegando no sono.

Isso talvez surpreenda você. Talvez surpreenda que Moshe e Anjali ainda estejam juntos.

Talvez você ache que, se alguém abandona um *ménage à trois*, o relacionamento das duas pessoas que ficam possa se tornar desconfortável. Ficaria bem óbvio que eles não eram naturalmente um casal. Eram apenas as sobras de um triângulo. E isso colocaria muita tensão sobre o casal.

De certo modo isso é correto, acho. Mas deixa de lado um detalhe essencial. Ninguém quer admitir ser dois terços de um triângulo. É desconcertante. Embora haja muita tensão no casal, nenhum dos dois vai admitir. Ninguém vai admitir que este relacionamento é complicado. Ambos têm lá seus motivos para permanecer *schtum*.

Mas que motivos são esses?

Bem, a melhor descrição pode ser numa cena de sexo. Sim, uma cena de sexo. Talvez você tenha se cansado de cenas de sexo. Garanto. Esta é a última cena de sexo deste livro. E é uma cena bastante agradável. Ao contrário de muitas outras cenas de sexo neste livro, não há necessidade de ser anatômica. É só uma cena de sexo nostálgica. E, de qualquer forma, uma cena de sexo nostálgica não é de fato uma cena de sexo. Não é um grande ato de coito.

Pois bem. Anjali estava na cama com Moshe.

Havia um motivo muito simples para Moshe estar *schtum*. O seguinte: ele não estava convencido de que Anjali fosse uma heterossexual assumida. Por isso estava *schtum*. Pasmo e confuso com os acontecimentos recentes, resolvera *esperar para ver*.

E tenho certeza de que ele estava certo. De um ponto de

vista prático, era a decisão correta a tomar. Anjali não tinha plena certeza de que era uma heterossexual assumida. Mas era gentil. Não poderia explicar a Moshe que Moshe não era namorado dela. Isso teria feito, preocupava-se Anjali, o *ménage* parecer muito insincero. E Anjali também tinha outro motivo. Sentia-se sozinha. Sentia muito a falta de Nana. E quando a gente se sente sozinho, é mais reconfortante ter uma pessoa com quem dormir do que não ter ninguém.

Por isso Moshe e Anjali ainda estavam juntos. Esses eram os motivos para não falarem da esquisitice do relacionamento deles.

E acho que também havia outra coisa. Embora Moshe e Anjali não tivessem se sentido felizes no *ménage* — na verdade estavam bastante desconsolados —, isso não era motivo para não serem felizes como casal. Sentimentos mudam depressa numa nova situação. Por exemplo, acho natural que duas pessoas que de repente viram um casal pensem que vai dar certo. É natural que tenham esperança.

As pessoas têm uma atração pela normalidade. São naturalmente otimistas, acho.

E os dois eram otimistas, Anjali e Moshe. Afinal, gostavam um do outro. Então era possível, pensavam no íntimo, que pudessem ser um casal. Improvável, mas possível.

Mas por que essa era uma cena de sexo?

Porque, enquanto eu estava explicando os sentimentos de Moshe e Anjali, eles estavam se tocando serenamente.

12.

Umas duas semanas depois, Nana e Moshe estavam andando na Hatton Garden debaixo de chuva. Hatton Garden é a rua das joalherias em Londres. É também uma rua bastante judia.

O que, acho, é mera coincidência. Não concordo com o Snoop Doggy Dogg, que uma vez discutiu por causa da presença da palavra "judeu" [em inglês, *jew*], na palavra "joalheria" [em inglês, *jewellery*]. O judeu em joalheria é só uma coincidência fonética.

Na Hatton Garden judia, porém, é verdade que Moshe falava de sua natureza judia.

Enquanto Nana e Moshe andavam debaixo de chuva, Moshe falava dos judeus ortodoxos, que se abrigavam com seus chapéus pretos de abas largas embaixo de toldos de plástico. Ele disse que adorava os judeus hassídicos. Adorava tudo neles. Adorava a robustez, os cachos balançando em volta das orelhas. Tinham um jeito próprio muito gracioso. Moshe gostava do jeito que as calças deles batiam de um lado para outro acima das meias de poliéster de listras pretas. Ou da maneira como os *kapels* eram presos ao único tufo de cabelo na cabeça. Sim, adorava isso, disse Moshe, sentindo-se triste.

Espero que você reconheça o quanto Moshe está sendo bom. Ele está sendo muito educado. Está sendo um ex-namorado modelo.

Porque, embora estivesse se sentindo triste, Moshe também estava sendo charmoso. Era um momento socialmente difícil — passar o dia com a ex, enquanto ainda via a outra ex dela. Era extremamente delicado. E depois o papai de Nana estava quase morrendo. Portanto, pensou Moshe, não era um dia ideal. Mas Moshe não era má pessoa, não era uma pessoa egoísta. Porque aquilo era socialmente difícil, ele estava tagarela. Tagarela e muito charmoso.

— Que tal entrar num lugar pra comer? — perguntou Moshe.

E Nana concordou, porque ela era uma garota desprevenida por natureza — numa blusa branca Boden em pleno frio de janeiro. Por isso entrar em algum lugar lhe soou ótimo.

Moshe tinha uma idéia de um lugar para comer. Não era uma pergunta inocente. Levaria Nana ao Kosher Knosherie.

Então, molhados, se dirigiram ao Kosher Knosherie, na Greville Street.

Em frente ao Kosher Knosherie, o táxi preto do Kosher Knosherie — para entregas — estava estacionado com um pneu espremido contra o meio-fio. Na porta do motorista estava impresso *Knosh é o nosho negóshio*, em letras grossas grifadas. Ali faziam, Moshe garantiu a ela, a melhor carne curada em salmoura da cidade. Melhor, disse, do que em Brick Lane. Estava verde-cinza e gordurosa sobre o balcão, visível vinte e quatro horas por dia.

Os dois sentaram. Moshe estava nervoso. Nana também estava nervosa.

Nana descolou a blusa branca úmida que se grudava ao rendado do sutiã. Moshe disse que adorava o lugar.

Não quero que você pense que Moshe tinha se convertido de repente. Que, como resultado do rompimento com Nana, ele tivesse encontrado Jeová. Não, ele não se tornara *frum* de jeito nenhum. A relação de Moshe com a raça e a fé judia era, como sempre, puramente emocional. O Kosher Knosherie o deixava emotivo. Fazia-o acreditar que gostava de carne curada em salmoura. Nos momentos ocasionais em que mordia fatias de carne curada em salmoura num *bagel* no Kosher Knosherie, Moshe sentia uma afinidade com o Carinha Suburbano Judeu Legal da Zona Leste.

Um homem com pêlos ruivos nas orelhas comprava um *bagel* de queijo cremoso.

— Mas o meu predileto sempre foi, foi Stanley Matthews — disse o freguês, abrindo a porta e segurando-a.

— É — retrucou o homem atrás do balcão. O homem atrás do balcão estava tentando encaixar uma tampa de plástico num copo de café de papelão.

— Ninguém tem essa garra — disse o homem, fechando a porta de novo, apontando com o punho que segurava a barulhenta sacola de *bagel*. — Ele nem bem acabava de marcar um gol e apertar mãos, um tapinha nos ombros, e já corria de volta.

Moshe examinou o cardápio. Olhou para Nana.

— Eu, eu — disse. — Nós sentimos a sua falta. Nós dois sentimos a sua falta.

— Também senti falta de vocês — disse Nana.

— Ainda te amo — disse Moshe. — Sabe disso. Ainda te amo.

— Eu sei — disse Nana.

— Se lembra da época que você me ajudou a decorar as minhas falas do, quem era mesmo, Noël Coward? Foi a época mais divertida da gente.

Não acho que Moshe estivesse divagando. Pode parecer, mas não era isso. Moshe estava apaixonado por Nana. Queria que ela se sentisse nostálgica. Queria que sentisse a falta dele também.

— O que é que você tem pra fazer? — perguntou Nana.

— Eu? Eu, ah. Ah, nada. Um monte de reuniões na semana que vem. Mas Anjali entabulou alguma coisa. Outro comercial, não sei pra quem. Agora não me lembro. Mas vão pagar, vão pagar superbem.

Nana concordou com a cabeça.

— E como, como vai o teu pai? — perguntou Moshe.

— Ah. Ah, vai bem — respondeu Nana. — Mais ou menos. Quer dizer, o paladar dele tá estranho. Não sente gosto de nada muito extremo, não sente gosto de *curry*. Só de tudo que fica na média. Ainda não consegue distinguir a lima do limão.

— Hã-hã — fez Moshe. E não era um hã-hã de tédio, não quero que você fique com essa impressão. Era um hã-hã de preocupação.

— Sabe o que foi a primeira coisa a voltar? — perguntou Nana.

— O quê? — disse ele.

— Lula — disse Nana.

— Lula? — disse Moshe.

— Comeu uma lula realmente boa e conseguiu saborear. O gosto voltou depois de um resfriado — disse Nana. — Ele disse que tinha pegado um resfriado e que não sentia gosto de nada e que quando o resfriado foi embora o paladar voltou melhor que antes. Agora, por que é assim?

— Nana — disse Moshe —, Nana, meu amor. Não faço idéia.

Moshe pegou o cardápio. O gesto visava desviar a atenção das falas seguintes dele, ou disfarçá-las. Ele disse:

— Acho que tudo bem eu e Anjali. Quer dizer, é esquisito sem você. É triste. Mas não sei. A gente talvez, talvez vá em frente.

Agora estou um pouco surpreso com o que Moshe acabou de dizer. Se quisesse ter Nana de volta, não era sensato dizer que Moshe e Anjali poderiam ser felizes. Mas acho que entendo o raciocínio equivocado de Moshe. Era, de certo modo, verdadeiro e lhe dava a oportunidade de ser educado. Ele procurava tornar mais fácil para Nana a ida ao Kosher Knosherie. Por isso queria parecer calmo.

Mas também, creio, isso de dizer a Nana que ela não o destruíra deixava Moshe feliz. Era um breve e educado momento de vingança.

E era uma vingança. Nana gostava de Moshe. Ela mais que gostava dele. Era difícil ser assim tão nobre. Ela não gostava de viver separada de Moshe. Sentia ciúme de Moshe e Anjali. E não queria pensar que eles seriam felizes juntos.

Nana concordou com a cabeça.

Ela olhou em volta. Um homem ao lado dela fazia garatujas com ketchup nas fritas. Nas paredes, como murais, havia enormes quebra-cabeças. À direita de Nana, estava a *Tentação de santo Antônio*, de Hieronymus Bosch. Isso estava indicado embaixo em três idiomas, cada um escrito num rolo de pergaminho *trompe-l'oeil*. "Temptation of Saint Anthony – Tentation de Saint Antoine – La Tentazione di Antonio". Ao lado do quebra-cabeça, uma etiqueta:

O MAIOR QUEBRA-CABEÇA
DO MUNDO
MAIS DE 16 MIL PEÇAS

E à esquerda dela havia outro quebra-cabeça enorme. Era a vista de um lago. Nana se perguntou se havia lagos em Israel. Ela se perguntou se aquele lago ficava em Israel. Olhou o cardápio de plástico com moldura de couro castanho lustrado. Presa no cardápio com um clipe, estava uma fotocópia de um antigo roteiro da melhor carne curada em salmoura do *Evening Standard*. Nana pediu um *bagel* e um ovo cozido. Moshe pediu carne curada em salmoura.

E esta é a última vez que você vê Moshe. A última vez que você vê Moshe é neste momento, depois de Nana ter rompido com ele, quando ele pede um *bagel* de carne curada em salmoura no Kosher Knosherie.

Entendo por que Moshe ficou emotivo lá no Kosher Knosherie. Foram os anos 50 judeus. Impresso no centro de cada prato, em rosa-leitão, havia um enorme B e, à direita do B, na vertical, *"uy loom's est eef"*. Era um mundo mais antigo. Era o oleado rosa-berrante, as espirais douradas do recosto da cadeira. Um mundo bem mais seguro e bem mais feliz.

E reconheço esse sentimento. Quando estou lá, também fico emocionado.

13.

Mas eu não vou ficar muito emotivo. Não vou ficar triste. Não. Em vez disso, vou descrever a felicidade. Embora, nesta altura da história, eu não tenha muitas opções.

Vou tentar descrever a felicidade de Nana.

Edgware deixava Nana feliz. Ela gostava de morar em Edgware. Porque papai morava lá e gostava de lá, Nana achava Edgware legal.

Talvez você nunca tenha ido a Edgware. Talvez não entenda que estranha variedade de felicidade era essa. Edgware fica no fim da linha norte do metrô. Não é, portanto, exatamente urbano. É definitivamente suburbano. A estação de metrô foi projetada em 1923 por S. A. Heap, num estilo neojorgiano contido. Todo ano, no átrio da estação, erguem um menorá de três metros de altura, em comemoração ao *Chanukah*. Ao sair da estação e tomar a esquerda, a gente passa pelo McDonald's e pela entrada do Broadwalk Shopping Centre.

Nas noites de sábado, terminado o sabá, um grupo de moços e moças judeus se reúne com moços e moças negros e asiáticos em frente ao McDonald's. Vendem drogas uns para os outros. Às vezes, para passar o tempo, pegam o metrô para Golders Green e se plantam do lado de fora da estação de Golders Green. Depois voltam para a estação de Edgware.

Edgware é um paraíso multicultural.

Se a gente continua depois de passar pelo McDonald's, a gente passa por um jornaleiro patrocionado pelo *Jewish Chronicle*. Em frente do jornaleiro há um painel, também patrocinado pelo *Jewish Chronicle*. O painel é parte do negócio. É onde anunciam as principais manchetes. Quando Nana voltou para casa, para cuidar de papai, a notícia principal do *Jewish Chronicle* era esta:

"Ganhe férias de *Pesach* para quatro em Maiorca!"

Temo que isso, combinado com o menorá de três metros de altura, deixou Nana triste. Deixou Nana nostálgica. Bem, talvez não exatamente nostálgica. Ela não era judia. Israel não era seu torrão natal. Só estava pensando pensamentos tristes, inquietantes e trágicos sobre um adorável judeu em particular.

Lembre-se. Ela amava papai. Mas também amava Moshe.

Depois de passar pelo jornaleiro, olhando à direita a gente vê o Belle Vue Cinema. Continuando a andar, porém, a gente logo dá de cara com a extravagância arquitetônica do Railway Hotel. O Railway Hotel foi construído em 1931 por A. E. Sewell num nada contido pseudo-estilo Tudor, com patíbulos falsos e tudo. Ali termina a Edgware High Street.

Edgware é suburbana. É desoladora, quieta, adorável e *kitsch*.

14.

Mas não, na verdade outra pessoa nesta história estava feliz. De certo modo, a esta altura, bem mais feliz do que Nana.

Anjali estava sentada no apartamento de Moshe, numa sonolenta modorra. Estava sentada no apartamento de Moshe e pensando em Nana. Pensando em Moshe também.

Anjali estava pensando no amor.

Quero que você se lembre de Anjali. Não leia isto sem atenção.

Anjali estava se lembrando dos filmes favoritos de Bollywood. O filme de Bollywood mais encantador que vira era *Devdas*. Um filme muito tocante. Nas cenas finais, enquanto Shah Rukh Khan morre em frente dos portões da casa de Aishwarya Rai, o filme mostra quão maravilhoso e poderoso é o amor. Mostra, pensava Anjali, que o amor é mais forte que tudo.

E acho que Anjali tinha razão. Gosto dela, gosto mesmo. Mas acho que gosto dela principalmente porque, embora estivesse devaneando, pensando na maravilha e no poder do amor, ainda assim era prática.

Porque Anjali era prática, ela era perplexa. Não entendia bem o que sentia. Amor não era. Sabia disso. Era só que estava feliz. Estava súbita e surpreendentemente feliz.

11. O epílogo

1.

Sentado em seu edredom com um inovador design de leõezinhos e falcõezinhos brancos e árvores frutíferas contra um fundo magenta, papai conversava com Nana sobre Moshe, o encantador namorado dela.

Papai gostava de Moshe. Gostava muito de Moshe.

Anjali não é o final. Decerto você sabia disso. Eu não terminaria com Anjali sozinha, feliz. Não. Comecei com uma cena de quarto e vou terminar com uma cena de quarto.

— Mas então. Como vai Moshe? — perguntou papai. — Quando você vai voltar?

Antes de prosseguirmos, vou descrever o traje de papai. O traje dele era incomum. Uma meia vermelha Tote, uma meia azul-marinho Tote, calça preta de terno — cujo zíper estava fechado, mas cujo botão não estava — e uma camiseta branca com a fotografia de um sátiro de barba encaracolada que papai comprara na ilha de Rodes em 1987.

Bom, agora posso recomeçar. Eu só queria que você notasse bem como ele se veste de dia.

— Mas então. Como vai Moshe? — perguntou papai. — Quando você vai voltar?

Veja, papai não sabia que Nana deixara Moshe para sempre. Nana não tinha contado. Porque não queria envolvê-lo na vida amorosa dela. Queria que papai se sentisse totalmente amado por ela. E isso significava que não poderia contar que Moshe e Nana não estavam mais juntos. Complicaria o gesto de puro amor. Faria o gesto parecer menos sincero.

Porque Nana estava tendo um gesto de puro amor. Era verdade.

2.

Acho que você não deve considerar esse segredo de Nana, sobre o rompimento dela com Moshe, totalmente maluco. É muito difícil ser moral. É, acho, quase impossível. A gente tem de confiar em todos os tipos de generalizações e teorias.

Uma generalização é esta: as pessoas em geral pensam que um gesto nobre é inerentemente melhor do que um gesto pragmático. Mesmo que seja ineficaz e potencialmente prejudicial para alguém, um ato nobre ainda assim é nobre, ainda assim é moral.

No vocabulário deste romance, portanto, ficar com papai é melhor do que ficar com Moshe. Pode ser autodestrutivo e potencialmente prejudicial para a eventual felicidade de Nana, mas é mais virtuoso.

Nana teria no dissidente e presidente tcheco Václav Havel um defensor dessa sua teoria. No dia 9 de agosto de 1969, quando era um dissidente, Václav escreveu uma carta ao ex-presidente tcheco Alexander Dubcek. Isso foi um ano depois de os russos terem invadido a Tchecoslováquia. Os russos invadiram por causa da versão de comunismo mais amena e mais legal de Dubcek. Forçaram Dubcek a renunciar como presidente, mas permitiram que continuasse no Parlamento. No entanto, não o deixaram em paz. Queriam que repudiasse publicamente sua versão mais legal de comunismo.

Václav não queria que Dubcek fizesse isso. Václav queria que ele confirmasse sua crença nessa versão mais legal de comunismo, mesmo que fosse perigoso para Dubcek e não trouxesse nenhum resultado. Por isso escreveu a carta a Dubcek, implorando que ele fosse nobre.

Porque, escreveu Václav, "mesmo um ato puramente moral que não tenha esperança de nenhum efeito político visível e imediato pode gradual e indiretamente, com o tempo, ganhar em importância política".

Václav quer dizer que não deveríamos rir de gestos morais inúteis e prejudiciais à própria pessoa. Não são, necessariamente, só um espetáculo. Não são, necessariamente, gestos. No fim, algum bem deve vir deles.

Lamentavelmente, a teoria de Václav nunca teve a oportunidade de ser testada. Em setembro de 1969, os russos expulsaram Dubcek do Parlamento também, um mês depois da carta de Václav. Václav nunca recebeu uma resposta.

3.

Nana não respondeu imediatamente à pergunta de papai. Não lhe contou imediatamente quando voltaria para Moshe. Em vez disso, sentada na cama com papai, abriu a correspondência. A correspondência, nessa manhã, era um cartão. Um cartão de pêsames do amigo da família e dentista, sr. Gottlieb.

> Querida Nina,
> Que grande é a perda de seu pai.
> Com os melhores votos de felicidades,
> Luke Gottlieb.

Ela riu. Leu em voz alta. Os dois riram.

— Mas que filho-da-puta! — exclamou papai. — É isso que ele envia quando estou morto? Uma frase? Me dê aqui. — Papai leu. Papai releu. — Mas que filho-da-puta! — exclamou. Nana pôs o cartão no parapeito da janela. O cartão não se equilibrou. Ela o abriu mais. Ele se equilibrou. Papai disse: — E você, o que andou fazendo, disse que eu tinha morrido? Por que, afinal, ele enviou esse cartão, é o que quero saber.

— Não me lembro — disse Nana. — Eu não disse nada. Eu disse, não, eu não disse nada.

Claro que não era verdade. Ela chorara e dissera ao sr. Gottlieb que tinha pavor que papai morresse. O sr. Gottlieb deve ter ouvido mal. Mas Nana não podia contar a papai que tinha medo de que ele morresse. Não. Nana era muito cautelosa. Era muito gentil.

— Então. Como vai Moshe? — perguntou papai. — Você não me respondeu. Quando vai voltar?

— Não vou voltar — respondeu Nana.

Isso surpreendeu papai.

— O quê?! — exclamou.

E Nana disse, bem, suspirou e disse:

— Rompi com Moshe.

Isso surpreendeu ainda mais papai. Isso o irritou. Ele tentou dizer algo, calmamente. Disse:

— Você?

— Nós rompemos — disse Nana.

— Mas por quê? — perguntou papai. — Um rapaz encantador. Por que rompeu com ele?

— Porque eu quis — respondeu Nana.

— Mas por quê? — perguntou papai.

— Eu queria ficar com você — respondeu Nana.

Estava tendo um gesto de puro amor, pensou.

Mas papai não queria que ela tivesse gestos de puro amor. E eu também não. Ele ficou horrorizado e pasmo. Papai não era uma pessoa egoísta. Não era um paciente egoísta. Achava que não poderia deixar Nana fazer isso.

— Comigo?! — exclamou papai. — Mas você precisa ficar com Moshe. — Não poderia deixá-la cuidar dele, pensou. Nana tinha um companheiro, tinha uma vida. Não poderia deixar Nana perder tempo com papai.

— Não, quero ficar com você — disse Nana.

— Volte para Moshe — disse papai. — Volte e peça desculpas. Diga a ele que mudou de idéia. Não pode romper com Moshe por minha causa. É loucura — disse. — Quer dizer, quanto tempo estava pensando? Quanto tempo estava pensando ficar comigo?

De repente, papai se sentiu cansado. Papai se sentiu muito cansado e triste.

Estou vivendo demais, pensou.

Veja, o derrame ou o possível tumor de papai havia criado uma charada especial. O diagnóstico era só aproximado. Mesmo que fosse um tumor, como lhe disseram, papai poderia viver por mais vinte anos. Como também poderia morrer no dia seguinte. Essa falta de exatidão profética atormentava papai. Se ao menos Nana tivesse que cuidar dele por uma semana, então não se importaria. Mas cuidar dele poderia significar qualquer coisa. Poderia significar anos.

Estava confuso. Achava que estava vivendo tempo demais. A vida dele estava desperdiçando a vida de Nana. Ele estava desperdiçando tudo. Até o dinheiro era desperdiçado. A enfermagem era cara. E papai não queria gastar nos próximos vinte anos um dinheiro que poderia ser revertido para sua filha adorável.

Papai é o anjo bom desta história. Lembre-se disso.

— Escute — disse —, isso é loucura. Não preciso de cuidados. Uma enfermeira vem me ver todos os dias. Não preciso nem mesmo de uma enfermeira. Estou bem. Não há necessidade de você ficar comigo.

Isso era generoso e ao mesmo tempo mesquinho. Pode soar contraditório, mas é verdade. Era generoso por parte de papai. Era mesquinho por parte de Nana.

4.

A carta de Václav Havel a Dubcek tinha, a meu ver, uma intenção oculta. Václav estava reagindo a outra teoria, rival, de nobreza. De acordo com essa teoria, ter gestos possivelmente inúteis não é nobre de modo algum. Não, é só uma forma de exibicionismo. Um ato que poderia ser considerado nobre é, portanto, apenas egoístico.

Claro, Václav não imaginaria que motivos para atos nobres poderiam ser duvidosos. Bem, ele poderia ter pensado na possibilidade. Mas não teria visto sentido. Ele acredita na moralidade transcendente, Václav acredita. Numa entrevista, "Perturbando a paz", ele declara: "Creio que nada desaparece para sempre, muito menos nossos feitos [...]". Não quer papo com céticos. Não se submete a dissidentes tchecos mais complicados, como Milan Kundera.

Veja, em 1968, um ano antes da carta de Václav a Dubcek, Milan e Václav se desentenderam. Vou dar uma rápida idéia dessa desavença.

Em dezembro de 1968, Milan escreveu um artigo intitulado "*Cesky údel*", que significa "O destino tcheco". No artigo, Milan não era um derrotista. Não se deixaria abater pela invasão russa. Salientou que, até então, as diretrizes de reforma de Dubcek não haviam sido abandonadas. Não havia um estado policial. Havia liberdade de expressão. Havia a possibilidade — pela primeira vez, pensou Milan, na "história mundial" — de se criar um novo socialismo democrático. Por isso as pessoas publicamente preocupadas com o futuro soviético, concluiu Milan, eram "simplesmente pessoas fracas, que só conseguem viver das ilusões da certeza". Não eram de modo algum morais.

Václav, porém, não gostou do ensaio. Em fevereiro de 1969, escreveu um ensaio chamado "*Cesky údel?*", que significa "O destino tcheco?". Não concordava que pedir publicamente garantias fosse tão ruim. Achava importante minorar as preocupações bastante razoáveis das pessoas. A visão que Milan tinha da Tchecoslováquia no centro da história mundial era, pensava Václav, sentimental.

Em resposta, Milan escreveu outro artigo. Este se intitulava *"Radikalismus a Exhibicionismus"*, que significa "Radicalismo e exibicionismo". No artigo, Milan tentou explicar o que quis dizer. Achava que todas essas preocupações com os russos e os estados policiais só expunham um "exibicionismo moral". Disso é que não gostava. E Václav, pensava Milan, também sofria dessa "doença de pessoas ansiosas para provar sua integridade".

Portanto, embora parecesse nobre, Václav não passava de um exibicionista.

Aqui, não me interessa saber quem tinha razão. Olhando agora para trás, alguns podem pensar que Milan estava errado. Não parece ser o momento perfeito, quando os tanques soviéticos tomavam as ruas de Praga, tergiversar sobre ética. Mas, na verdade, não acho que ele estava errado. Milan não era moralmente ingênuo. Estava fazendo uma observação verdadeira e importante. É possível, afinal de contas, que um ato pareça altruístico, mas que no fundo sirva a um interesse pessoal.

Isso é uma complicação.

No vocabulário deste romance, por exemplo, ficar com papai pareceria nobre, mas, realmente, serviria a um interesse pessoal. A aparente nobreza do sacrifício de Nana seria motivada meramente pelo desejo dela de não ver Moshe fazer Anjali gozar. Não estou dizendo que isso seja totalmente verdadeiro. Só estou dizendo que poderia ser assim.

Václav, porém, não admitiria isso. E por isso não gosto de Václav. Mas gosto de Milan Kundera. Gosto muito dele.

5.

— Não quer que eu fique com você? — perguntou Nana. Aflita.

E papai disse:

— Minha querida, claro que quero que você fique comigo. Bem, não, não quero que fique. Mas não porque não gostaria que você ficasse. Quero que volte para Moshe. É uma loucura. Isso é uma loucura.

Este é o fim, lembre-se. É quando tudo vira de ponta-cabeça.

— Mas não posso voltar — disse Nana.

— Não pode voltar — disse papai. — Não pode voltar para Moshe.

— Porque ele tá saindo com outra — disse Nana.

— Com outra? Já? — exclamou papai.

— Tá, tá saindo com a Anjali — disse Nana.

— Ah, minha querida — disse papai. — Ah, sinto muito.

— Tudo bem — disse Nana. — Tudo bem. Porque posso ficar com você.

— Então ele rompeu com você — disse papai.

— Não — disse Nana. — Não, eu rompi com ele.

— Bem, sem dúvida parece que Moshe se saiu melhor nessa — disse papai. — Parece que ele se saiu muito bem.

6.

Veja, eu poderia terminar exatamente aqui. E, se terminasse aqui, teria sido uma história muito triste. Teria sido a história da solidão de Nana. Se eu fosse sacana, talvez fizesse isso. Mas eu não sou sacana. Sou legal. Este livro inteiro é legal. Ser legal, acho, é o que você espera de mim.

Então vou continuar.

7.

— Não, não — disse Nana. — É complicado. Nós. Nós. — Fez uma pausa, outra pausa, outra pausa. — A gente meio que estava morando juntos, bem juntos — disse. Fez uma pausa.

Pois bem. Antes de continuar, devo dar uma explicação sobre Nana, sobre papai e sobre sexo. Eles não eram uma dupla pudica, conversavam amistosamente sobre sexo. Talvez esse não fosse um assunto comum na conversa, mas, quando era, corria à vontade, sem problemas. Sexo era alegremente neutro. Mas isso não significa que era fácil para Nana explicar tudo. Ainda era um bocado complicado contar tudo a papai sobre sua experiência num *ménage à trois*.

— A gente era uma espécie de triângulo — disse.

— Um triângulo? — perguntou papai.

— Eu, sim — respondeu Nana. Houve outra pausa. Houve um monte de pausas nessa conversa. Acho que você terá de imaginar essas pausas. Não dá para escrever todas as pausas.

— Por que nunca me contou? — perguntou papai.

— Sei lá — respondeu Nana. — É que eu, é que eu. Não precisei contar, acho.

— Desde quando vocês eram um triângulo? — perguntou papai.

Como sexo era um assunto neutro, para papai foi um choque — descobrir que Nana participara de um *ménage à trois* —, mas não um choque moral. Não era uma censura. Papai não era esse tipo de pai. Foi uma completa surpresa.

Não sabia ao certo por que conversava com ela desse jeito. Conversava com ela como costumava conversar sobre a escola dela. Mas papai não tinha certeza de que tom adotar. Afinal, não é a mais comum das situações — recuperar-se de um derrame, ou de um tumor, e ao mesmo tempo conversar com a filha sobre a extraordinária vida sexual dela.

— Ah, fazia uns meses — respondeu Nana. — Desde que a gente voltou de Veneza.

— Uns meses. Tudo bem — disse papai.

Papai se sentia muito cansado. Estava absolutamente perplexo e cansado.

8.

Este é outro momento em meu romance em que você não deve deixar todas as suas teorias pessoais interferirem na leitura. No caso, não deve deixar teorias sobre pais influenciarem você. Há um monte de pais no mundo. Todos com suas peculiaridades. Por isso não acho que exista um modo previsível de um pai reagir a essa situação. Quando um filho ou uma filha lhe diz que acabou de sair de um *ménage à trois*, há inúmeras opções disponíveis.

Só vou descrever como papai reagiu. Não estou estipulando nenhuma norma geral.

— Não. Não vou perguntar nada — disse papai.
— Não, tudo bem — retrucou Nana.
— Estou, estou, claro, surpreso.
— Hã-hã.
— Então... essa transa, então, terminou?
— Terminou.

Por enquanto, papai não estava reagindo. Estava só tentando entender. Estava tentando obter algumas definições.

— Não, o que quer dizer? — perguntou papai. — Você participou de um *ménage à trois*? De um, de um *ménage à trois* de verdade?

— É — respondeu Nana.
— Então essa coisa, essa coisa de morar com o Moshe. Era morar com Anjali também?
— Bem, mais ou menos. Não exatamente. Anjali tinha uma chave.
— Ah, sei.
— Ela tava lá a maior parte do tempo.

— Meu Deus! — exclamou papai.

Não que papai fosse um patriarca. Por isso não era um meu-Deus furioso. Era um meu-Deus de pasmo e perplexidade. Um meu-Deus desnorteado.

— Então, então... Não rompeu com Moshe? — perguntou papai.
— Não, rompi, sim — respondeu Nana.
— Quer dizer, rompeu também com Anjali?
— Bem, tá, com ela também, sim.

9.
Agora papai tinha um esboço mental. Parecia um *ménage* clássico, pensou. Um *ménage* cinematográfico. Como em *Jules et Jim*. (Você deve se lembrar de que, neste romance, afora eu, só papai tinha assistido a *Jules et Jim*.)
Papai estava *desnorteado*, mas também fascinado.

— Como foi? Não, desculpe. Não devia perguntar isso — disse papai.
— Tudo bem — retrucou Nana.

— Mas como foi? — perguntou papai.

Talvez, só talvez, isso choque você. De acordo com você, um pai jamais deveria perguntar a uma filha detalhes sobre a vida sexual dela. Perguntar seria demasiado lascivo. Bem, discordo. Papai tinha um lado travesso. Estava achando muito divertida a vida amorosa farsesca e francesa de Nana. E a travessura de papai deixava ele próprio curioso. O que pode se assemelhar à lascívia, mas não acho que isso tenha importância. Só mostra quão íntimos eram Nana e papai. Lascívia, acho que tudo bem. Um *ménage* é fascinante. A esta altura, você decerto sabe disso. Não acho que eu gostaria de uma pessoa impassível e indiferente diante de um *ménage à trois*.

— Bem, foi esquisito — respondeu Nana. — Foi. Foi tão difícil como dormir.

Isso não era resposta, sinceramente. Não era o tipo de resposta que papai esperava. Foi sociológica demais.

— Então vocês dormiam juntos? — perguntou papai. — Quer dizer, sempre os três na cama?
— Hum — fez Nana. — Sim.
— Era difícil pegar no sono?
— Anjali tem pesadelos. Tem. Tem pesadelos.
— Hã-hã.
— Ela ficava no meio.
— Sei.

— Não há necessidade de falarmos disso — disse papai.
— Não, tudo bem — disse Nana. — Falei isso.

A questão é que papai supunha que Nana fosse uma especialista em sexo. Pensava que ela fosse uma acrobata. Quem participa de um *ménage*, pensou, deve ser acrobata. Não havia lugar para repressão. Fazer perguntas não era um problema.

Mas Nana não era uma acrobata. A esta altura, presumo que você também saiba disso.

— Não entendo direito — disse papai.
— Não entende o quê? — retrucou Nana.
— Bem, é que estou intrigado por. É que estou.
— Está o quê?
— Bem. É que. Moshe olhava enquanto você e Anjali? Ou?
— Sim, às vezes.
— Certo. Mas não juntos?
— Não juntos?
— Não os três juntos? De uma vez.
— Bem, às vezes.
— Hã-hã.
— Mas é complicado.
— Ah, as. As posições.
— É, mais ou menos. Sim. É preciso cuidado.
— Sim, claro. Entendo. Sim. As posições.

— Aconteceu naturalmente? — perguntou papai.
— O quê? O sexo? — perguntou Nana.
— Bem, sim. As, hum, as posições. Foi? Você sabia onde se posicionar com naturalidade?
— Foi. Bem, não foi muito difícil.
— Não?
— É. Parecia bem fácil.

— Mas como foi que resolveram? — perguntou papai.
— Nós — disse Nana.
— Quer dizer, vocês combinavam antes como ia ser?
— Nós.
— Não sei. Me. Me parece muito complicado.

— E Moshe. Ele também fez sexo com Anjali — afirmou papai.
— Sim. Sim — retrucou Nana.
— Na sua frente?
— Bem, sim. Ou também quando eu não tava lá.
— E isso não? Isso não a aborreceu?
— Por que iria aborrecer?

Nana estava tentando ser uma acrobata. Tentava falar como acrobata. E se saía muito bem. Mas, sinceramente, a meu ver papai era mais tranqüilo do que Nana em relação a sexo.

— Era constrangedor, assim? — perguntou papai.
— Assim como? — perguntou Nana.
— Juntos.
— Ah, não, não, não, não, não.
— Não mesmo?
— Ah, não.
— É que imagino que seria muito complicado.
— Não. Não, na verdade, não.
— Quero dizer. Já é bem complicado só com dois.

Sentada na cama com papai, cujo edredom tinha um inovador design de leõezinhos e falcõezinhos brancos e árvores frutíferas contra um fundo magenta, Nana e papai riam. Não paravam de rir.

— Quer dizer. Você fez, fez sexo com garotas antes? Ou não? — perguntou papai.
— Eu? Hum, não — respondeu Nana. — Não.
— Então foi? Então foi esquisito?
— O quê? Com Anjali?
— Bem, sim.
— Foi. Foi divertido. Foi diferente.
— Então gostou?
— Eu?
— Curtiu, com Anjali?

Nana se remexeu. Alisou o edredom com a palma da mão, em cima de um orgulhoso leão.

— Isso eu não respondo — ela disse.
— Então. Imagino que tenha sido idéia de Moshe, não foi? — perguntou papai.
— Não — respondeu Nana. — Foi minha.
— Sua?
— Olha, não foi idéia de ninguém.
— O, o, como é que se chama, o *ménage*?
— É, o *ménage*.
— Mas como é que começaram? Como é que começou?
— Olha, papai...
— Está bem, está bem.

— Estavam bêbados? — perguntou papai.
— Precisa fazer esse tipo de pergunta? — perguntou Nana.
— Só estou. Só. Não.
— Tudo bem, tudo bem.

— Devo dizer — disse papai. — Sempre gostei desse rapaz.
— Papai! — exclamou Nana.
— Não, verdade. Ele me fez rir.

— Mas, meu Deus! — exclamou papai.

Era um meu-Deus diferente. Era um meu-Deus mais seguro, mais compreensivo. Era um meu-Deus fascinado.

10.

Papai estava travesso e fascinado. Mas também tinha seu lado mais preocupado. Que o tornava protetor. Que o tornava protetor e sério.

— Mas. Não estou totalmente feliz com isso — disse papai. — Devo dizer.
— O senhor o quê? — perguntou Nana.
— Não totalmente, não aprovo isso totalmente.
— O quê, o rompimento?
— Não, não o rompimento. Bem. Não aprovo o rompimento. Mas a transa toda.
— Não é uma transa. Acabou.
— Bem, era uma transa.
— Bem, não é mais.

— Foi? — perguntou o papai.
— Foi o quê? — perguntou Nana.
— Foi ideal?
— Não, claro que não.

— Achei que ia ser uma coisa boa — disse Nana.
— Uma coisa boa? — perguntou papai.
— Achei que ia fazer ele feliz. Achei que ia fazer ela feliz.
— Mas e você?
— Achei que eu. Eu. Eu não sei.

— É difícil falar disso — disse Nana.
— Hã-hã — fez papai.
— É, bem, foi legal por um tempo. Soa estranho, mas foi legal.
— Não, acredito que sim.

Creio que podemos acompanhar a progressão das emoções de papai nessa cena. É uma progressão bastante compreensível. Primeiro papai ficou chocado. Depois o choque se transformou em ligeiro espanto. Depois o espanto se transformou furtivamente numa divertida curiosidade. Depois a curiosidade se transformou em proteção e preocupação. A preocupação agora cedia lugar ao simples pensamento lógico.

— Mas então Moshe não está realmente namorando Anjali — disse papai. — Foi deixado com ela.
— Não, não — retrucou Nana. — Ele gosta dela. — Estão saindo juntos.
— Mas ele a ama? Estão apaixonados?
— Não sei.
— Estão apaixonados?
— Não sei. Talvez.
— Há quanto tempo eles estão? Quer dizer. Faz só umas duas semanas.
— Meses.
— Sei, meses. Meu Deus. Meses.

— Mesmo assim — disse papai. — Minha querida, em que está pensando?

Sim, papai era inteligente, sem dúvida.

— E quanto a ele e você? — perguntou papai. — Moshe ainda te ama?
— Não sei — respondeu Nana.
— Não sabe.
— Bem, é possível. Bem, sim.

— Então, tudo bem. É o que importa — disse papai. — Você deixou Moshe com outra garota, de quem ele sente pena, enquanto ele ainda te ama. E você fez isso para poder ficar comigo.
Isso não era exatamente correto, lembre-se. Era um pouquinho mais nobre do que a verdade. Era correto tanto quanto papai sabia, mas papai não sabia das preocupações de Nana com relação ao sexo. Não sabia que havia um motivo egoísta e louvável para ela deixar Moshe.
— Bem, se é assim que o senhor pensa — disse Nana.

11.

Quando nova, Nana corria para o quarto no andar de cima e se deitava na cama na posição fetal. Fazia isso porque alguém na escola tinha lhe dito que a faria se sentir segura. Então Nana se encolhia. Deitava-se cedo, ao anoitecer. E depois ficava esperando o beijo dele de boa-noite. Escutava os estalos das tábuas do patamar quando papai subia a escada. E então fingia que estava dormindo quando a porta se entreabria de leve. Então o rosto dele ficava bem perto do dela, e ela mantinha os olhos especialmente bem fechados. Ele a beijava e ia embora. Ela se deitava cedo, ao anoitecer, e as cortinas tornavam azul o quarto branco, de modo que, se a gente acordasse de um sonho mais imediato, não era fácil perceber se era realmente um quarto branco iluminado de azul ou um quarto azul resplandecendo em uma luz branca.

Quando acordava, Nana andava de mansinho no patamar e descobria papai deitado na cama maior. E, se ele estivesse do lado mais próximo da porta, ela subia para pertinho dele, se empoleirando na beirada. Cuidava dele. Cuidava dele cochilando junto com ele. E, quando ele se levantava para ir trabalhar, Nana virava o corpo e acabava onde papai estivera. E ela observava seu tórax recurvo, o tufo do pincel de barbear e o estranho pênis curvo através da porta semiaberta do banheiro.

Duas vezes por semana, o escritório deixava papai ir para casa mais cedo para se encontrar com Nana e poder observá-la fazer a lição de casa na mesa da cozinha. Tirava as abotoaduras dos punhos da camisa e preparava um chá para ela.

Toda vez que Nana imaginava a felicidade, era na cozinha com papai.

Esta era sua casa predileta. Havia uma roseira na esquina da rua. Havia policiais adormecidos, feitos de tijolos vermelhos com bordas amarelas. Havia uma sala verde e uma cozinha amarela com papel de parede de dentes-de-leão. E, no andar de cima, havia um patamar branco com um tapete enrugado cor de aveia. Na extremidade do patamar, havia uma janela com um vitral de tulipa. Nessa tulipa, Nana grudara um pássaro que ela fizera, recortado de um papelão, o contorno preto da caneta hidrográfica escondido embaixo das penas coladas.

Ela adorava esta casa. Adorava papai. Não quero que você subestime isso, agora que papai, o encantador e prático papai, estava fazendo que ela mudasse de idéia.

12.

— É óbvio que você vai voltar para Moshe — disse papai.
— Não posso — disse Nana.
— Não. Você vai voltar para Moshe.
— Mas não posso, mesmo.
— Por que não?

— Não posso voltar por causa de Anjali — disse Nana.
— Minha querida, não vejo problema com Anjali — disse papai. — Você ama Anjali?
— Não.
— E ama Moshe?
— Sim.
— Então, qual é o problema?
— Não posso magoar Anjali.
— Nana, Nana. Anjali não é o problema.

Claro que isso era o que Nana queria ouvir. Era o que ela realmente queria. Queria Moshe de volta e sozinho. Mas, para Nana, era difícil fazer o que ela queria. Era particularmente difícil se o que ela queria machucasse outra pessoa.

Mas este é o fim. É onde tudo vira de ponta-cabeça. Nana seria egoísta. Por isso é o fim.

Talvez você não concorde que isso seja egoísta. Talvez ache que, se papai queria que Nana partisse, então se trata de uma questão moral controvertida. Mas a questão não é papai. Bem, não só papai. A questão é Anjali.

Eu lhe pedi que se lembrasse dela. Anjali estava, estranhamente, feliz. E Nana sabia disso. Moshe contara a ela. Ela também sabia que, se voltasse, roubaria Moshe de Anjali. Moshe contara isso também a ela. Então, o que estou dizendo é: Nana sabia de tudo isso e, ainda assim, voltaria. Faria tudo que precisasse fazer.

— Você sabe que a amo muito — disse papai.

E Moshe voltaria para ela. Claro que voltaria. Sei de tudo. Conheço Moshe muito bem.

13.

A amiga tcheca de minha mãe, Petra, não gostava de Milan Kundera. Achava que ele não devia ter saído do país dele. Achava que era egoísta.

Tenho uma estranha edição francesa do segundo romance de Milan Kundera, *Valsa do adeus*. Uma edição de 1979. Tem uma capa vermelha de couro falso, com um motivo dourado falso gravado nela. Como introdução, há uma entrevista com Milan Kundera. Vou citar uma frase dessa entrevista. "Ninguém faz idéia de quanto me custou sair do meu país: meu cabelo ficou grisalho", disse Milan.

Acho que, neste ponto, devemos nos lembrar de algumas datas. Kundera nasceu em 1929. Quando deixou a Tchecoslováquia, em 1975, tinha, portanto, quarenta e seis anos. Uma idade bem tardia para deixar um país. E ele só foi embora depois de ter vivido sete anos, sob vigilância, na floresta perto de Brno, sem ser publicado e isolado. Sete anos é um tempo bastante longo para ficar em isolamento em algum lugar.

Não acho que as pessoas sejam muito inteligentes no que diz respeito ao egoísmo. Não acho que entendam como ele pode ser moral. Porque é moral se recusar a ser autodestrutivo. É uma posição absolutamente moral.

14.

Papai era o anjo bom desta história.

Vim dizendo isso o tempo todo. Não era só uma imagem

amigável. Era verdade. Era bondoso dizer a Nana que fosse egoísta. Era bondoso dizer a ela que partisse. Às vezes a gente não pode ser altruísta. Às vezes, acho, é muito autodestrutivo. Talvez isso soe insultuoso, talvez ofenda sua moralidade. Mas tenho razão.

Este livro é universal. Eu disse isso no início. E porque é universal ele é ambíguo. Tem um pouco para todos. E a ambigüidade final é esta.

Estou, claro, do lado de papai. Claro, admiro a generosidade e o amor dele. Quanto a mim, creio na generosidade. Mas não estou só do lado de papai. Estou também do lado de Nana. Porque vejo o sentido da delicadeza. É uma coisa muito maravilhosa.

Mas o que há realmente de errado no egoísmo? O egoísmo às vezes também é moral.

Sobre o autor

Adam Thirlwell nasceu em 1978, e cresceu no norte de Londres. Em 2003 foi incluído na lista dos melhores escritores britânicos com menos de quarenta anos, elaborada pela prestigiosa revista *Granta*. É editor assistente da revista literária *Areté* e bolsista da All Souls College, Oxford. *Politcs*, seu primeiro romance, ganhou o prêmio Betty Trask.

Copyright © 2003 by Adam Thirlwell

Proibida a venda em Portugal

Título original
Politics

Capa e projeto gráfico
Raul Loureiro

Ilustração da capa e das pp. 4 e 5
Célia Euvaldo

Preparação
Maria Cecília Caropreso

Revisão
Beatriz de Freitas Moreira
Denise Pessoa

Dados Internacionais de Catalogação na Publicação (CIP)
(Câmara Brasileira do Livro, SP, Brasil)

Thirlwell, Adam, 1978-.
    Política / Adam Thirlwell; tradução de José Antonio Arantes. — São Paulo: Companhia das Letras, 2004.

    Título original: Politics
    ISBN 85-359-0469-7

    1. Ficção inglesa. I. Título.

04-0789   CDD-823

Índice para catálogo sistemático:
1. Ficção: Literatura inglesa 823

[2004]
Todos os direitos desta edição reservados à
EDITORA SCHWARCZ LTDA.
Rua Bandeira Paulista 702, cj 32
04532-002 — São Paulo — SP
Telefone: (11) 3707-3500
Fax: (11) 3707-3501
www.companhiadasletras.com.br

1ª EDIÇÃO [2004] 1 reimpressão

ESTA OBRA FOI COMPOSTA POR RAUL LOUREIRO EM FOURNIER, FOI PROCESSADA
EM CTP E IMPRESSA PELA RR DONNELLEY EM OFSETE SORBE PAPEL PÓLEN SOFT
DA COMPANHIA SUZANO PARA A EDITORA SCHWARCZ EM MAIO 2004